經典名作

諾桑覺寺

NORTHANGER ABBEY

JANE AUSTEN

珍・奧斯汀 著
孫致禮 譯

奧斯汀和她的《諾桑覺寺》

珍．奧斯汀於一七七五年十二月十六日出生在英格蘭漢普郡斯蒂文頓村。她的父親喬治．奧斯汀是當地兩個教區的主管牧師，靠著兩份牧師俸祿，加上招收學生之所得，養活一家九口人。珍的母親出生於一個有背景的家庭，因而即使當奧斯汀家陷入逆境時，家裏仍然維持著中產階級的生活水準和社會地位。

奧斯汀夫婦一共生有八個孩子，六男二女，珍排行第七。珍的大哥詹姆斯上過牛津大學，後來繼承了父親的教區長職位。二哥喬治因爲有病，由專人護理著，始終不得與家人團聚。三哥愛德華從小過繼給一位無子女的親戚，但對骨肉同胞一直情同手足。四哥亨利也上過牛津大學，後來成爲珍與出版商的關係人。珍的姊姊卡桑德拉比珍大三歲，和珍一樣終身未嫁，是珍的忠實伴侶。珍的五哥弗朗西斯和弟弟查爾斯參加了英國海軍，最後都被晉升爲海軍將領。

奧斯汀家從未給兩位小姐請過家庭教師，也未讓她們受過多少學校教育。珍六歲的時候，曾隨姊姊上過牛津女子寄宿學校，不過那不是因爲她想念書，而是因爲她離不開姊姊。（奧斯汀太太曾說：「要是有人下令砍掉卡桑德拉的腦袋，珍非得和她一起去死不可。」）

上學後不久，珍害了一場大病，差一點送了命。病癒後，珍又陪姊姊去雷丁寺院學校念書，九歲時便永遠離開了學堂。珍回到家裏，在父母的指導下，充分利用家裏那個有五百卷藏書的書房，閱讀了大量古典文學作品和當代流行小說，漸漸和文學結下了不解之緣。

珍早在十六歲，就對寫小說產生了濃厚的興趣。可是在她那個時代，體面人一般都譴責小說，而女人寫小說當然更是犯禁的，於是她只有瞞著外人，偷偷地進行寫作。她坐在書房裏，把構思好的內容寫在一張張小紙條上，一聽到外面有人進來，便趕忙把小紙條藏起來。她每寫好一部作品，都要先讀給家人聽，遵照他們的意思，反覆進行修改。約在一七九六年至一七九七年，珍完成了她的第一部小說《傲慢與偏見》的初稿《初次印象》，她父親寫信給倫敦的一個出版商，請求自費出書，結果遭到拒絕。珍並不因此而灰心，在以後兩年裏，她又接連完成了《理性與感性》和《諾桑覺寺》的初稿。

一八〇〇年十一月，奧斯汀牧師決定退休，讓詹姆斯接替他的職位。次年，珍隨父母和姊姊搬到著名的礦泉療養勝地巴斯。就在這年的一次旅行中，珍遇見一位青年牧師，兩人幾乎一見鍾情，當下約定在某地相見。可是當珍來到約會的地點時，等待她的卻是一場悲劇：她接到噩耗說，她的情人不幸死去。後來還有一次，珍同姊姊到朋友家去玩，朋友的兄弟向珍求婚，得到了珍的應允。可是到了晚上，珍又改變了主意，第二天便匆匆離開了朋友家。珍雖然終身未婚，但她非常喜愛自己的侄兒侄女，而這些孩子也很喜歡「親愛的珍姑」。

一八〇五年，奧斯汀牧師去世。第二年，她的遺孀帶著兩個女兒移居南安普敦，和五兒子弗朗西斯住在一起。三年後，愛德華的妻子在生第十二個孩子時死去，愛德華十分悲痛，便請母親和兩個妹妹住到漢普郡的喬頓。珍在這個幽靜的環境裏生活了八年，再一次喚起了創作的激情。她一面修改前三部小說，交出版商發表，一面創作新的作品。一八一一年，珍匿名發表了《理性與感性》，獲得好評，以後又接連出版了《傲慢與偏見》（一八一三）、《曼斯菲爾德莊園》（一八一四）、《愛瑪》（一八一五）。但是，令人遺憾的是，珍．奧斯汀恰在聲譽鵲起的時侯，她的健康突然惡化。一八一七年，卡桑德拉陪她去溫徹斯特療養，結果醫治無效，於七月十八日離開了人間，終年才四十一歲。翌年，《諾桑覺寺》和《勸導》同時問世。

奧斯汀生活的時代，英國小說正處於一個轉折時期。十八世紀上半葉，英國文壇湧現了像菲爾丁、理查森、斯特恩和斯摩萊特這樣的現實主義小說大師，可是到了七十年代，這些大師都已離開人世，他們開拓的現實主義傳統基本上被一股「新浪漫主義」思潮所取代。這股「新浪漫主義」思潮主要以兩種形式出現：一種是以范妮．伯尼爲代表的感傷派小說，一種是以拉德克利夫夫人爲代表的哥特傳奇小說。這些作品雖然曾經風靡一時，但是終因帶有明顯的感傷、神奇色彩而顯得有些蒼白無力。正由於有這種作品充斥市場，英國小說自十八世紀七十年代至十九世紀頭十年，四十年間沒有產生什麼重要作品。

從一八一一年起，奧斯汀相繼發表了六部小說，這些小說以其理性的光芒照出了「新浪漫主義」的矯揉造作，使之失去容身之地，從而爲英國十九世紀三十年代現實主義小說高潮的到來掃清了道路。在英國文學史上，奧斯汀不僅起到承上啓下的作用，而且本身又是獨一無二的，因而被人們譽爲「無與倫比的珍·奧斯汀」。

我們這裏介紹的《諾桑覺寺》屬於奧斯汀的前期作品，初稿寫於一七九八、一七九九年，取名《蘇珊》。一八〇三年，作者對小說作了修改，並將其賣給倫敦的一個出版商，但不知爲何緣故，小說並未出版。直到作者去世後的第二年，也就是一八一八年，經亨利·奧斯汀斡旋，小說才得以出版。

與作者的其他五部作品一樣，《諾桑覺寺》是一部愛情小說。然而，和其他作品不同的是，除了愛情糾紛之外，小說自始至終還貫穿著對哥特式小說的嘲諷。因此，這可謂是一部「雙主題」小說。

小說女主角凱薩琳·莫蘭是個牧師的女兒，隨鄉紳艾倫夫婦來到礦泉療養地巴斯，在舞會上遇見並愛上了青年牧師亨利·蒂爾尼。同時，她還碰到了另一位青年約翰·索普。索普誤以爲凱薩琳要作艾倫先生的財產繼承人，便起了覬覦之心，「打定主意要娶凱薩琳爲妻」。索普生性喜歡吹牛撒謊，他爲了抬高自己的身價，便向亨利的父親蒂爾尼將軍謊報了莫蘭家的財產，蒂爾尼將軍信以爲眞，竭力慫恿兒子去追求凱薩琳。當他們一家離開巴斯時，他還邀請凱薩琳去諾桑覺寺他們家作客，把她視爲自家人。後來，索普追求凱薩琳的奢望破滅，便惱羞成怒，連忙把以前吹捧莫蘭家的話全盤推翻，進而貶損莫蘭家，說她家如何貧窮。蒂爾尼將軍再次聽信讒言，以爲莫蘭家一貧如洗，氣急敗壞地把凱薩琳趕出了家門，並勒令兒子把她忘掉。但是兩位青年戀人並沒有屈服，他們經過一番周折，終於結爲伉儷。顯而易見，作者如此描寫索普和蒂爾尼將軍，是對金錢和門第觀念的無情針砭。

凱薩琳在巴斯期間，正熱中於閱讀拉德克利夫夫人的哥特小說《尤多爾弗的奧秘》。後來聽說將軍邀請她到諾桑覺寺作客，她不禁欣喜若狂，心想她終於能到古剎中去，「歷歷風險」，「嘗嘗心驚肉跳的滋味」。其實，諾桑覺寺只是座舒適便利的現代化住宅，僅僅保留著舊日古色古香的名稱而已。可是凱薩琳住進來以後，卻憑著哥特小說在她腦中喚起的種種恐怖幻影，在寺裏展開了一場荒唐的「冒險」活動。她第一次走進自己的臥房，見到壁爐旁邊有個大木箱，便疑心箱裏有什麼奧秘，膽戰心驚地好不容易把箱子打開，不料裏面只放著一條白床單！

夜裏上床前，她猛然發現屋裏還有一個大立櫃，戰戰兢兢地搜索了半天，終於在秘櫥裏找到了一卷紙，她如獲至寶，以爲發現了什麼珍貴的手稿，不料熬到天亮一看，竟是一疊洗衣帳單！凱薩琳碰了兩次壁，雖然羞愧滿面，但卻沒有從中吸取教訓。相反地，她那傳奇的夢幻還在進一步升級。她參觀寺院時，突然「臆測到一種不可言狀的恐怖」，時而懷疑蒂爾尼將軍殺害了自己的妻子，時而懷疑他把妻子監禁在那間密室裏，於是她又在寺院裏搞起了「偵破」活動。後來，因爲讓亨利撞見了，聽他說明了事實眞相，批評了她疑神疑鬼，她才從哥特傳奇的夢幻中省悟過來，當即下定決心：「以後無論判斷什麼或是做什麼，全都要十分理智。」

在這裏，奧斯汀給她的女主角打了一記清醒劑，也著實挖苦了哥特恐怖小說。順便應該指出，奧斯汀無論對哥特小說還是對感傷小說，都不是全盤否定的。在她看來，這兩類小說雖然具有矯揉造作、脫離現實等消極因素，但卻一反當時文壇過於嚴肅的氣氛，對於打破古典主義教條的束縛起了一定的積極作用。因此，作者在小說第五章離開故事的發展線索，向傳統的小說觀提出了挑戰，使用飽含激情的語言讚揚了新小說！

……總而言之，只是這樣一些作品，在這些作品中，智慧的魅力得到了最充分的施展，因而，對人性的最透徹的理解，對其千姿百態的恰如其分的描述，四處洋溢的機智幽默，所有這一切，都用最精湛的語言展現出來。

用「最精湛的語言」，展現「對人性的最透徹的理解」，四處洋溢著「機智幽默」，這既是作者對小說的精闢見解，也是對她本人作品的恰如其分的概括。和作者的其他幾部小說一樣，《諾桑覺寺》也是一部充滿幽默情趣的喜劇作品，其幽默情趣不僅見諸對情節的喜劇性處理，而且見諸某些人物的喜劇性格。

凱薩琳是個幼稚無知的姑娘，艾倫太太作爲其保護人，本應處處給予指點才是，但她全然無視作長輩的責任，除了自己的穿戴以外，對別的事情概無興趣，她和索普太太碰到一起時，一個炫耀自己的衣服，一個誇讚自己的女兒，「兩張嘴巴一起動，誰都想說不想聽」。索普太太的長女伊莎貝拉是個漂亮的姑娘，但是稟性虛僞，好使心計。她嘴裏說「討厭錢」，心裏卻想嫁個闊丈夫。她和凱薩琳的哥哥詹姆斯訂婚時，激動得一夜夜地睡不著覺，說什麼她「即使掌管著幾百萬鎊、主宰著全世界」，詹姆斯也是她「唯一的選擇」。後來，見更有錢的蒂爾尼上尉向她獻殷勤時，她又得意忘形地拋棄了詹姆斯。最後，蒂爾尼上尉離開了她，她居然有臉寫信懇求凱薩琳，企圖與詹姆斯重溫舊情。

以上這幾位女性，加上前面提到的索普和蒂爾尼將軍，構成了小說中的滑稽群。比起女主角凱薩琳來，這些人物儘管著墨不多，但一個個無不寫得有血有肉，活靈活現，爲小說增添了無窮的樂趣。

奧斯汀寫小說，如果說她的最大樂趣是塑造人物，她的拿手好戲則是寫對話。她的對話鮮明生動，富有個性，讀來如聞其聲，如見其人，難怪評論家常拿她和莎士比亞相提並論。比如伊莎貝拉總是愛唱崇尚友誼忠貞愛情的高調，但是話音未落，總要露出心中的隱情。

一次，她對凱薩琳說：「我的要求很低，哪怕是最微薄的收入也夠我用的了。人們要是眞心相愛，貧窮本身就是財富。我討厭豪華的生活。我無論如何也不要住在倫敦。能在偏僻的村鎮上有座茅舍，這就夠迷人的了。」天花亂墜地表白了一番之後，緊接著又加了個話尾：「黎士曼附近有幾座小巧可愛的別墅。」從茅舍溜到別墅，一語道破了她那愛慕榮華富貴的眞情實感。類似這樣的絕妙對話在小說裏俯拾即是，可以毫不誇張地說，讀奧斯汀的小說，確能使讀者從說話看出人物來的。

奧斯汀的小說大都取材於一個「三、四戶人家的鄉村」，講的多是女大當嫁之類的事情，有人認爲生活面狹窄了些，題材瑣碎了些。可是，喜歡「二寸牙雕」的人，有誰又嫌它小呢？奧斯汀寫小說，恰恰是以創造「二寸牙雕」的精神來精雕細琢的。我們讀她的作品，也要像欣賞「二寸牙雕」那樣仔細地玩味，這樣，我們就會發現一個森羅萬象、意味無窮的藝術天地。

第一章

凡是在凱薩琳．莫蘭的幼年時代見過她的人，誰都想不到她命中注定會成爲女主角。她的家庭出身，父母的性格，她自己的品貌氣質，統統對她不利。她父親是個牧師，既不受人冷落，也沒陷入貧窮，爲人十分體面，不過他取了個「理查德」的俗名，長得從來不算英俊。他除了兩份優厚的牧師俸祿之外，還有一筆相當可觀的獨立資產。而且，他一點也不喜歡把女兒關在家裡。

她母親是個樸實能幹的女人，性情平和，而更爲了不起的是，她身體健壯。她在凱薩琳出世之前生過三個兒子。在生凱薩琳時，人們都擔心她活不成了，不料她還是活了下來，接連又生了六個孩子，並且眼看著他們在她身邊長大成人，而她自己也一直很健康。一家人要是養了十個孩子，個個有頭有腦，四肢健全，總被人們稱作是美好的家庭。不過，莫蘭家除此之外，沒有別的好稱道的，因爲這些孩子大都長得很平常，而凱薩琳多年來一直像其他孩子一樣難看。她細瘦個兒，傻裏傻氣的，皮膚灰裡透黃，不見血色；頭髮又黑又直，五官粗礪。她的相貌不過如此，她的智力似乎同樣不適宜作女主角。她對男孩子玩的遊戲樣樣都喜愛。她非但不喜歡布娃娃，就連那些比較適合女主角身分的幼年愛好，諸如養個睡鼠，餵隻金絲雀，澆澆玫瑰花，她都覺得遠遠不及打板球來得有趣。確實，她不喜歡花園，偶爾採幾朵花，那多半是出於好淘氣，至少別人是這麼推測的，因爲她專採那些不准採的花。她就是這個脾氣。她的資質也同樣很特別。無論什麼東西，不教就學不會、弄不懂，有時即使教過了，她也學不會，因爲她往往心不在焉，時而還笨頭笨腦的。

她母親花了三個月工夫，才教她背會了一首詩《乞丐請願歌》❶，結果還是她的大妹妹比她背得好。凱薩琳並非總是很笨，決非如此。《兔子和朋友》這個寓言❷，她比英格蘭哪個姑娘學得都快。她母親希望她學音樂，凱薩琳也認準自己會喜歡音樂，因爲她很愛撥弄那架無人問津的舊鍵琴，於是她從八歲起便開始學習音樂。沒想到她學了一年便吃不消了。莫蘭太太對女兒們力不從心或是不感興趣的事情從不勉強，因此她讓凱薩琳半途而廢了。

辭退音樂教師那天，是凱薩琳一生中最快活的日子。她並不特別喜愛繪畫，不過，每逢能從母親那兒要來一只信封，或是隨便抓到一張什麼稀奇古怪的紙頭，她就要信筆畫將起來，什麼房子啦，樹啦，母雞和雛雞啦，畫來畫去全是一個模樣。她父親教她寫字和算術，

---

❶ 英國托馬斯・莫斯神父所著《應景詩抄》中的第一首詩。

❷ 英國詩人約翰・蓋伊（一六八五～一七三二）的一首寓言詩。

母親教她法文。因爲哪一門都學不好，一有機會便逃避上課。這眞是個不可思議的怪人！十歲的年紀就表現得如此放縱不羈。但她既沒壞心眼，也沒壞脾氣，很少固執己見，難得與人爭吵，對弟弟妹妹十分寬和，很少欺侮他們。此外，她喜歡吵鬧和撒野，不願關在家裡，不愛清潔，天底下她最愛做的事，便是躺在屋後的綠茵坡上往下打滾。

凱薩琳．莫蘭十歲的時候就是這副樣子。到了十五歲，她漸漸有了姿色，捲起了頭髮，對舞會也產生了渴望。她的膚色變得好看了，臉蛋兒也變得豐潤起來，因而五官顯得十分柔和。她的眼睛更有生氣，身段更加惹人注目。她再也不像以前那樣喜歡髒兮兮的了，而是講究起服飾來，人越長得漂亮，就越乾淨俐落。如今，她有時能聽到父母誇她出落得像個人樣了。「凱薩琳這丫頭越長越好看，今天幾乎漂亮起來了。」她耳朵裡不時聽到這樣的讚語，心裡說不出有多高興！一個女孩子生平十五年來一向相貌平平，乍一聽說自己幾乎漂亮起來了，那比一個生來就很美麗的少女聽到這話要高興得多。

莫蘭太太是個十分賢慧的女人，很希望自己的孩子個個都有出息。可惜她的時間全讓生孩子和撫養幼小的孩子給占去了，自然顧不上幾個大女兒，只能讓她們自己照管自己，因此，也就難怪凱薩琳這麼個毫無女主角氣質的人，在十四歲時居然寧可玩板球、棒球、騎馬和四下亂跑，而卻不喜歡看書，至少不喜歡看那些知識性的書。假如有這麼一些書，裡面不包含任何有益的知識，全是些故事情節，讀起來完全用不著動腦筋，這樣的書她倒也從不反對拿來看看。

然而，從十五歲到十七歲，她在培養自己作女主角了。但凡做女主角的，有些書是勢必要讀的，記住其中的錦言，藉以應付瞬息多變的人生，或者用來聊以自慰，而凱薩琳也把這些書統統讀過了。

她從波普那裡學會指責這樣的人，他們——

到處裝出一副假慈悲的樣子。❸

從格雷那裡學到——

多少花兒盛開而無人看見，
它們的芳香白白浪費在荒原。❹

---

❸ 英國詩人亞歷山大·波普（一六八八～一七四四）《懷念一位不幸的女人》中的詩句。

❹ 英國詩人格雷（一七一六～一七七一）《墓園輓歌》中的詩句。

從湯姆生那裡，學到的是——

啓迪青年人的思想，
這是一樁賞心的樂事。❺

還從莎士比亞那裡學到大量知識，其中有——

像空氣一樣輕的小事，
對於一個嫉妒的人，
也會變成天書一樣有力的證據。❻

還有——

---

❺ 蘇格蘭詩人湯姆生（一七〇〇～一七四八）《春天》中的詩句。

❻ 莎士比亞《奧賽羅》第三幕第三場中的詩句。

被我們踐踏的一隻可憐的甲蟲，
牠肉體上承受的疼痛，
和一個巨人臨死時感到的並無異樣。❼

一個墜入情網的少女，看上去總——
像是墓碑上刻著的「忍耐」的化身，
在對著悲哀微笑。❽

她在這方面已經有了長足的進步，在其他方面也獲得了巨大的進展。她雖然不會寫十四行詩，卻下定決心要多念念。她雖然看上去無法當衆演奏一支自編的鋼琴序曲，讓全場的人爲之欣喜若狂，但她卻能不知疲倦地傾聽別人演奏。她最大的欠缺是在畫筆上，她不懂得繪畫，甚至不想給自己的情人畫個側面像，也好洩露一下天機。她在這方面實在可憐，還達不

❼ 莎士比亞《惡有惡報》第三幕第一場中的詩句。
❽ 莎士比亞《第十二夜》第二幕第四場中的詩句。

到一個眞正女主角的高度。

眼前，她還認識不到自己的欠缺，因爲她沒有情人可畫。她已經長到十七歲，還不曾見到一個足以使她動情的可愛青年，也不曾使別人爲她傾倒過。除了一些很有限度和瞬息即逝的羨慕之外，還不曾使人對她萌發過任何傾慕之心。這著實奇怪！但是，如果找準了原因，事情再怪也總能說個分明。原來，這附近一帶沒有一個勛爵，甚至連個從男爵都沒有。她們相識的人家中，沒有哪一家撫養過一個偶然在家門口撿到的棄嬰，也沒有一個出身不明的青年❾。凱薩琳的父親沒有被保護人，教區裡的鄉紳又無兒無女。

但是，當一位年輕小姐命中注定要做女主角的時候，即使方圓附近有四十戶人家從中作梗，也擋她不住。事情的發展，定會給她送來一位男主角。

莫蘭一家住在威爾特郡的富勒頓村，村鎮一帶的產業大部分歸一位艾倫先生所有。艾倫先生聽了醫生的囑咐，準備去巴斯❿療養痛風病。他的太太是個和悅的女人，很喜愛莫蘭小姐。她八成知道：如果一位年輕小姐在本村遇不到什麼奇緣，那她應該到外地去尋求。於是便約凱薩琳同去巴斯。莫蘭夫婦欣然同意，凱薩琳也滿心喜悅。

---

❾ 棄嬰和出身不明的青年係指貴族私生子之類的人，這種人因有貴族血統，而被認為較平民高貴。

❿ 英格蘭西南部市鎮，著名的礦泉療養聖地。

第二章

我們已經介紹了凱薩琳．莫蘭的姿容和資質。在行將開始的巴斯六週之行中，她的姿容和資質就要經受種種艱難險阻的考驗。為了讓讀者對她有個比較明確的認識，免得往後越看越糊塗，也許還要說明：凱薩琳心腸熱切，性情愉快直爽，沒有絲毫的自負與造作。她的舉止形態剛剛消除了少女的忸怩與靦腆。她很討人喜歡，神色好的時候還很嫵媚。但和一般的十七歲姑娘一樣，她的頭腦也是那麼蒙昧無知。

動身的時刻臨近了。莫蘭太太是做母親的，當然應該滿腹焦慮才是。親愛的凱薩琳就要離家遠行，這實在有些可怕，做母親的唯恐她遭遇不幸，應該憂念叢生，哀傷不已，臨別前一兩天應該哭得淚人兒似的。在她房裡話別時，她應該憑著自己的老於世故，向女兒提出許多極其緊要、極其實用的忠告。有的貴族和從男爵專愛把年輕小姐拉到偏僻的鄉舍裡，倘若莫蘭太太此刻能告誡女兒提防這些人行凶作惡，她那滿腹的憂慮必定會稍為放鬆一些。誰說不是呢？可惜莫蘭太太並不了解貴族和從男爵，對他們的惡作劇一無所知，因而絲毫也不疑心女兒會遭到他們的暗算。她的叮嚀僅限於：「我求你，凱薩琳，晚上從聚會廳出來的時候，可要把脖子裹暖和了。我希望你用錢時能記個帳，我特意把這本小帳簿送給你。」

莎莉，最好叫莎拉，（因爲通常紳士家的年輕小姐到了十六歲，有哪個不盡可能改改名字呢？）由於處境的緣故，此時準是她姊姊的摯友和知己。可是，值得注意的是，她既沒堅持讓凱薩琳每天都給她寫封信，也沒硬要她答應把每一個新朋友的人品來信描述描述，或者把巴斯可能出現的每一起趣談詳細報導一番。莫蘭一家人冷靜而適度地處理了與這次重要旅行有關的一切事項。這種態度倒是十分符合日常生活中的一般感情，但是並不符合那種優雅的多情善感，不符合一位女主角初次離家遠行時，照理總應激起的那種纏綿柔情。她父親不但沒有給她開一張隨行支取的銀行櫃票，甚至也沒把一張一百鎊的鈔票塞進她手裡，他只給了她十個畿尼❶，答應她不夠時再給。

就在這般慘淡的光景中，凱薩琳辭別家人，登上旅程。一路上一帆風順，平安無事。既沒碰上強盜，又沒遇上風暴，也沒有因爲翻車而幸會男主角。只有一次，艾倫太太擔心把木屐丟在旅店裡，後來幸而發現這只是一場虛驚，除此之外，再也沒有發生令人驚恐的事情。

他們來到了巴斯。凱薩琳心裡不覺急切切、樂滋滋的。車子駛近景致優美、引人入勝的城郊，以及後來駛過通往旅館的幾條街道時，只見她兩眼左顧右盼，東張西望。她來這裡是

❶ 畿尼（guinea）：英國舊金幣，合二十一先令。

想玩個痛快，她已經感到很痛快了。

他們很快地便在普爾蒂尼街的一幢舒適房子裡住了下來。

現在應該來介紹一下艾倫太太，以便讓讀者能夠判斷：她的行爲今後將會如何促成本書中的種種煩惱，可能如何使可憐的凱薩琳陷入狼狽不堪的境地，究竟是出於她的輕率、粗俗或是嫉妒，還是因爲她偷拆了凱薩琳的信件，詆毀了她的聲譽，甚至把她攆出門去。❷

世上有許多這樣的女人，你在和她們的交往中只會感到奇怪：天底下居然會有男人喜愛她們，甚至還和她們結爲夫妻；艾倫太太便是這樣一個女人。她既不美貌，又無才無藝，還缺乏風度。像艾倫先生這樣一個洞達世故、通曉情理的人之所以挑中她，全是因爲她有上流社會的淑女氣派，性情嫻靜溫厚，還喜歡開開玩笑。她和年輕小姐一樣，喜歡四處奔走，無所不看，就這點來看，她倒是極其適宜作年輕小姐的社交引介人。她愛好衣著，有個完全不足爲害的癖好：總喜歡打扮得漂漂亮亮的。她先費了三、四天工夫，打聽到穿什麼衣服最時興，並且還買到一身頂時髦的衣服，然後才領著我們的女主角踏進社交界。凱薩琳自己也買

---

❷ 其實，艾倫太太與凱薩琳後來的遭遇毫無關係，作者之所以這樣說，旨在諷刺哥特傳奇小說。因為在哥特傳奇小說中，女主角的不幸都是由於姑母等人的嫉妒造成的。

了些東西，等這些事情籌措妥當，那個事關重大的夜晚來臨了，她就要被引進到聚會廳啦。最好的美髮師給她修剪了頭髮，她再仔仔細細地穿好衣服，艾倫太太和她的使女（即侍女）看了都說，她打扮得很好看。受到這番鼓勵，凱薩琳便希望自己打人群中穿過時，起碼可以不遭到非議。至於說讚賞，眞有人讚賞當然可喜，但是她並不抱這個奢望。

艾倫太太磨磨蹭蹭地打扮了半天，致使兩人很晚才步入舞廳。眼前正趕上鬧季，舞廳裡擁擠不堪，兩位女士用力擠了進去。卻說艾倫先生，他逕直奔往牌室去了，讓兩位女士在亂烘烘的人叢中去自尋歡樂。艾倫太太光顧得當心自己的新衣服，也不管她的被保護人是否受得了。從門前的人堆裡穿過時，小心翼翼地走得飛快。幸虧凱薩琳緊貼在她身邊，使勁挽住她朋友的胳膊，才算沒被那推推搡搡的人群沖散。

但是，使她大為驚奇的是，從大廳裡穿過決不是擺脫重圍的辦法，她們越走下來，人群似乎變得越擠。她本來設想，只要一進門，就能很容易地找到座位，舒舒服服地坐下來看人跳舞。不料事實完全不是這樣。她們雖說經過不懈努力擠到了大廳盡頭，但是境況卻依然如故，全然看不到跳舞者的身影，只能望見一些女人頭上高聳的羽毛。兩人繼續往前走，看見了一個比較好的地方。她們憑藉力氣和靈巧，經過進一步努力，終於來到最高一排長凳後面的過道上。

這裡的人比下面少些，因此莫蘭小姐可以通觀一下下面的人群，也可以通觀一下剛才闖進來時所冒的種種危險。這真是個壯觀的景象，莫蘭小姐當晚第一次感到；自己是在舞會上。她很想跳舞，但是這裡沒有一個她認識的人。

在這種情況下，艾倫太太只能安慰她幾句，時常溫聲細語地說：「好孩子，你要是能跳跳舞就好了。但願你能找到個舞伴。」起先，她的年輕朋友還很感激她的好意，誰知她這話說得太多了，而且全然不見效果，凱薩琳終於聽膩了，也就不再謝她了。

她們好不容易擠到這裡，領受一下高處的寧靜，可是好景不長。轉眼間，大家都動身去喝茶，她倆只得跟著一道擠出去。凱薩琳開始覺得有點失望了：她討厭讓人擠來擠去的，而這些人的面孔大多也沒有什麼讓人感興趣的地方，再說她同這些人素不相識，因而無法同哪位難友交談一、兩句，來減輕困禁的煩惱。

最後終於來到了茶室，她越發感到找不著伙伴、見不著熟人、沒有男人相助的苦惱。艾倫先生連個影兒也見不到。兩位女士向四下看了看，找不到更合適的地方，無可奈何地只好在一張桌子的一端坐下來。桌前早已坐好一大幫人，兩人在那兒無事可做，除了彼此說說話，也找不到別人交談。

兩人剛一坐定，艾倫太太便慶幸自己沒把旗袍裙子擠壞。「要是給扯破了，那就糟糕了，」她說，「你說是吧？這紗料子可細啦。老實跟你說吧，我在這大廳裡還沒見到叫我這麼喜歡的料子呢！」

「這兒一個熟人也沒有，」凱薩琳低聲說道，「可眞彆扭啊！」

「可不是嗎，孩子，」艾倫太太泰然自若地答道，「確實彆扭。」

「我們怎麼辦呢？同桌的先生女士們似乎在奇怪我們來這兒幹什麼，好像我們硬是夾進來似的。」

「是的，像這麼回事，眞令人難堪。這兒能有一大幫熟人就好了。」

「哪怕認識一、兩個也好啊。那樣總有個人好湊湊熱鬧。」

「一點不錯，好孩子，我們要是認識什麼人，馬上就去找他們。斯金納一家子去年來過，他們要是現在在這兒就好了。」

「既然如此，我們是不是索性走了好？你瞧，這兒連我們的茶具都沒有。」

「的確是沒有。眞氣人！不過，我看我們最好還是坐著別動，人這麼多，非擠得你暈頭轉向不可。好孩子，我的頭髮怎麼樣？有人推了我一下，我怕頭髮給碰亂了。」

「沒有，的確沒有，看上去很整齊。不過，親愛的艾倫太太，你在這麼多人裡當眞連一個也不認識？我想你一定認識幾個人吧。」

「老實說，我誰也不認識。我但願認識幾個人。我眞心希望這兒有我一大幫子熟人，那樣一來，我就能給你找個舞伴。我眞想讓你跳跳舞。你瞧，那兒來了個怪模怪樣的女人！她穿了一件多古怪的旗袍裙啊！眞是件老古董！瞧那後身……」

過了一陣，鄰座裡有個人請她們喝茶，兩人很感激地接受了，順便還和那位先生寒暄了幾句。整個晚上，這是旁人同她們唯一的一次搭訕。

直到舞會結束，艾倫先生才過來找她們。

「怎麼樣，莫蘭小姐，」他立即說道，「舞會開得很愉快吧？」

「的確很愉快。」莫蘭小姐答道，儘管想憋住，但還是打了個大呵欠。

「可惜她沒有跳成舞，」艾倫太太說道。「我們要是能給她找個舞伴就好了，我剛才還在說，假使斯金納一家子不是去年冬天來的，而是今年冬天來的，那該有多好啊。或許，假使帕里一家子果眞像他們說的那樣來到這裡，那莫蘭小姐就可以和喬治·帕里跳舞啦。眞遺憾，她一直沒有舞伴。」

「我希望下次來的時候會好一些。」艾倫先生安慰說。

舞會結束了，人們開始散場。地方一寬敞，餘下的人走動起來也舒暢了。我們的女主角在舞會上還沒大顯身手，現在可輪到大家注意她、讚美她了。每過五分鐘，隨著人群的進一步減少，都要給她增加幾分顯現魅力的機會。許多原來不在她近前的年輕人，現在看見她了。不過，大家看歸看，誰也沒有爲之驚喜若狂，大廳裡聽不到嘰嘰喳喳的詢問聲，也聽不到有人稱她是仙女下凡。然而，凱薩琳著實迷人，那些人要是見過她三年前那副樣子，現在準會覺得她俊俏極了。

不過，確實有人在瞧她，而且是帶著幾分艷羨之情，因爲她親耳聽到兩個男子說她是個漂亮姑娘。這些讚語產生了應有的效果：莫蘭小姐應該覺得，這個晚上比她先前感覺的更令人愉快，她那點卑微的虛榮心得到了滿足。她十分感激那兩個青年對她發出這簡短的讚語，甚至連一個名副其實的女主角聽說別人寫了十五首歌頌她美貌的十四行詩時，也不會像她那樣感激不盡。她去乘轎子的時候，對每個人都很和顏悅色。她對自己受到的那點公衆的注目，已經感到十分滿足了。

第三章

現在，每天上午都有些固定的事情要做：逛逛商店，遊覽遊覽城內的一些新鮮地方，到礦泉廳閒逛個把鐘頭，看看這個人望望那個人，可是跟誰也搭不上話。艾倫太太仍然熱切希望她在巴斯能有許多熟人，但當每天上午都證明她壓根兒不認識任何人時，她便要重新絮叨一遍這個希望。

她們來到了下聚會廳，在這裡，我們的女主角還比較幸運。典禮官給她介紹了一位很有紳士派頭的年輕人作舞伴。他姓蒂爾尼，約莫有二十四、五歲的樣子，身材高大，面孔和悅，兩隻眼睛炯炯有神，如果說還不十分漂亮，那也差不多了。他談吐優雅，凱薩琳覺得自己非常幸運。他們跳舞的時候，顧不上說話，但是坐下來喝茶的時候，凱薩琳發現蒂爾尼先生就像她料想的那樣，非常和藹可親。他口齒伶俐，談笑風生，談吐中帶有幾分調皮與詼諧，凱薩琳雖然難以領會，但卻很感興趣。周圍的事物自然成爲他們的話題，談了一陣之後，蒂爾尼先生突然對她說道：「小姐，我這個舞伴實在有些失禮，還沒有請教你來巴斯多久了，以前來過這兒沒有，是否去過上聚會廳、劇院和音樂廳，是不是很喜歡這個地方。我太疏忽了——不過，不知道你現在是否有空來回答這些問題？你若是有空，我馬上就開始請教。」

「先生，你不必給自己添麻煩了。」

「不麻煩，小姐，你儘管放心。」接著，他做著一副笑臉，裝作柔聲細氣地問道：「你在巴斯待了很久了吧，小姐？」

「大約一個星期，先生。」凱薩琳答道，盡量忍住笑。

「眞的！」蒂爾尼先生假裝大吃一驚。

「你爲什麼驚訝，先生？」

「爲什麼驚訝？」他用自然的口氣說道。「你的回答似乎總要激起某種感應，而驚訝最容易作出來，也最合乎情理。好啦，我們接著往下說吧。你以前來過這裡嗎，小姐？」

「從來沒有，先生。」

「眞的！光臨過上聚會廳嗎？」

「去過，先生。上個星期一去過。」

「上過劇院嗎？」

「上過，先生。星期二看過戲。」

「聽過音樂會嗎？」

「聽過，先生。在星期三。」

「很喜歡巴斯嗎？」

「是的，很喜歡。」

「說到這兒，我得傻笑一聲，然後我們再恢復理智。」

凱薩琳別過頭去，不知道是否可以貿然一笑。

「我知道你是怎麼看我的，」蒂爾尼一本正經地說道。「明天，我在你的日記裡要露出一副可憐相了。」

「我的日記！」

「是的。我確實地知道你要說什麼：『星期五，去下聚會廳。身著帶枝葉花紋的、鑲藍邊的紗袍，腳穿素黑鞋，顯得非常漂亮，不過奇怪得很，被一個傻裡傻氣的怪傢伙纏擾了半天，硬要我陪他跳舞、聽他胡說八道。』」

「我才不會這樣說呢。」

「要我告訴你該怎麼說嗎？」

「請講。」

「經金先生❶介紹，與一位十分可愛的小伙子跳舞。同他說了很多話。彷彿是個非凡的天才，希望進一步了解她。小姐，這就是我希望你要說的話。」

「不過，或許我不寫日記呢。」

「或許你不坐在這屋裡，或許我不坐在你身邊。這兩點也同樣可以引起懷疑吧。不寫日記！那你別處的表姊妹如何了解你在巴斯的生活情況？每天有那麼多的寒暄問候，要是晚上不記到日記裡，怎麼能如實地向人講述呢？要是不經常參看日記，你怎麼能記住你那些各式各樣的衣服，怎麼能向人描繪你那種種的膚色特徵，種種的鬈髮樣式？親愛的小姐，我對年輕小姐的特點，並不像你想像的那樣一無所知。女人一般都以文筆流暢著稱，這在很大程度上歸功於記日記的良好習慣。衆所公認的，能寫出令人賞心悅目的書信，是女人特有的才幹。天性固然起一定的作用，但是我敢斷定，主要還是受益於多寫日記。」

「我有時在想，」凱薩琳懷疑地說，「女人寫信是否眞比男人寫得好。也就是說，我並不認爲我們總比男人高明。」

「就我見過的來說，女人的寫信風格除了三點以外，通常都是完美無缺的。」

---

❶ 歷史上確有其人。曾隨英國軍隊在美洲服過役，一七八五年被任命為下聚會廳典禮官，一八〇五年又被任命為上聚會廳典禮官。

「哪三點？」

「普遍空洞無物，完全忽視標點，經常不懂文法。」

「老實說，我剛剛才不用擔心拒絕了你的恭維。照這樣看來，你並非把我們看得很高明。」

「我不能一概而論地認爲女人寫信比男人寫得好，就像不能一概認爲女人唱二重唱比男人唱得好、畫風景畫比男人畫得好一樣。在以情趣爲基礎的各項能力上，男女雙方是同樣傑出的。」

兩人正說著，不料讓艾倫太太給打斷了。「親愛的凱薩琳，」她說，「快把我袖子上的別針給摘下來。恐怕把袖子扯了個洞吧。要是眞扯了個洞，那就太可惜了，因爲這是我最喜愛的一件旗袍裙，儘管一碼布只花九先令。」

「我估計的也正是這個價錢，太太。」蒂爾尼先生邊說，邊瞧著那細紗布。

「你也懂得細紗布嗎，先生？」

「在行極了。我總是親自買自己的領帶，誰都承認我是個傑出的行家。我妹妹還經常託我替她選購旗袍裙呢。幾天前，我替她買了一件，女士們見了個個都說便宜極了。一碼才花五先令，而且是貨眞價實的印度細洋紗。」

艾倫太太十分驚羡他的天賦。「男人一般很少留心這類事情，」她說。「我從來無法讓艾倫先生把我的一件旗袍裙同另一件區分開來。你一定使你妹妹很滿意吧，先生？」

「但願如此，太太。」

「請問，先生，你覺得莫蘭小姐的旗袍裙怎麼樣？」

「倒是很漂亮，太太，」他說，一面鄭重其事地審視著。「不過，我看這料子不經洗，恐怕容易破。」

「你怎麼能這樣——」凱薩琳笑著說道，差一點沒說出「怪誕」兩個字。

「我完全贊成你的意見，先生，」艾倫太太應道。「莫蘭小姐要購買的時候，我就對她這麼說過。」

「不過你知道，太太，細紗布總可以改派別的用場。莫蘭小姐完全可以用它來做一塊手帕、一頂軟帽或是一件斗篷。細紗布可以說從來不會浪費的。我妹妹每當出手大方地把布買多了，或者漫不經心地把布剪壞了，就要絮叨細紗布浪費了，我已經聽見幾十次了。」

「先生，巴斯可真是個迷人的地方，有那麼多好商店。我們不幸住在鄉下。索爾茲伯里倒有幾家很好的商店，但是路太遠了，八英里是夠遠的了。艾倫先生說是九英里，標準的九英里。可是我敢肯定，不會超過八英里。跑一趟真苦啊，我回來的時候都給累趴了。再看這兒，你一走出門，五分鐘就能買到東西。」

蒂爾尼先生倒比較客氣，似乎對她說的話還挺感興趣的。艾倫太太抓住細紗布這個話題，和他談個不停，直到跳舞重新開始。凱薩琳聽著他們的談話，心裡不禁有些擔憂，覺得蒂爾尼先生有點過於喜歡譏誚別人的缺點。

「你在聚精會神地尋思什麼？」他們走回舞廳時，蒂爾尼先生問道。「我想該不會是在想你的舞伴吧，因爲從你的搖頭可以看出，你沉思的事情不盡令你滿意。」

凱薩琳臉上一紅，說道：「我什麼也沒想。」

「你回答得很委婉很深奧啊。不過，我倒寧可聽你直截了當地說，你不願意告訴我。」

「那好吧，我不願意。」

「謝謝你。我們馬上就要成爲好朋友了，因爲以後一見面，我都有權力拿這件事來和你開玩笑，開玩笑最容易促進友誼。」

他們又跳起舞來。舞會結束後，雙方分手了。就女方來說，她至少是很願意繼續交往的。她喝著溫熱的攙水葡萄酒，準備上床的時候，是否還一個勁地想著他，以至於入睡後還夢見他，這就不得而知了。不過我希望，她只不過是昏昏欲睡中夢見他，或者充其量只是在早晨打盹時夢見他。有位名作家認爲，男的還沒有向女的表露鍾情之前，女人不應當愛上男的。❷假如確實如此，那麼一個年輕小姐在尚不知道男方是否先夢見她之前，居然就先夢起

❷ 參見理查森先生的來信，《漫談報》第二卷第九十七號。

男的來，那當然是很不得體的事。但是，蒂爾尼先生作爲一個夢中人或情人，究竟如何得體，艾倫先生也許還沒考慮過。不過，他經常打聽，並不反對蒂爾尼同他的年輕保護人交個朋友，因爲當天傍晚他就費心調查了凱薩琳舞伴的情況，結果了解到，蒂爾尼先生是個牧師，出生在格洛斯特郡的一戶體面人家。

第四章

第二天，凱薩琳懷著異常殷切的心情，趕到礦泉廳，心想準能在午前見到蒂爾尼先生，準備對他笑臉相迎。哪知她根本用不著陪笑臉！蒂爾尼先生沒露面。到了熱鬧的時候，巴斯的人除他以外，都陸陸續續來到了礦泉廳。每時每刻，都有一群群的人走進走出，在台階上走上走下。這是些誰也不介意、誰也不想見的人們。唯獨他沒來。「巴斯眞是個可愛的地方，」艾倫太太說道。這時，兩位女士在大廳裡逛累了，便挨近大鐘坐了下來。「我們要是這兒有個熟人，那該有多快活。」

對此艾倫太太不知感嘆過多少回了，總是白搭，所以她沒有特殊理由認爲，這次會交上好運。但是常言道：「凡事不要灰心」以及「孜孜不倦便能達到目的」。艾倫太太每天孜孜不倦地抱著這個希望，最後總會如願以償的。且說她坐下不到十分鐘，只見旁邊坐著一位與她年紀相仿的女人，已經專心致志地盯著她瞧了一陣，隨即便彬彬有禮地同她搭話：「我想，太太，我不會看錯人吧。我很久以前榮幸地見過你，你不是艾倫太太嗎？」艾倫太太連忙稱是，那位生客說她姓索普。艾倫太太一瞧那面孔，馬上認出她是自己過去的同窗摯友，各自出嫁後僅僅見過一面，而且還是多年前的事情。這次重逢，眞把兩人高興壞了。不過這也難怪，因爲她們已有十五年互無音訊了。

兩人先是恭維了一番彼此的容貌，接著便說起上次分別後時間過得眞快，萬萬沒想到會在巴斯相遇，舊友重逢有多高興呀。隨後又談起了家人、姊妹和表姊妹的情況，簡直是問的問，答的答，兩張嘴巴一起動，誰都想說不想聽，結果誰也沒聽見對方說了些什麼。不過，索普太太家裡有一大幫孩子，說起話來比艾倫太太占便宜。她大講特講她兒子們的才幹，女兒們的美貌，敘說著各自的職業和志向，約翰在牛津，愛德華在商裁公學❶，威廉從事航海，兄弟三個在各自的崗位上備受愛戴和尊敬，很少有人能比得上他們。艾倫太太沒有類似的內容可說，沒有類似得意的事情向她的朋友灌輸，因此她的朋友也不用勉勉強強、將信將疑地來聽她的。

艾倫太太迫不得已，只好坐在那裡，彷彿一字不漏地聆聽她那做母親的絮聒。不過，使她感到聊以自慰的是，她那敏銳的眼睛很快發現，索普太太那件長袍上的花邊，還趕不上自己的一半漂亮。

「瞧，我的幾個寶貝女兒來了，」索普太太大聲嚷道，一面用手指著三個模樣俏麗的姑

---

❶ 倫敦著名的貴族學校。

娘，她們手挽著手，正朝索普太太走來。「親愛的艾倫太太，我正渴望著介紹她們，她們會十分高興見到你的。個子最高的是伊莎貝拉，我的大女兒。難道不是個漂亮姑娘嗎？另外兩個也很受人仰慕，不過，我認爲還是伊莎貝拉最漂亮。」

三位索普小姐介紹過後，暫時被拋在一邊的莫蘭小姐也給作了介紹。索普母女聽到莫蘭這個姓，似乎都愣住了。那位大小姐彬彬有禮地同她談了幾句之後，便高聲對其他人說道：

「莫蘭小姐眞像她哥哥！」

「簡直跟他哥哥長得一模一樣！」索普太太嚷道。母女幾個一而再、再而三地重複：「莫蘭小姐無論在哪兒，我都能認出是他妹妹！」

一時之間，凱薩琳感到很驚異。但是，索普太太和她女兒剛開始敘說她們和詹姆斯．莫蘭先生的認識經過，她便猛然記起，她大哥最近和一位姓索普的同學來往很密切，他這次聖誕節放假，最後一週就是在倫敦附近他們家裡度過的。

整個事情解釋清楚之後，三位索普小姐說了不少親切的話語：希望和莫蘭小姐加深交往，希望由於雙方兄長間的友誼，彼此能一見如故等等。凱薩琳聽了十分高興，搬出了腦子裡所有的動聽言語來回答。

爲了初次表示親熱，索普大小姐馬上邀請莫蘭小姐，挽著她的手臂，在礦泉廳裡兜了一圈。凱薩琳在巴斯又多了幾個相識，不覺有些得意，和索普小姐攀談時，險些忘了蒂爾尼先生。友誼無疑是對情場失意的最好安慰。

她們談論的是這樣一些話題，在這些話題上暢所欲言，一般能促使兩位年輕小姐驟然形成的友誼日臻完善。什麼衣著啊，舞會啊，調情啊，嬉戲啊，不一而足。索普小姐比莫蘭小姐大四歲，起碼比她多四年的見識，因而談論起這些話題來，明顯占了上風。她可以把巴斯的舞會同坦布里奇的舞會相比較；把巴斯的風尚同倫敦的風尚相比較；可以糾正她這位新朋友對許多時髦服裝的看法；可以從任何一對男女的相互一笑中發現兒女私情；可以透過水泄不通的人群指出誰在嬉鬧。

這些本領對凱薩琳來說完全是陌生的，自然使她很欽佩。這股油然而生的欽佩之情，險些使凱薩琳感覺有些敬而遠之，幸虧索普小姐性情快活，談吐大方，一再表示結識她很高興，因而使她消除了一切敬畏之感，剩下的只是一片深情厚意。

兩人越來越投契，在礦泉廳閒逛了五、六圈之後，仍然依依不捨。索普小姐索性把莫蘭小姐送到艾倫先生的寓所門口。當她們得知晚上還要到在劇院裡見面，第二天早晨還要到同一座教堂作禮拜時，相互才感到欣慰，親呢地握了半天手才告別。隨即，凱薩琳直奔樓上，從客廳窗口望著索普小姐順街而去，對她那優雅的步履、嫋娜的體態和入時的裝束，艷羨不已。有機會結識這樣一位朋友，她理所當然感到慶幸。

索普太太是個寡婦，家境不很富裕。她性情和悅，心地善良，對子女十分溺愛。她的大女兒長得很美，兩個小女兒裝作與姊姊一樣漂亮，學著她的神態，作著同樣的裝扮，倒也頗有姿色。

我們對這家子人作個簡要的介紹，爲的是不必讓索普太太自己囉囉嗦嗦地說個沒完沒了。她過去的那些經歷和遭遇，細說起來要占據三、四章的篇幅，那樣一來，勢必要詳盡敘說那些王公貴族及代理人的卑劣行徑，詳盡複述二十年前的一些談話內容。

第五章

當天晚上，凱薩琳坐在劇院裡，見索普小姐頻頻向她點頭、微笑，當然要花了很多工夫來回敬。但她沒有顧此失彼，沒有忘記左顧右盼，往她目力所及的每個包廂裡尋覓蒂爾尼先生。可惜她始終也沒找到。蒂爾尼先生看戲的興趣，並不比去礦泉廳的興趣大。莫蘭小姐希望第二天能走遠一些。當她祈求天公作美的願望得到應驗，次日早晨果見天晴氣朗時，她簡直不懷疑自己要交好運了。因爲在巴斯，星期天天氣一好，家家戶戶都要出來玩耍。這時候，彷彿全鎮的人都在到處散步，見了熟人便說：今天天氣多好。

一作完禮拜，索普一家和艾倫夫婦便急忙跑到了一起。大家先到礦泉廳玩了一會，發現裡面人太多，而且見不到一副優雅的面孔（在這個季節，每逢星期天，大家都有這個感覺），便又匆匆趕到新月街，去呼吸一下上流社會的新鮮空氣。在這裡，凱薩琳和伊莎貝拉臂挽著臂，無拘無束地暢談著，再次嘗到了友誼的歡樂。她們談了很多，而且也很帶勁，但是凱薩琳重見她的舞伴的希望又落空了。

蒂爾尼哪兒也碰不著了。早晨的散步也好，晚上的聚會也罷，總是找不到他。無論在上聚會廳還是下聚會廳，無論在化裝舞會上還是便裝舞會上，哪兒都見不到他；在早晨散步、騎馬或趕車的人們中間，也找不著他。礦泉廳的來賓簿上沒有他的名字，再怎麼打聽也無濟於事。他一定離開巴斯了，然而他並沒說過只待這麼幾天呀。男主角總是行蹤神秘，在凱薩琳的想像中，這種神秘感給蒂爾尼的容貌和舉止增添了一層新的魅力，使她更迫切地要進一步了解他。

她從索普家那兒探聽不到什麼情況，因爲她們遇見艾倫太太之前，來到巴斯僅僅兩天。不過，這是她和她的漂亮朋友經常議論的話題，她的朋友極力鼓勵她，要她不要忘掉蒂爾尼先生。因此，蒂爾尼先生給她留下的印象一直沒有減淡。

伊莎貝拉確信，蒂爾尼先生一定是個很迷人的青年。她還確信，他一定很喜歡親愛的凱薩琳，因此很快就會回來的。她還因爲他是個牧師，而越發喜愛他，因爲「說老實話，我自己就很喜歡這個職業。」伊莎貝拉說完這話，不由自主地像是嘆了口氣。也許凱薩琳不該問她爲何輕聲嘆息，但她對愛情的花招和友誼的職責畢竟不夠老練，不知什麼時候要插科打諢，什麼時候該迫使對方吐露隱衷。

艾倫太太現在十分快活，對巴斯十分滿意。她終於找到了熟人，還非常幸運地發現，她們原來是她的一位極其可敬的老朋友的一家人。而且，使她感到無比慶幸的是，這些朋友的穿戴決沒有她自己的來得豪華。她每天的口頭禪不再是，「我們要是在巴斯有幾位朋友就好了，」而是變成了，「我眞高興，能遇見索普太太！」

她就像她年輕的被保護人和伊莎貝拉一樣，迫不及待地要增進兩家人的交往。一天下來，除非大部分時間是守在索普太太身邊，否則她不會感到滿意。她們在一起，照她們的說法是聊聊天，誰知她們幾乎從不交換意見，也很少談論類似的話題，因爲索普太太主要談自己的孩子，艾倫太太主要談自己的旗抱裙。

凱薩琳與伊莎貝拉之間的友誼，一開始就很熱烈，因而進展得也很迅速。兩人一步步地越來越親密，不久，無論她們的朋友還是她們自己，再也見不到還有什麼進一步發展的餘地了。她們相互以教名相稱，總是挽臂而行。跳舞時相互幫著別好拖裙，並且非在一個組裡跳不可。如果逢上早晨下雨，不能享受別的樂趣，那她們也要不顧雨水與泥濘，堅決聚到一起，關在屋裡一道看小說。

是的，看小說，因爲我不想採取小說家通常採取的那種卑鄙而愚蠢的行徑，明明自己也在寫小說，卻以輕蔑的態度去詆毀小說。他們與自己不共戴天的敵人串通一氣，對這些作品進行惡語中傷，從不允許自己作品中的女主角看小說。如果有位女主角偶爾拾起一本書，這本書一定乏味至極，女主角一定懷著憎惡的心情在翻閱著。

天哪！如果一部小說的女主角不從另一部小說的女主角那裡得到庇護，那她又能指望從何處得到保護和尊重呢？我可不贊成這樣做。

讓那些評論家窮極無聊地去咒罵那些洋溢著豐富想像力的作品吧，讓他們使用那些目前充斥在報章上的種種陳腔濫調去談論每本新小說吧。我們可不要互相背棄，我們是個受到殘害的整體。雖然我們的作品比其他任何文學形式給人們提供了更廣泛、更真摯的樂趣，但是還沒有任何一種作品遇到如此多的詆毀。由於傲慢、無知或趕時髦的緣故，我們的敵人幾乎和我們的讀者一樣多。有人把《英國史》縮寫成百分之九，有人把米爾頓、波普和普萊爾❶的幾十行詩，《旁觀者》❷的一篇雜文，以及斯特恩❸作品裡的某一章，拼湊成一個集子加以出版，諸如此般的才幹受到了上千人的讚頌；然而人們幾乎總是願意詆毀小說家的才能，貶損小說家的勞動，蔑視那些只以天才、智慧和情趣見長的作品。

「我不是小說讀者，很少瀏覽小說。別以爲我常看小說。這對一本小說來說還眞夠不錯的了。」這是人們常用的口頭禪。「你在讀什麼——小姐！」或是「哦！只不過是本小說！」小姐答道，一面裝著不感興趣的樣子，或是露出一時羞愧難言的神情，趕忙將書撂下。「這只不過是本《西西麗亞》❹，《卡蜜拉》❺或《貝林達》❻。」

總而言之，只是這樣一些作品，在這些作品中，智慧的偉力得到了最充分的施展，因而，對人性的最透徹的理解、對其千姿百態的恰如其分的描述，四處洋溢的機智幽默，所有這一切，都用最精湛的語言展現出來。假如那位小姐是在看一本《旁觀者》雜誌，而不是在看這種作品，她一定會十分驕傲地把雜誌拿出來，而且說出它的名字！不過，別看那厚厚的一本，這位小姐無論在讀哪一篇，其內容和文體都不可能不使一位情趣高雅的青年人爲之作嘔。這些作品的要害，往往在於描寫一些不可能發生的事件，矯揉造作的人物，以及與活人無關的話題；而且語言常常是如此的粗劣，使人對於能夠容忍這種語言的時代，產生了不良的印象。

---

❶ 馬修・普萊爾（一六六四～一七二一）：英格蘭詩人和隨筆作家。

❷ 一七一一年三月一日至一七一二年十二月六日出現的一種雜誌，主要撰稿人有著名隨筆作家喬瑟夫・艾迪生和理查德・斯蒂爾等人。

❸ 勞倫斯・斯特恩（一七一三～一七六八）：英國小說家。

❹ 英國女作家范妮・伯尼（一七五二～一八四〇）的一部感傷小說，一七八二年出版後風靡一時。

❺ 范妮・伯尼的另一部小說。

❻ 英國女作家瑪麗亞・艾奇渥思（一七六七～一八四〇）所作的一部描寫上流社會生活的小說。

第六章

兩位女友之間的以下談話，是她們相識八、九天後的一個早晨，在礦泉廳進行的，可以充分顯示出她們之間的熱烈情感，顯示出彼此的敏感、審愼和別出心裁，以及高雅的文學情趣，這一切表明了她們的熱烈情感是那樣合乎情理。

她們是約好而來的。

因爲伊莎貝拉比她的朋友早到了將近五分鐘，她的頭一句話當然是這樣說的：

「我的寶貝，什麼事把你耽擱得這麼晚？我等了你老半天了！」

「眞的嗎？太對不起了，我還以爲我很準時呢。才剛剛一點，但願沒讓你久等。」

「哦，至少等了老半天了！肯定有半個鐘頭了。好了，先到大廳那邊坐下來鬆快鬆快，我有一肚子話要跟你說。首先，今天早晨出門的時候，我生怕要下雨。眞像是要下陣雨的樣子，差一點把我急死了！你知道吧，我剛才在米爾薩姆街一家商店的櫥窗裡看到一頂帽子，你想像不到有多漂亮。跟你的那頂很相像，只是緞帶是橙紅色的，不是綠色的。我當時眞想買呀。不過，親愛的凱薩琳，今天一早你都在幹什麼？是不是又看《尤多爾弗》❶了？」

「是的，早上一醒來就在看，已經看到黑紗幔那兒了。」

「眞的嗎？多有意思啊！哦！我說什麼也不告訴你那黑紗幔後面罩著什麼！難道你不急於想知道嗎？」

「噢！是的，很想知道。到底是什麼呢？不過，請別告訴我，無論如何也別告訴我。我知道準是具骷髏。我想準是勞倫蒂納❷的骷髏。噢！我眞喜愛這本書！老實對你說吧，我眞想讀它一輩子。若不是要來會你，我說什麼也丟不開它。」

「寶貝，你眞好。等你看完《尤多爾弗》，我們就一道看《意大利人》❸。我給你列了個單子，十來本都是這一類的。」

「眞的！那可太好了！都是些什麼書？」

「我這就念給你聽聽，全記在我的筆記本裡。《烏爾芬巴赫城堡》，《克萊蒙》，《神

---

❶ 安·拉德克利夫夫人（一七六四～一八二三）是英國哥特小說的代表人物，《尤多爾弗的奧秘》是她的代表作。小說描寫女主角艾蜜麗喪母後隨父出遊，途中遇險為一青年所救，兩人一見鍾情。父親死後，艾蜜麗投奔姑母處，被惡棍誘至尤多爾弗城堡，歷盡種種驚險，最後終於脫身，與情人團聚。情節緊張恐怖，充滿神秘氣息。

❷ 《尤多爾弗》中的人物，係勞倫蒂尼之誤。

❸ 拉德克利夫夫人的另一部傳奇小說。

秘的警告》，《黑樹林的巫師》，《夜半鐘聲》，《萊茵河的孤兒》，以及《恐怖的奧秘》。這些書夠我們看些日子啦。」

「是的，眞是太好了。不過，這些書都很恐怖嗎？你肯定它們都很恐怖嗎？」

「是的，保險沒問題。我的好朋友安德魯斯小姐把這些書全看過了，她眞是個甜姊兒，一個天底下頂討人愛的姑娘。你要是認識安德魯斯小姐就好了，你會喜歡她的。她正在給自己織一件要多漂亮有多漂亮的斗篷。我覺得她像天使一樣美麗，使我感到惱火的是，男人們居然不愛慕她！爲此，我要狠狠地責罵他們。」

「責罵他們？你能因爲他們不愛慕她，就大加責罵？」

「是的，我就是要責罵。我爲了自己的朋友，什麼事情都做得出來。我愛起人來不會半心半意，我不是那種人。我的感情總是十分熱烈。今年冬天，在一次舞會上，我就對亨特上尉說：他要是整個晚上老是跟我開玩笑，我就不同他跳舞，除非他承認安德魯斯小姐像天使一樣美麗。你知道，男人總以爲我們女人之間沒有眞正的友誼，我決心要讓他們看看事實並非如此。我要是聽見有人說你的壞話，我馬上就會冒火。不過，那壓根兒不可能，因爲男人們最喜歡你這樣的小姐。」

「噢，天哪！」凱薩琳紅著臉嚷道。「你怎麼能這麼說呢？」

「我很了解你。你性情十分活潑，這正是安德魯斯小姐所缺少的。坦白地說，她這個人沒意思極了。噢！我得告訴你，我們昨天剛一分手，我就見到一個小伙子在使勁地看你。我敢斷定，他愛上你了。」

凱薩琳臉上飛紅，再次否認。

「那是千眞萬確的。我明白是怎麼回事：你是除了一位先生之外，對誰的愛慕都無動於衷，那位先生我就不點名道姓啦。得了，我不能責怪你，」（語氣更加嚴肅）——「你的心情很容易理解。我很清楚，你要是眞的愛上一個人，就不喜歡別人來獻殷勤。凡是與心上人無關的事情，全都是那樣索然寡味！我完全可以理解你的心情。」

「不過，你別讓我覺得自己就這麼想念蒂爾尼先生，我或許再也見不到他了。」

「再也見不到他了！我的寶貝，別這麼說啦。你要是眞這麼想，肯定要垂頭喪氣了。」

「不會的，決不會。我也不裝模作樣，說什麼我並不喜歡他。不過，當我有《尤多爾弗》可看的時候，我覺得誰也不能讓我垂頭喪氣。噢！那條可怕的黑紗幔！親愛的伊莎貝拉，我敢肯定，它後面準是勞倫蒂納的骷髏。」

「我覺得眞怪，你以前居然沒看過《尤多爾弗》。不過我想，莫蘭太太反對看小說。」

「不，她不反對，她自己就常看《查爾斯·格蘭迪森爵士》❹。不過，新書落不到我們

---

❹ 英國作家塞謬爾、理查森（一六八九～一七六一）的小說。

手裡。」

「《查爾斯．格蘭迪森爵士》！那是部十分無聊的書，對不？我記得安德魯斯小姐連第一卷都無法看完。」

「它和《尤多爾弗》完全不同，不過我還是覺得很有趣。」

「是嗎？眞讓我吃驚。我還以爲它不堪卒讀呢。不過，親愛的凱薩琳，你有沒有定下今晚頭上要戴什麼？無論如何，我決定跟你打扮得一模一樣。你知道，男人有時對這種事還挺注意的呢！」

「他們注意有什麼關係？」凱薩琳十分天眞地說。

「有什麼關係！哦，天哪！我向來不在乎他們說什麼。你若是不給他們點利害瞧瞧，讓他們識相點，他們往往會胡來的。」

「是嗎？這我可從沒注意到，他們對我總是規規矩矩的。」

「啊！他們會裝腔作勢，自以爲了不起，天下人就數他們最自負。噢，對了，有件事我都想過上百次了，可總是忘了問你：你覺得男人什麼膚色最好看？你喜歡黑的還是白的？」

「我也說不上來。我沒怎麼想過這個問題。我想還是介於兩者之間的棕色最好，不白也不很黑。」

「好極啦，凱薩琳，那正是他嘛。我還沒忘記你是怎麼形容蒂爾尼先生的：『棕色的皮膚，黝黑的眼珠，烏黑的頭髮。』唔，我的愛好可不一樣。我喜歡淡色的眼睛。至於膚色，你知道我最喜歡淡黃色的。你要是在你的熟人裡見到有這種特徵的人，可千萬別洩露我的天機啊！」

「洩漏你的天機！你這是什麼意思？」

「得了，你別難爲我啦。我看我說得太多了，我們別再談這件事吧。」

凱薩琳有些詫異地依從了。沉默了一陣之後，她剛想再提起她當時最感興趣的勞倫蒂納的骷髏，不料她的朋友打斷了她的話，只聽她說：「看在老天爺的份上，我們離開這邊吧。你知道，有兩個討厭的年輕人盯著我瞅了半個鐘頭了，看得我眞難爲情。我們去看看來了些什麼人吧，他們不會跟到那邊去的。」

她們走到來賓簿那兒。伊莎貝拉查看來賓登記的時候，凱薩琳就負責監視那兩個可怕的年輕人的行蹤。

「他們沒朝這邊來吧？但願他們別死皮賴臉地跟著我們。要是他們來了，你可要告訴我一聲，我決不抬頭。」

過了不久，凱薩琳帶著眞摯的喜悅告訴伊莎貝拉，說她不必再感到不安了，因爲那兩個男的剛剛離開了礦泉廳。

「他們往哪邊去了？」伊莎貝拉急忙轉過身，問道。「有個小伙子長得還眞漂亮。」

「他們往教堂大院那邊去了。」

「哦，我終於把他們甩掉了，眞是太好了！現在嘛，就陪我到艾德加大樓，去看看我的新帽子，好嗎？你說過你想看看。」

凱薩琳欣然同意了。

「只是，」她補充說，「我們或許會趕上那兩個年輕人的。」

「哎！別管那個。我們要是趕得快，馬上就能超過他們。我一心急著讓你看帽子呢。」

「不過，我們只要再等幾分鐘，壓根兒就不會再碰見他們。」

「老實對你說吧，我才不這樣抬舉他們呢。我對男人就不這麼敬重，那只會把他們給寵壞了。」

凱薩琳無法抗拒這番理論。於是，爲了顯顯索普小姐的倔強性格，顯顯她要殺殺男人威風的決心，她們當即拔腿就走，以最快的速度向兩個年輕人追去。

第七章

半分鐘工夫，兩位小姐穿過礦泉廳，來到聯盟路對面的拱廊底下，不料在這兒給擋住了去路。凡是熟悉巴斯的人都會記得，要在這個地方穿過奇普街，眞是困難重重。這的確是一條很傷腦筋的街道，偏巧又連著去倫敦和牛津的大道以及城裡的大旅館，因此不管哪一天，一群群的婦女無論有多麼重要的事情，無論是去買發麵粉、女帽，還是像眼前這樣去追趕小伙子，總要在街邊給擋住，讓馬車、騎馬人或大車先過去。

伊莎貝拉自從來到巴斯以後，這種苦頭每天至少要吃三次，每次都要哀嘆一番。現在，她注定要再吃一次苦頭，再哀嘆一番。

且說她們剛來到聯盟路對面，便望見那兩位紳士正在那條別有風味的小巷裡繞著邊溝，穿過人群往前走。恰在這時候，偏偏來了一輛雙輪輕便馬車，擋住了她們的去路。趕車的是一個非常神氣的人，趕著車在高低不平的街道上猛跑，隨時可能危及到他自己、他的伙伴和那匹馬的性命。

「嗐！這些討厭的馬車！」伊莎貝拉舉目望了望說。「我對它們憎惡極了！」然而，她的憎惡儘管理由充分，但持續的時間卻不長，因爲她再定睛一看，不禁驚叫起來：「太好了！原來是莫蘭先生和我哥哥！」

「天哪！是詹姆斯！」凱薩琳同時嚷道。兩位年輕人一看見她們，便猛地一下勒住了馬，險些沒把它給勒倒。僕人急忙趕了來，兩位先生跳下車，把馬車交給他照料。

這次相遇完全出乎凱薩琳的意料，她欣喜若狂地迎接哥哥。這位哥哥是個性情非常和藹的人，對妹妹十分鍾愛，因而表現得同樣很高興。當他盡情表露自己的喜悅之情時，索普小姐那雙亮晶晶的眼睛一直朝他溜來溜去，想勾起他的注意。隨即，莫蘭先生帶著半喜半窘的神情，向索普小姐問起好來。假若凱薩琳能善於揣摩別人感情的發展脈絡，而不要僅僅沉緬於自己的感情之中，那她或許會認識到：與她自己一樣，她哥哥也認爲她的女友十分漂亮。

這時候，約翰．索普先是在吩咐馬的事，隨後也走過來，凱薩琳馬上得到了應有的補償，因爲他一面漫不經心地輕輕拉了伊莎貝拉的手，一面將一隻腳退後一步，向凱薩琳微微鞠了個躬。他是個體魄健壯的青年，中等身材，面貌粗俗，體態笨拙。他似乎唯恐自己太漂亮，所以就穿了一身馬夫的衣服；唯恐自己太文雅，所以便在應該講究禮貌的時候表現得十分隨便，在可以隨便一點的時候又表現得十分放肆。他掏出錶，說道：「你猜我們從泰特布里到這兒走了多少時間，莫蘭小姐？」

「我不知道有多遠。」她哥哥告訴她是二十三英里。

「二十三！」索普大聲嚷道。「足足有二十五英里。」莫蘭加以分辯，而且搬出了旅遊指南、旅店老板和里程碑作證據。可是，他的朋友全不把這些放在眼裡，他有個更穩妥的距離測量法。「根據路上的時間來計算，」他說，「我敢肯定是二十五英里。現在是一點半。城裡的鐘打十一點的時候，我們從泰特布里旅館的院子裡趕車出來。全英格蘭有誰敢說我的馬套上車每小時走不到十英里。這不恰好是二十五英里。」

「你少說了一個鐘頭，」莫蘭說。「我們離開泰特布里的時候，才十點鐘。」

「十點！肯定是十一點！我把鐘聲一下下都數過了。莫蘭小姐，你這位哥哥是想把我攪糊塗啊。你只要瞧瞧我的馬，你生平見過這麼快的馬嗎？」（僕人剛剛跳上馬車，準備趕開。）——「這樣出色的純種馬！說什麼三個半鐘頭只跑了二十三英里路！瞧瞧那匹馬，你認爲這可能嗎？」

「看樣子的確汗淋淋的！」

「汗淋淋的！我們直到沃爾考特教堂，牠都沒倒一根毛。你瞧瞧牠的前身，瞧瞧牠的腰，只要看看牠走路的姿態。牠不可能一個鐘頭走不了十英里。把牠的腿捆起來，牠也能往前走。你覺得我這輛馬車怎麼樣，莫蘭小姐？輕巧吧？彈性眞好，是城裡造的。我買了還不到一個月。本來是給基督教會學院❶的一個人訂做的，那是我的一個朋友，人很不錯。他用了幾個星期，後來想必手頭緊了，就想脫手。恰在這時，我想找一輛輕便馬車，雖然有雙馬拉的我也想買。說來也巧，上學期我在馬格達倫橋上遇見了他，他正趕車去牛津。『哦！索普，』他說，『你想不想買這麼一輛小車子？這類車裡它算最棒的了，不過我可用膩了，』『噢！該死，』我說，『我買了。你要什麼價？』莫蘭小姐，你猜他要了多少？」

「我當然猜不著。」

「你瞧，完全是雙馬雙輪馬車的裝潢。座位、行李箱、劍匣、擋泥板、車燈、銀鑲線，你瞧，一應俱全。那鐵製配件跟新的一樣，甚至比新的還好。他要五十幾尼。我當即和他拍板成交，把錢一扔，這車就歸我了。」

「的確，」凱薩琳說，「我對這種事一無所知，無法斷定究竟是便宜還是貴。」

「既不便宜也不貴。也許我可以少出點錢，但是我不喜歡討價還價，再說可憐的弗里曼需要現金。」

「你心眼眞好！」凱薩琳十分高興地說道。

「噢，該死。在有能力爲朋友幫點忙的時候，我討厭小裏小氣的。」

❶ 牛津大學的一個學院。

這時，兩位先生問起了兩位小姐打算到哪去，問明之後，他們便決定陪她們一起去艾德加大樓，順便拜訪一下索普太太。詹姆斯和伊莎貝拉在前面引路。伊莎貝拉覺得自己十分幸運，眼前這位先生既是她哥哥的朋友，又是她朋友的哥哥，心裡一高興，免不了要想方設法讓他一路上愉愉快快的。她的心情是那樣純潔，絲毫沒賣弄風騷的意味，因此當他們在米爾薩姆街趕過那兩個討人嫌的年輕人時，她全然不想去挑逗他們的注意力，只不過回頭望了他們三次。

約翰．索普當然是和凱薩琳走在一起啦。沉默了幾分鐘之後，他又談起了他的雙輪輕便馬車；「你將發現，莫蘭小姐，有些人還是會認爲我買了個便宜貨，因爲第二天我本來可以一轉手多賣十畿尼的。奧里爾的傑克遜一開口就給我六十畿尼。當時莫蘭也在場。」

「是的，」莫蘭無意中聽見了，說道，「不過你忘了，還包括你的馬呢。」

「我的馬！哦，該死！我的馬即使給我一百畿尼，我也不會賣。莫蘭小姐，你喜歡敞篷式的馬車嗎？」

「是的，非常喜歡。這種馬車我一直沒有機會乘，不過我倒是特別喜歡的。」

「那好極了，我每天都可以讓你乘我的車出去。」

「謝謝！」凱薩琳答道。她心裡有些忐忑不安，不知道接受這樣好意是否妥當。

「我明天就帶你上蘭斯當山。」

「謝謝你。可是你的馬不要歇歇嗎？」

「歇歇！牠今天才走了二十三英里。眞是胡說八道。歇息最傷馬不過了，也使馬疲乏得最快。不，不能歇。我平均每天要讓馬運動四個鐘頭。」

「眞的嗎？」凱薩琳認眞地說道。「那就是一天四十英里啊。」

「四十！哼，說不定有五十英里呢。好了，我明天帶你上蘭斯當山去走走。記住，我可跟你約定啦！」

「那該多有意思啊！」伊莎貝拉轉過身，大聲嚷道。「親愛的凱薩琳，我眞羨慕你。不過，哥哥，你車上坐不下第三個人吧？」

「什麼第三個人！當然坐不下。我來巴斯不是爲了帶著妹妹四處兜風的。那豈不要成爲笑話！莫蘭會照應你的。」

那兩個人聽了這話，互相客氣了一番，但是具體說了些什麼話，最後決定怎麼辦，凱薩琳並沒聽見。她的同伴剛才那股興致勃勃的談鋒現在消沉了，只有見到女人的時候，才對其容貌斷然品評一聲，話語簡短，褒貶分明。凱薩琳帶著年輕女性的謙遜與恭敬，盡可能洗耳恭聽，隨聲附和，唯恐以自己的婦人之見唐突了一個充滿自信的男人，特別是在牽涉到女性的美貌這樣一個話題上。最後，她終於鼓起勇氣，將話鋒一轉，提出她心裡思忖了很久的一個大問題：「你看過《尤多爾弗》嗎，索普先生？」

「《尤多爾弗》！噢，天哪！沒看過。我從不看小說，我還有別的事要幹。」

凱薩琳覺得十分羞愧，正想道歉，不料，約翰把她打斷了：「小說裡盡是胡說八道！自從《湯姆．瓊斯》❷以後，就沒有過一本像樣的小說，只有《僧人》❸除外，我幾天前看過這本書。至於別的小說，全都是些無聊透頂的作品。」

「我想你若是看看《尤多爾弗》，一定會喜歡的。這本書有趣極了。」

「老實說，我才不看呢！我要是看小說，那就看拉德克利夫夫人的。她的小說倒挺有意思，值得一讀。那裡邊還多少有點逗趣的內容和對大自然的描寫。」

「《尤多爾弗》就是拉德克利夫夫人寫的。」凱薩琳說道。她這話說得有點猶豫，唯恐讓他下不了台。

「絕對不可能。眞是她寫的？噢，我記起來了，是她寫的。我剛才想到另外一本無聊的書上了，就是那個被人們捧上了天的女人❹寫的。她嫁給了那位法國移民。」

「我想你指的是《卡蜜拉》吧！」

❷ 英國十八世紀現實主義小說大師亨利．菲爾丁（一七〇七～一七五四）的代表作，發表於一七四九年。

❸ 英國作家馬修、劉易士（一七七五～一八一八）創作的傳奇小說，發表於一七九六年。

❹ 指英國傷感小說的代表人物范妮．伯尼（一七五二～一八四〇）。

「對，就是那本書。簡直是胡說八道！一個老頭子玩蹺蹺板！有一次我拿起第一卷，隨便看了看，立刻發現不行。的確，我還沒見到書就猜到裏面是什麼貨色了。我一聽說它的作者嫁給了個移民，就準知道我無論如何也看不下去了。」

「我從沒看過這本書。」

「那你一點也不虧，儘管放心好了。那書眞是無聊透了，什麼內容也沒有，就是一個老頭子在玩蹺蹺板，學拉丁文，眞是空洞透頂。」

不幸的是，這席公允的評論並沒對可憐的凱薩琳產生任何影響。說話間，大家來到索普太太的寓所門前。索普太太從樓上發現了他們，便到走廊上迎接。等見了索普太太，那位《卡蜜拉》讀者的那些敏銳而公允的情感消失了，代之而來的是一顆恭敬而親熱的孝子之心。「哦，媽媽！您好！」索普說道，一面親切地同她握手。「你從哪兒搞到了那麼一頂怪帽子！你戴著它眞像個老巫婆。莫蘭和我來家裏陪你住幾天，因此你得在附近給我們找個好地方睡。」

做母親的聽了這話，溺愛子女的一片心意似乎得到了滿足，因爲她是懷著欣喜萬分和寵愛備至的心情，來接待兒子的。隨即，索普對兩個小妹妹表現得同樣很親熱，一個個向她們問好，還說兩人樣子眞醜。

凱薩琳並不喜歡這種言談舉止。但是，索普畢竟是詹姆斯的朋友，伊莎貝拉的哥哥。再加上出去看帽子的時候，伊莎貝拉對她說，約翰認爲她是天底下最迷人的姑娘；而在臨分手之前，約翰又約她當天晚上同他跳舞；因此她就改變了先前的看法。假若凱薩琳年紀稍大一些，虛榮心稍強一些，這種攻勢也許不會產生什麼效果。但是，一個既年輕又羞怯的少女，在被人誇作全天下最迷人的姑娘，被人老早就約作舞伴的時候，她只有異常堅定、異常理智，才能做到無動於衷。

且說莫蘭兄妹同索普家的人坐了一個鐘頭之後，便起身一道去艾倫先生府上。主人剛關上門，詹姆斯便說：「凱薩琳，你覺得我的朋友索普怎麼樣？」假如這其中不存在友誼，而她又沒有受到恭維的話，她很可能回答說：「我一點也不喜歡他。」但她如今馬上答道：

「我很喜歡他。他看上去十分和藹。」

「他是個頂和氣的人，只是有點喋喋不休，不過我想這會博得你們女人的歡心。你喜歡他們家的人嗎？」

「很喜歡，的確很喜歡，尤其是伊莎貝拉。」

「我很高興聽你這麼說。我就希望見你親近她這樣的年輕女子。她富有理智，一點也不做作，十分和藹可親。我總想讓你結識她。她似乎很喜歡你，對你極爲讚賞。能受到索普小姐這樣一位姑娘的讚賞，即使你，凱薩琳，」他親呢地握住她的手，「也會感到自豪的。」

「我的確感到自豪，」凱薩琳答道。「我極其喜愛她，我很高興你也喜歡她。你去她們家以後，給我寫信的時候怎麼一句也沒提到她？」

「因爲我想我馬上就會見到你的。我希望你們在巴斯期間，能經常待在一起。她是個極其和藹可親的姑娘，那麼聰明過人！她們全家人都喜愛她，她顯然是全家人的寵幸。在這樣一個地方，一定有不少人愛慕她，你說是不是？」

「是的，我想一定會有很多人。艾倫先生認爲她是巴斯最漂亮的姑娘。」

「我想他是這麼認爲的。我不知道有誰能比艾倫先生更善於審美。親愛的凱薩琳，我不必問你在這裏過得是否愉快。有伊莎貝拉、索普這樣的朋友作伴，你不可能不愉快。毫無疑問，艾倫夫婦待你一定很好。」

「是很好。我以前從沒這麼愉快過。現在你來了，那就更令人愉快了。你可眞好，特意跑這麼遠來看我。」

詹姆斯接受了這番感激之詞，而且，爲了使良心上也受之無愧，還情懇意切地說道：

「凱薩琳，我實在太愛你了。」

兄妹倆一問一答地談起了兄弟姊妹的情況，這幾個在做什麼，那幾個發育得怎麼樣，以及其他家務事。除了詹姆斯打岔誇讚了索普小姐一聲之外，他們一直在談論這些事情。到了普爾蒂尼街，詹姆斯受到艾倫夫婦的盛情招待，男的留他吃飯，女的請他猜猜她新買的皮籠和披肩要多少錢，權衡一下它們的優點。詹姆斯因爲和艾德加大樓那邊有約在先，無法接受艾倫先生的邀請，只好一滿足艾倫太太的要求，便匆匆告辭。

兩家在八角廳會面的時間既然訂準了，凱薩琳便可帶著驚恐不安的心情，張開想像的翅膀，盡情欣賞她的《尤多爾弗》，把整裝吃飯的一切人間瑣事統統拋在一邊。艾倫太太生怕裁縫來晚了，她也顧不得安慰，甚至連自己已經跟人約好晚上去跳舞這等榮幸的事，也只能在一小時裡抽出一分鐘來想一想。

第八章

儘管凱薩琳要看《尤多爾弗》，艾倫太太擔心裁縫來遲，普爾蒂尼街這邊的人還是按時趕到了聚會廳。索普一家和詹姆斯只不過比他們早到兩分鐘。伊莎貝拉像往常一樣，一見到她的朋友便急忙上前歡迎，只見她笑逐顏開，親熱無比，時而讚賞她旗袍裙的款式，時而羨慕她捲髮的樣式。接著，兩人跟著年長的陪伴人，臂挽臂地步入舞廳，腦子裡有一個什麼念頭，便要嘀咕一番，有許多念頭是用捏捏手和親切的微笑代為表達的。

大夥剛坐下幾分鐘，跳舞便開始了。詹姆斯和他妹妹一樣，早就約好了舞伴，因而再三催促伊莎貝拉快點起身。哪知約翰跑進牌室找朋友說話去了，伊莎貝拉當眾宣布：要是親愛的凱薩琳不能一道加入，她說什麼也不先跳。「我告訴你吧，」她說，「你親愛的妹妹不跟著一起來，我就決不跳舞。不然，我們整個晚上都要分開了。」

凱薩琳很感激地領了她的情，就這樣又坐了三分鐘。

卻說伊莎貝拉先是跟坐在她另一邊的詹姆斯說著話，這時突然又轉向凱薩琳，悄聲說道：「親愛的，我恐怕得離開你了，你哥哥實在等不及了。我知道你不會介意讓我去的。約翰一會兒準回來。那時，你很容易就能找到我。」凱薩琳雖然有點失望，但她脾氣好，沒有加以阻攔。於是那兩個人立起身，伊莎貝拉只來得及捏了捏她朋友的手，說了聲「回頭見，我的寶貝！」便同詹姆斯匆匆走開了。

索普家的二小姐三小姐也在跳舞，凱薩琳依舊坐在索普太太和艾倫太太中間，跟她們作伴。索普先生還沒露面，這不能不使她感到惱火。她不單渴望跳舞，而且也知道：別人既然不知道她實際上已經堂堂有了舞伴，那她就像坐在那裡找不到舞伴的幾十位姑娘一樣丟臉。一個心地純潔、行爲無辜的姑娘，當著大家的面丟人現眼，有失體面，殊不知這完全是由於別人的差失造成的，這種情況想必也是女主角生活中的特有遭遇吧。

在這種遭遇中，女主角表現得越剛強，人格就顯得越高尚。凱薩琳也是剛強的。她心裡感到屈辱，但嘴裡並不抱怨。

忍氣吞聲地等了十分鐘，凱薩琳心裡驀地一驚，不覺頓時轉憂爲喜。原來，她在離她座位不到三碼遠的地方看見了他，不是索普先生，而是蒂爾尼先生。他似乎在朝她們這邊走來，但是沒有望見她。因此，凱薩琳看見他突然出現而泛起的微笑和紅暈便又消失了，並沒玷污她這個女主角的尊嚴。

蒂爾尼先生看上去像以往一樣英俊，一樣活躍，正在興致勃勃地跟一位時髦俏麗的年輕女子談話。那女子搭著他的手臂，凱薩琳馬上猜測那是他妹妹。她本來大可認爲他已經結婚，因而使她永遠失去了他，現在卻不假思索地拋棄了這一良好機會。不過，單從簡單、可能的情況來判斷，她也從未想過蒂爾尼先生可能會結婚。他的言談舉止與她熟悉的已婚男子並不相像。他從未提起他有妻子，只說過有個妹妹。根據這些情況，她立刻斷定：現在在他身邊的是他妹妹。因此，凱薩琳沒有變得面無人色，也沒有昏倒在艾倫太太懷裡，只見她筆挺挺地坐著，頭腦十分清醒，雙頰只比平常略紅一點。

蒂爾尼先生與他的同伴跟在一位婦人後邊，緩慢而不停地向她們走來。這位婦人認識索普太太，因而便停下和她說話，蒂爾尼兄妹因爲由她領著，也跟著停住腳。蒂爾尼先生一望見凱薩琳正在看他，便立即露出微笑，表示相識。凱薩琳也快活地向他笑了笑。接著，蒂爾尼先生又往前走了幾步，同凱薩琳和艾倫太太說話，艾倫太太客客氣氣地向他打了個招呼。「我很高興又見到你，先生。我本來擔心你已經離開巴斯了呢！」

蒂爾尼先生謝謝她的關心，說他的確離開過巴斯一個星期，就是在他有幸認識她的第二天早晨走的。

「唔，先生，你這次回來肯定不會後悔吧，因爲這裡正是年輕人的天地，當然也是其他人的天地。當艾倫先生談到他討厭巴斯時，我就對他說，他的確不該抱怨，因爲這個地方實在太可愛了，逢上這樣的淡季，待在這裡比待在家裡強多了。我跟他說，他眞有福氣，能到這裏療養。」

「我希望，太太，艾倫先生發現巴斯對他大有裨益，到時候就該喜歡這個地方了。」

「謝謝你，先生，我相信他會的。我們的一位鄰居斯金納博士去年冬天來這裡療養過，回去的時候身體好極了。」

「這個事實一定會帶來很大的鼓舞。」

「是的，先生。斯金納博士一家在這裡住了三個月呢。因此我對艾倫先生說，他不要急著走。」

話說到這兒讓索普太太打斷了。她請艾倫太太稍許挪動一下，給休斯太太和蒂爾尼小姐讓個座，因為她倆答應陪她們一起坐坐。大家坐下以後，蒂爾尼先生還依然立在她們前面。他思謀了幾分鐘之後，便請凱薩琳與他跳舞。這本是件值得高興的事，不料女方卻感到悔恨交加。她表示謝絕時，顯得不勝遺憾，好像煞有其事似的，幸虧索普剛來，他若是早來半分鐘，準會以為她萬分痛苦。接著，索普又大大咧咧地對她說讓她久等了，但這絲毫沒有使她好過些。他們起身跳舞時，索普細說起他剛剛辭別的那位朋友家的馬和狗，還說他們打算交換㹴❶，可是凱薩琳對此不感興趣，她仍舊不時地朝她離開蒂爾尼先生的地方張望。她特別想讓親愛的伊莎貝拉見見他，可惜伊莎貝拉連個影子也見不著。他們不在一個舞群裡。她離

❶ 一種小狗，能掘地洞追逐獵物。

開了自己的所有伙伴，離開了自己的所有熟人。不痛快的事實是一樁接著一樁。

她從這一樁樁事裡，得出了一條有益的教訓：舞會前先約好舞伴，不見得會增加一位少女的尊嚴與樂趣。

正當她如此這般吸取教訓時，忽然覺得有人拍了拍她的肩膀，將她從沉思中驚醒。她一扭頭，發現休斯太太就在她身後，由蒂爾尼小姐和一位先生伴隨著。「請原諒我的冒昧，莫蘭小姐，」休斯太太說。「我無論如何也找不到索普小姐。索普太太說，你肯定不會介意陪這位小姐。」休斯太太還眞找對了人，這屋裡誰也不會比凱薩琳更樂意做這份人情了。

休斯太太爲兩位小姐作了介紹。蒂爾尼小姐很有禮貌地感謝了對方的好意。莫蘭小姐本著慷慨的精神，委婉地表示這算不了什麼。休斯太太把她帶來的小姐作了妥善安置之後，便滿意地回到她的同伴那裡。

蒂爾尼小姐身材苗條，臉蛋俊俏，和顏悅色的十分招人愛。她的儀態雖然不像索普小姐的那樣十分做作，十分時髦，但卻更加端莊大方。她的言談舉止表現出卓越的見識和良好的教養。她既不羞怯，也不故作大方。她年輕迷人，但是到了舞會上，並不想吸引周圍每個男人的注意，不管遇到什麼芥末小事，也不會裝腔作勢地欣喜若狂，或是莫名其妙地焦灼萬分。由於她的美貌和她與蒂爾尼先生的關係，凱薩琳立刻對她產生了興趣，自然很想同她結識。因此，每當想起什麼話頭，便很樂意與她談，而且也有勇氣、有閒暇與她談。

但是，由於這些先決條件經常出現缺這少那的情況，兩人也就無法立即成爲知己，只能進行一些相識間的初步交談，說說各自喜不喜歡巴斯，是否欣賞巴斯的建築和周圍的鄉村，繪不繪畫，彈不彈琴，唱不唱歌，愛不愛騎馬。

兩曲舞蹈剛結束，凱薩琳發覺忠實的伊莎貝拉輕輕抓住了她的手臂，只聽她興高采烈地嚷道：「我終於找到你了，我心愛的，我找了你一個鐘頭了。你知道我在另一個舞群裡跳舞，怎麼能跑到這一個舞群來呢？我離開了你眞沒勁兒。」

「親愛的伊莎貝拉，我怎麼能找到你呢？我連你在哪兒都看不見。」

「我一直這樣告訴你哥哥，可他就是不肯相信。『快去找找你妹妹，莫蘭先生。』我說。但全是白搭，他一動不動。難道不是嗎，莫蘭先生？你們男人都懶得出奇！我一直在狠狠地責備他，親愛的凱薩琳，你會感到大爲驚奇的。你知道我對這種人從不客氣。」

「你看那個頭上戴白珠子的小姐，」凱薩琳輕聲說道，一面把她的朋友從詹姆斯身邊拉開。「那是蒂爾尼先生的妹妹。」

「哦，天哪！眞的嗎？快讓我瞧瞧。多可愛的姑娘啊！我從沒見過這麼美的人兒！她那位人人喜愛的哥哥在哪兒？在不在大廳裡？如果在，請馬上指給我看。我眞想看看他。莫蘭先生，你不用聽，我們沒說你。」

「那你們在嘀咕什麼？出什麼事了？」

「你看，我就知道是這麼回事！你們男人好奇起來簡直坐立不安！還說女人好奇，哼！和你們比起來眞是小巫見大巫。不過，你就死心了吧，你休想知道是什麼事。」

「你以爲這樣我就會死心啦？」

「哎，眞奇怪，我從沒見過你這號人。我們談什麼與你有什麼相干？也許我們就在談論你，因此我奉勸你不要聽，不然，你說不定會聽見不太順耳的話。」

這樣無聊地閒扯了好一陣，原先的話題似乎給忘了個精光。凱薩琳雖說很願意讓它中斷一會，但是她禁不住有點懷疑：伊莎貝拉原先急切地想見蒂爾尼先生，怎麼一下子就忘個精光。當樂隊重新奏起新舞曲時，詹姆斯又想把他的漂亮舞伴拉走，但是被拒絕了。「你聽我說，莫蘭先生，」伊莎貝拉喊道，「我決不會幹這種事兒。你怎麼能這麼煩人！你看看，親愛的凱薩琳，你哥哥想讓我幹什麼？他想讓我再同他跳舞，雖然我跟他說這極不恰當，太不成體統。我們要是不換換舞伴，豈不成了人家的話柄。」

「說眞的，」詹姆斯說，「在公共舞會上，這是常有的事。」

「胡扯，你怎麼能這麼說？你們男人要達到個什麼目的，總是毫無顧忌。親愛的凱薩琳，快幫幫我的忙，勸勸你哥哥，讓他知道這是辦不到的。告訴他，你要是見我幹這種事，定會大爲震驚。難道不是嗎？」

「不，決不會。不過，你要是認爲不恰當，那你最好換換舞伴。」

「你看，」伊莎貝拉嚷道，「你妹妹的話你都聽見了，但你就是不理會。你記住，我們要是惹得巴斯的老太太們蜚短流長的，那可不是我的錯。來吧，親愛的凱薩琳，看在老天爺的份上，跟我站在一起。」兩人拔腿就走，回到原來的位置。這時候，約翰．索普早溜掉了。凱薩琳剛才受過蒂爾尼先生的一次抬舉，很想給他個機會重提一下那個令人愉快的請求，便快步朝艾倫太太和索普太太那兒走去，指望見他還和她們在一起。她的希望落空以後，又覺得抱這樣的希望太可笑了。「唔，親愛的，」索普太太說，迫不及待地想聽聽別人誇誇她的兒子，「我希望你找了個愉快的舞伴。」

「愉快極了，太太。」

「我很高興。約翰神采迷人，是吧？」

「你遇見蒂爾尼先生沒有，好孩子？」艾倫太太說道。

「沒有。他在哪兒？」

「他剛才還跟我們在一起，說他逛蕩膩了，打定主意要去跳舞。所以我想，他要是碰見你，或許會請你跳的。」

「他可能在哪兒呢？」凱薩琳邊說邊四下張望。沒張望多久，便發現蒂爾尼先生正領著一位年輕小姐去跳舞。

「哦！他有舞伴了！可惜他沒請你跳，」艾倫太太說道。沉默了一會之後，她又補充道：「他是個很討人愛的小伙子。」

「的確是，艾倫太太，」索普太太自鳴得意地笑道。「雖然我是他母親，但我還是要說，天底下沒有比他更討人愛的小伙子了。」

這句牛頭不對馬嘴的回答讓許多人聽了，也許會感到莫名其妙，但是艾倫太太卻不感到困惑，只見她略思片刻，便悄聲對凱薩琳說道：「她準以爲我在說她兒子。」

凱薩琳又失望，又氣惱，她似乎只晚了一步，就把眼見到手的機會放跑了。爾後不久，約翰．索普來到她跟前，說道：「莫蘭小姐，我想我們還是再來跳一會吧？」

凱薩琳因爲心裡正在懊悔，也沒給他好聲好氣的回道：「噢，不！多謝你的好意，我們的兩段舞已經跳過了。再說，我累了，不想再跳了。」

「不想跳了？那就讓我們在屋裡走走，跟人開開玩笑。快跟我來吧，我要讓你瞧瞧這屋裡四個最滑稽的人：我的兩位妹妹和她們的舞伴。我這半個鐘頭裡一直在嘲笑她們。」

凱薩琳再次謝絕了。最後，索普先生只好獨自去嘲弄他的妹妹。凱薩琳覺得後半個晚上非常無聊。用茶時，蒂爾尼先生讓人從她們中間拽走了，去應酬他的舞伴的那夥人。蒂爾尼小姐雖然與她們在一塊，但是並不挨近她。詹姆斯與伊莎貝拉光顧得一起說話，伊莎貝拉無暇顧及她的朋友，頂多對她笑一笑，捏一下手，叫一聲「最親愛的凱薩琳」。

第九章

晚上的事件給凱薩琳帶來的不快是這樣發展的：當她還待在聚會廳時，先是對周圍的每個人普遍感到不滿，這種不滿很快引起了極度的疲倦，急切切地就想回家。一回到普爾蒂尼街，又變成了飢腸轆轆，吃飽飯後，一個勁地就想睡覺。這是她煩惱的極點，因爲她一躺到床上，便立刻沉沉地睡著了。這一覺持續了九個鐘頭，醒來時完全恢復了元氣，不覺精神煥發，心裡產生了新的希望，新的計劃。她心中的第一個願望是進一步結交蒂爾尼小姐，而午間爲此目的到礦泉廳去找她，則幾乎成了她決意要做的第一樁事。

新來巴斯的人總會在礦泉廳裡碰見，而且她已經發覺，這個地方十分有利於發現女人的優點，十分有助於促成女人的親密，同時也是秘密交談和傾心訴膽的好地方，她完全有理由期望在那裡再交上一位朋友。

她上午的計劃就這麼定了，吃過早飯後便安安靜靜地坐下來看書，決計一動不動地看到一點。由於習慣的緣故，艾倫太太的說話和喊叫並沒給她帶來多少干擾。這位太太心靈空虛，不善動腦，她從來不曾滔滔不絕過，也絕對做不到完全閉口不言。因此，當她坐著做活時，一旦丟了針或是斷了線，一旦聽見街上有馬車聲，一旦看見自己衣服上有污跡，她定要大聲喊叫起來，也不管旁邊是否有人有空搭理她。

十二點左右，她聽見一陣響亮的敲門聲，便趕忙跑到窗口。她告訴凱薩琳說，門口來了兩輛敞篷馬車，頭一輛車裡只有一個僕人，她哥哥趕著車和索普小姐坐在第二輛上。話音未落，便聽約翰．索普咚咚咚跑上樓來，一面大聲吆喝：「莫蘭小姐，我來了，讓你久等了吧？我們早來不了，那個造車的老混蛋找了半天才找到一輛湊合能坐的車，十有八九，不等我們出這條街，那車準得散架。你好啊，艾倫太太！昨晚的舞會令人滿意吧？來，莫蘭小姐，快來，其他人都急惶惶地要走。他們想摔觔斗哪。」

「你這是什麼意思？」凱薩琳說。「你們要上哪兒？」

「上哪兒！怎麼，你忘了我們的約會？難道我們沒有一起約定今天上午坐車出遊？你這是什麼記性？我們要去克拉沃頓高地。」

「我記起來了，有這麼回事，」凱薩琳說道，一面望著艾倫太太，要她拿定主意。「可是我真沒想到你會來。」

「沒想到我會來！說得倒輕巧！我假使不來，你不知道會怎麼鬧呢！」

在這同時，凱薩琳向她的朋友使的眼神全都白費了，因爲艾倫太太本人向來沒有以眼傳神的習慣，也不曉得別人會這麼做。凱薩琳縱使渴望再次見到蒂爾尼小姐，但她覺得這事可以延後一下，暫且不如先坐車出去玩玩。她覺得，既然伊莎貝拉能和詹姆斯一同出去，她陪陪索普先生也未嘗不妥。因此，她只好把話說明白些：

「太太，你看怎麼樣？能放我一、兩個鐘頭嗎？我可以去嗎？」

「你願意去就去吧，親愛的。」艾倫太太心平氣和地答道，顯得毫不介意。凱薩琳會意，馬上跑去做準備。索普引著艾倫太太對他的馬車誇獎了一番，然後兩人又開始稱讚凱薩琳，還沒說上兩句，凱薩琳便出來了。接受了艾倫太太的祝願之後，兩位年輕人便匆匆跑下了樓。凱薩琳上車前，先去看了看自己的朋友。「我親愛的寶貝，」只聽伊莎貝拉大聲嚷道，「你至少打扮了三個鐘頭。我還擔心你病倒了呢。我們昨天晚上的舞會多有意思啊！我有一肚子的話要跟你說。快上車，我正急著走呢。」

凱薩琳遵從她的命令，剛轉身走開，便聽見她的朋友對詹姆斯大聲驚嘆：「多可愛的姑娘！我太喜歡她了。」

「莫蘭小姐，」索普扶她上車時說道，「要是我的馬一開頭有點蹦蹦跳跳，你可別害怕。牠很可能往前衝一、兩下，也許要一會賴不肯走。不過，牠馬上就會認得牠的主人的。這傢伙性子劣，雖然淘氣，卻也沒有惡癖。」

凱薩琳聽他這麼一刻畫，覺得事情不妙，但是打退堂鼓又來不及了，何況她又年輕好勝，不肯承認害怕。因此，只好聽天由命，就看那牲口像不像吹的那樣認得主人了。凱薩琳安安靜靜地坐下來，看著索普也在她身旁坐下。一切安排妥當，主人以莊嚴的口吻，命令立在馬首的「僕人」起程。於是，大家出發了，馬沒衝也沒跳，什麼事情都沒發生，那個平平穩穩的勁兒，簡直令人難以想像。

眞是謝天謝地，凱薩琳倖免了一場驚嚇，她帶著驚喜的口氣，大聲道出了心裡的喜悅之情。她的伙伴立即把事情說得十分簡單，告訴她那完全由於他拉僵繩拉得特別得法，揮鞭子揮得特別準確老練。凱薩琳覺得，索普能如此熟練地駕馭他的馬，卻又偏要用牠的惡癖來嚇唬她，這叫她不能不感到奇怪。儘管如此，她還是衷心慶幸自己受到這樣一個好馭手的關照。她覺得那馬仍然安安穩穩地走著，絲毫看不出想要惡作劇的樣子。況且，鑑於牠每小時肯定走十英里，這速度也決非快得可怕。因此她就放下了心，在這和煦的二月天驅車運動。他們頭一次簡短的對話之後，沉默了幾分鐘。

驀然間，這沉默被索普打破了，「老艾倫跟猶太佬一樣有錢吧？」凱薩琳沒聽懂他的意思，他又重複問了一聲，並且補充解釋說：「老艾倫，就是你和他在一起的那個人。」

「噢！你是指艾倫先生。是的，我想他是很有錢。」

「還沒有孩子吧？」

「是的，一個也沒有。」

「眞美了他的旁系親屬。他不是你的教父嗎？」

「我的教父！不。」

「但你總是常和他們在一起吧？」

「是的，常在一起。」

「啊，我就是這個意思。他似乎是個挺好的老頭，一輩子想必過得還挺不錯。他不會無緣無故得上痛風病的。他是不是每天都喝一瓶呀？」

「每天都喝一瓶！不。你怎麼想到這上頭來了？他是個很有節制的人，你不會以爲他昨天晚上喝醉了吧？」

「我的天哪！你們女人總是把男人看成醉醺醺的。怎麼，你不認爲一瓶酒就能把人弄顚倒嗎？我敢這麼說：要是每個人天天喝一瓶酒的話，如今的世界決不會出那麼多亂子。那對我們大家都是件大好事。」

「這叫我無法相信。」

「噢，天哪！那會拯救成千上萬的人。全國消費的酒連應該消費的百分之一都不到。我們這種多霧的天氣，就需要以酒相助。」

「然而我聽人說，牛津就要喝好多好多酒。」

「牛津！你儘管放心好啦，牛津現在沒有喝酒的。那裡沒人喝酒。你很難遇到一個酒量超過四品脫的人。比方說，上次在我宿舍裡舉行的宴會上，我們平均每人報銷五品脫，這被認為是很了不起的事情了。大家都以為這是異乎尋常的。當然，我那是上等好酒。你在牛津難得見到這樣好的酒，這也許正是大家喝得多的原因。不過這只是讓你對牛津那兒的一般酒量有個概念。」

「是的，確實有個概念，」凱薩琳激動地說。「那就是說，你們喝得比我原先想像的多得多。不過，我相信詹姆斯不會喝那麼多。」

這句話惹得索普扯著嗓門，不容分說回答起來，具體說的什麼，一句也聽不清楚，只知道裡面夾雜著許多大喊大叫，近似賭神罰誓。索普說完後，凱薩琳越發相信牛津那兒酒風很盛，同時也為她哥哥的比較節制感到高興。

這時，索普的腦子又回到他的車馬的優點長處上，他讓凱薩琳讚賞他的馬走起路來多麼剛勁有力，瀟灑自如。馬的步履，還有那精製的彈簧，使馬車的運轉顯得多麼優閒舒適。凱薩琳盡量效仿著他來讚賞。要搶在他前頭說，或者說得比他高明，那是不可能的。在這方面，他是無所不知，她卻一無所知，他是喋喋不休，她卻缺乏自信，這就使她無法搶先，無法比他高明。她想不出什麼新鮮的讚美詞，只能他說什麼，她就趕忙隨聲附和。最後，兩人毫不費勁地便談定，在英格蘭，就數索普的馬車、馬匹設備最完善：他的馬車最輕巧，他的馬匹最能跑，而他自己的趕車技術又最高。

過了一陣，凱薩琳貿然以為此事已經有了定論，便想稍許變換點花樣，於是說道：「索普先生，你當眞認爲詹姆斯的馬車會散架？」

「會散架！哦，天哪、你生平什麼時候見過這樣活蹦亂跳的玩意兒！整個車上沒有一個完好的鐵件。輪子磨損了至少有十年。至於車身，我敢說，就是你用手一碰，也能把它搖個粉碎。我從沒見過這麼搖搖晃晃的破玩意兒！謝天謝地！我們這輛比它強。就是給我五萬鎊，讓我坐著它走兩英里，我也不幹。」

「天哪！」凱薩琳給嚇壞了，大叫起來。「那我們還是往回轉吧。我們再往前走，他們準會出事的。快往回轉吧，索普先生。快停下來和我哥哥說說，告訴他太危險了。」

「危險！哦，天哪！那有什麼！車子垮了，大不了摔個觔斗。地上有的是土，摔下去可好玩呢。哦，該死！只要你會駕駛，那馬車安全得很。這種傢伙要是落到能人手裡，即使破爛不堪，也能用上二十多年。願上帝保佑你！誰給我五英鎊，我就駕著它到約克跑個來回，保證一個釘子也不丟。」

凱薩琳驚訝地聽著。同一件東西，卻有兩種截然不同的說法，她不知道如何把它們協調起來。她沒受過專門教育，不懂得碎嘴子（指說話絮叨）的人的脾氣，也不曉得過分的虛榮會導致多少毫無根據的謬論和肆無忌憚的謊言。她自己家裡的人都是些實實在在的普通人，很少耍弄什麼小聰明。她父親至多來個雙關語就滿足了，她母親最多來句諺語，他們沒有爲了抬高身價而說謊的習慣，也不會說前後矛盾的話。凱薩琳茫然不解地把這事思忖了一陣，曾不止一次地想請索普先生把自己對這件事的眞正看法說得更明白一些，但她還是忍住了，因爲她覺得索普先生說不明白，他不可能把先前說得模稜兩可的話解釋清楚。

除此之外，她還考慮到，索普先生既然能輕而易舉地搭救他妹妹和他的朋友，他不會當眞讓他們遭到危險的。凱薩琳最後斷定，索普先生一定知道那輛車子實際上是絕對保險的，因此她也就不再驚慌失措了。索普似乎全然忘記了這件事。他餘下的談話（或者說講話），自始至終都環繞著他自己和他自己的事情。他講到了馬，說他只用一丁點兒錢買進來，再以驚人的天價賣出去；講到了賽馬，說他總能萬無一失地事先斷定哪匹馬能贏；講到了打獵，說他雖然沒有好好瞄準放一槍，但打死的鳥比他所有的同伴總共打死的還多。她還向凱薩琳描述了他有幾天帶著狐猩❶去狩獵的出色表演，由於他富有預見和善於指揮獵犬，糾正了許多最老練的獵手所犯的錯誤；同時，他騎起馬來勇猛無畏，這雖然一時一刻也沒危及他自己的性命，但卻時常連累別人出了麻煩，他若無其事地斷定，不少人給摔斷了脖子。

雖然凱薩琳沒有獨立判斷的習慣，雖然她對男人的整個看法是搖擺不定的，但是當她聽著索普滔滔不絕地自吹自擂時，她卻不能不懷疑這個人是否眞的討人喜愛。這是個大膽的懷疑，因爲索普是伊莎貝拉的哥哥，而且她聽詹姆斯說過，他的言談舉止會使他博得所有女人

---

❶ 捕狐的大獵狗。

的歡心。儘管如此，兩人出遊還不到一個鐘頭，凱薩琳便極度厭煩同索普在一起了，直至車子回到普爾蒂尼街，這種厭煩情緒還一直在不斷地增長。於是，她就多少有點抗拒那個至高的權威，不相信索普有能耐到處討人喜愛。

來到艾倫太太門口，伊莎貝拉發現時候不早了，不能陪她的朋友進屋了，那個驚訝勁兒，簡直無法形容。「過三點了！」這眞是不可思議，不可置信，也不可能！她既不相信自己的錶，也不相信她哥哥的錶，更不相信傭人的錶。她不肯相信別人憑著理智和事實作出的保證，直至莫蘭掏出錶，核實了事實的眞相，這時候再多懷疑一剎那，將同樣不可思議，不可置信，也不可能。她只能一再分辯說，以前從沒有哪兩個半鐘頭過得這麼快，並要拉著凱薩琳證明她說的是實話。但是，凱薩琳即使想取悅伊莎貝拉，也不能說謊。好在伊莎貝拉沒有等待她的回答，因此也就省得她痛苦地聽見朋友表示異議的話音。她完全沉浸在自己的感情裡。當她發現必須立刻回家的時候，她感到難過極了。自從她們上次說了兩句話以後，她已有好久沒同她最親愛的凱薩琳聊一聊了。雖然她有一肚子的話要對她說，但是她們彷彿永遠不會再在一起了。於是她帶著無比辛酸的微笑和極端沮喪的笑臉，辭別了她的朋友，往前走去。

艾倫太太無所事事地忙碌了一個上午之後，剛剛回來，一見到凱薩琳便馬上招呼道：「哦，好孩子，你回來了！」對於這個事實，凱薩琳既沒能力，也沒心思加以否認。「這趟風兒得挺愉快吧？」

「是的，太太，謝謝。今天天氣再好不過了。」

「索普太太也是這麼說的。她眞高興你們都去了。」

「這麼說，你見過索普太太了？」

「是的。你們一走，我就去礦泉廳，在那兒遇見了她，和她一起說了好多話。她說今天上午市場上簡直買不到小牛肉，眞是奇缺。」

「你還看見別的熟人嗎？」

「看見了。我們決定到新月街兜一圈，在那兒遇見了休斯太太以及和她一起散步的蒂爾尼兄妹。」

「你眞看見他們了？他們和你說話了沒有？」

「說了。我們一起沿新月街溜達了半個鐘頭。他們看來都是很和悅的人。蒂爾尼小姐穿了一身十分漂亮的帶斑點的細紗衣服。據我看，她總是穿得很漂亮。休斯太太跟我談了許多關於她家的事。」

「她說了些什麼事？」

「噢！的確說了不少。她幾乎不談別的事。」

「她有沒有告訴你他們是格洛斯特郡什麼地方人？」

「告訴過，但我現在記不起來了。他們是很好的人家，很有錢。蒂爾尼太太原是一位德拉蒙德家的小姐，和休斯太太同過學。德拉蒙德小姐有一大筆財產，父親給了她兩萬鎊，還給了五百鎊買結婚禮服用。衣服從服裝店拿回來時，休斯太太全看見了。」

「蒂爾尼夫婦都在巴斯嗎？」

「我想是的，但我不敢肯定。不過我再一想，他們好像應該都去世了，至少那位太太不在了。是的，蒂爾尼太太肯定不在了，因爲休斯太太告訴我說，德拉蒙德先生在女兒出嫁那天送給她一串美麗的珍珠，現在就歸蒂爾尼小姐所有，因爲她母親去世後，這串珠子就留給她了。」

「我那個舞伴蒂爾尼先生是不是獨子？」

「這我可不敢肯定，孩子。我隱約記得他是獨子。不過休斯太太說，他是個很出色的青年，可能很有出息。」

凱薩琳沒有再追問下去。她聽到的情況足以使她感到，艾倫太太提供不出可靠的消息，而最使她感到不幸的是，她錯過了同那兄妹倆的一次見面機會。假使她早能預見這個情況，她說什麼也不會跟著別人出遊。實際上，她只能埋怨自己有多倒楣，思忖自己有多大損失，直至清楚地認識到，這次兜風壓根兒就不令人開心，約翰·索普本人就很叫人討厭。

第十章

晚上，艾倫夫婦、索普太太一家及莫蘭兄妹都來到劇院。伊莎貝拉和凱薩琳坐在一起，她在她們漫長的分離中攢下的一肚子話，現在總算有機會吐露幾句了。「哦，天哪！親愛的凱薩琳，我們總算又在一塊了！」凱薩琳一走進包廂，坐在她身邊，她便這樣說道。「你聽著，莫蘭先生，」因爲詹姆斯坐在她另一側，「這整個晚上我不再跟你說一句話了，所以我奉勸你別再指望了。親愛的凱薩琳，你這一向可好嗎？不過我用不著問你，因爲你看上去很高興。你的髮式比以前更漂亮了。你這個調皮鬼，你想把每一個人都迷住嗎？老實告訴你，我哥哥已經深深愛上你了。至於蒂爾尼先生——不過那已經是大局已定了！即使像你這麼謙虛的人，也不能懷疑他對你一片鍾情。他回到巴斯這件事，使問題再清楚不過了。噢！我說什麼也要見見他！我真等得不耐煩了。我母親說，他是天底下最可愛的小伙子。你知道吧，我母親今天上午見到他了。你一定要給我介紹介紹。他這會兒在不在劇院裡？看在老天爺的份上，請你四下瞧瞧！說老實話，我不見到他簡直沒法活了。」

「不在，」凱薩琳說，「他不在這裡。我哪兒也看不見他。」

「哦，可怕！難道我永遠也不能和他結識？你覺得我這件旗袍裙怎麼樣？我想看不出什麼毛病吧？這袖子完全是我自己設計的。你知道吧，我對巴斯膩味透了！你哥哥和我今天早晨都這麼說，在這裡玩幾週雖說滿不錯，但是說什麼也不要住在這裡。我倆很快發現，我們的愛好完全一樣，都愛鄉下不愛別的地方。的確，我們的意見完全一致，眞是滑稽。我們的意見沒有一丁點不同的地方。我可不希望你當時在旁邊，你這個狡猾的東西，我知道你準會說些離奇的話。」

「不，我眞不會。」

「哦，你會的！你準會說。我比你本人還了解你。你會說，我們是天造地設的一對兒，或者諸如此類的胡話，羞得我無地自容，我的臉就像你的玫瑰花一樣紅。我決不希望你當時在旁邊。」

「你眞是冤枉了我。我無論如何也說不出那樣沒體統的話，更何況，我壓根兒就沒想到這種話語。」

伊莎貝拉懷疑地笑了笑，晚上餘下的時間就一直在和詹姆斯說話。

第二天上午，凱薩琳仍一心一意地想要再次見到蒂爾尼小姐。在去礦泉廳的通常時刻到來之前，她不覺有些惶惶不安，唯恐再遇到什麼阻礙。但是這種情況並未發生，沒有客人來耽擱他們。三個人準時出發，來到礦泉廳，像往常一樣，仍然去做那些事，說那些話。艾倫先生飲過礦泉水後，便和幾位先生一起談起了當天的政事，比較一下各人在報上看到的各種說法。兩位女士在一道閒逛，注視著每一張陌生的面孔，幾乎每一頂新女帽。索普太太母女由詹姆斯．莫蘭陪同，不到一刻鐘便出現在人群裡，凱薩琳馬上像通常一樣，來到她朋友身邊。詹姆斯現在是緊隨不捨，也來到了她身邊。他們撇開了別的人，按這種搭配走了一會。

後來，凱薩琳對這種處境的樂趣產生了懷疑，因為她雖說只和她的朋友和哥哥在一起，他們卻很少注意她。他們倆總在熱情地討論什麼，或是激烈地爭論什麼，但是他們的感情是用悄聲細語來傳達的，爭得激烈的時候又常常哈哈大笑。他們雖則經常或你或我地請求凱薩琳發表支持意見，但是凱薩琳因為一個字兒也沒聽清他們的話，總是發表不出任何意見。

最後，她終於找到了一個離開她朋友的機會。一看見蒂爾尼小姐與休斯太太走進屋來，她心裡高興極了，便說有話要和蒂爾尼小姐說，於是便立刻跑了過去，決計和蒂爾尼小姐交個朋友。其實，她若不是受到前一天失望情緒的激勵，或許還鼓不起那麼大的勇氣呢！

蒂爾尼小姐十分客氣地招呼她，以同樣友好的態度報答她的友好表示，兩人一直說到她們的伙伴要離開時為止。雖然她們說的每句話，用的每個字眼，很可能為巴斯的每個旺季，在這間大廳裡，不知道被人們用過幾千次，然而這些話語說得如此真摯樸實，毫無虛榮浮誇之感，這卻有點難能可貴。

「你哥哥的舞跳得眞好！」她們的談話快結束時，凱薩琳天眞地說道。她的伙伴一聽，不覺又驚又喜。

「亨利！」她笑盈盈地答道。「是的，他的舞跳得的確好。」

「那天晚上他見我坐著不動，但又聽我說已約好了舞伴，一定感到很奇怪。但我眞的全天都和索普先生約好了。」

蒂爾尼小姐只能點點頭，聽她「解釋」些什麼。

「你無法想像，」沉默了一會之後，凱薩琳接著說道，「我再見到他時有多驚訝，我還眞以爲他遠走高飛了呢！」

「亨利上次有幸見到你時，他在巴斯僅僅逗留了兩天。他是來給我們訂房子的。」

「這我可從沒想到。當然，到處見不到他，我以爲他準是走了。星期一和他跳舞的那位年輕女士是不是一位史密斯小姐？」

「是的。休斯太太的一位朋友。」

「她大概很喜歡跳舞。你覺得她漂亮嗎？」

「不很漂亮。」

「我想，你哥哥從不來礦泉廳吧？」

「不，有時候來。不過他今天早晨跟我父親騎馬出去了。」

這時，休斯太太走過來，問蒂爾尼小姐想不想走。「希望不久有幸再見到你，」凱薩琳說。「你參加明天的克提林❶舞會嗎？」

「也許——是的，我想我們一定會去。」

「那好極了，我們都去那兒。」對方照樣客氣了一聲，隨後兩人便分手了。

這時，蒂爾尼小姐對這個新朋友的心思多少有了些了解。但是凱薩琳一點也沒意識到，那是她自己流露出來的。

凱薩琳高高興興地回到家。今天上午她總算如願以償了，現在她的期待目標是明天晚上，是未來的快樂。到時候她該穿什麼旗袍裙，戴什麼首飾，成了她最關心的事情。照理她不該這麼講究穿戴，衣服都是徒有虛表的東西，過分考究往往會使它失去原有的作用。凱薩琳很清楚這一點。就在去年聖誕節，她的姑婆還教導過她。然而，她星期三夜裡躺下十分鐘之後還沒睡著，盤算著究竟是穿那件帶斑點的紗袍，還是穿那件繡花的紗袍。要不是因爲時間倉促，她準要買一件新衣服晚上穿。她若是眞買了，那將是一個很大的（雖然並非罕見）失算，而對於這種失算，若是換個男人而不是女人，換個哥哥而不是姑婆，或許是會告誡她的，因爲只有男人知道男人對新衣服是滿不在乎的。

---

❶ 克提林（cotillion）：一種不斷換舞伴的輕快交誼舞。

有許多女人，假使她們能夠懂得男人對於她們穿著華麗或是時興多麼無動於衷，對於細紗布的質地好壞多麼無所謂，對於她們偏愛帶斑點的、有枝葉花紋的、透明的細紗布或薄棉布多麼缺乏敏感，那她們將會感到很傷心。

女人穿戴考究只能使她自己感到滿意，男人不會因此而更傾慕她，別的女人也不會因此而更喜愛她。男人覺得，女人整潔入時已經足夠了；而對於女人來說，穿著有點寒酸而不失禮的女人將最為可愛。但是，這些嚴肅的思想並沒擾亂凱薩琳內心的平靜。

星期四晚上她走進聚會廳，心情與星期一來這裡時大不相同。當時她為自己約好和索普跳舞而感到歡欣鼓舞，現在她主要擔憂的卻是千萬不要見到他，免得他再來約她跳舞。她雖則不能也不敢指望蒂爾尼先生會第三次請她跳舞，但是她的心願、她的希望、她的打算卻全都集注在這上面。

在這個節骨眼上，每個年輕小姐都會同情我的女主角的，因為每個年輕小姐都曾經體驗過同樣的激動不安。她們全都被自己怕見的人追逐過，或者至少也自以為經歷過這種危險；並且她們全都渴望過要博得自己心上人對自己的青睞。

索普家的人一來到她們中間，凱薩琳的苦惱便開始了。要是約翰・索普朝她走來，她便感到坐立不安，盡量避開他的視線；當他跟她搭話時，她就硬是裝作沒有聽見。克提林舞結束了，接著開始了鄉風舞❷，可她還是見不到蒂爾尼兄妹的影子。「你可不要吃驚，親愛的凱薩琳，」伊莎貝拉悄聲說道，「我又要和你哥哥跳舞了。我的確認爲這太不像話。我跟他說，他應該爲自己感到害躁，不過你和約翰可得給我們捧捧場。快，親愛的凱薩琳，到我們這兒來。約翰剛剛走開，一會兒就回來。」

凱薩琳沒來得及回答，不過她也不想回答。那兩人走開了，約翰．索普還在附近，她覺得一切都完了。不過，爲了使自己顯得不在注意他，不在期待他，她只管拿眼睛死盯著自己的扇子。人這麼多，她居然認爲甚至可以在短時間內遇見蒂爾尼兄妹！她剛想責怪自己太傻，猛然發現蒂爾尼先生在跟她說話，再次請她跳舞。她接受他的邀請時眼睛如何爍爍發光，動作如何爽快，和他走向舞池時心房跳得如何愜意，這都不難想像！逃脫了約翰．索普，而且她認爲逃脫得很技巧，接著遇到蒂爾尼先生，馬上受到他的邀請，好像他在有意尋她似的！在凱薩琳看來，這眞是人生最大的幸福。

誰料到，他倆剛擠進去，悄悄地占了一個位置，凱薩琳便發現約翰．索普在背後招呼她。「嗨，莫蘭小姐！」他說，「你這是什麼意思？我還以爲你要和我一起跳呢！」

「我很奇怪你會這樣想，因爲你根本沒有請過我。」

---

❷ 英國的一種鄉村舞蹈，男女雙方排成兩個長列，面對面地跳舞。

「啊，這是什麼話！我一進屋就請過你，剛才正要再去請你，不料一轉身，你就溜了！這種伎倆眞卑鄙！我是特意爲了跟你跳舞才來這兒的，我堅信你從星期一起就一直約好同我跳舞的。對，我想起來了，你在休息室等著取斗篷的時候，我向你提出了邀請。我剛才還對這屋裡所有人說，我要和舞會上最漂亮的姑娘跳舞。他們要是見你在和別人跳舞，準會老實不客氣地挖苦我。」

「哦！不會的。經你那麼一形容，他們決不會想到是我。」

「我敢發誓！他們要是想不到是你這位美人，我就把他們當成傻瓜踢出大廳。那傢伙是什麼人？」

凱薩琳滿足了他的好奇心。

「蒂爾尼，」索普重複了一聲。「哼，我不認識他。身材倒不錯，長得挺勻稱的。他要不要買馬？我這兒有位朋友，薩姆．弗萊徹。他有匹馬要賣，對誰都合適。跑起路來快極了，才要四十幾尼。我本來一百個想買它，因爲我有句格言：見到好馬非買不可，出多少錢我都幹。我現在有三匹，都是最好騎的馬。就是給我八百幾尼，我也不賣。弗萊徹和我打算在萊斯特郡買座房子，準備下個獵季用。住在旅館裡太他媽的不舒服了。」

這是他所能煩擾凱薩琳的最後一句話，原來恰在此刻，一大串女士一擁而過，不可抗拒地把他擠走了。這時，凱薩琳的舞伴走上前來，說道：「那位先生再多糾纏半分鐘，我就會忍耐不住了。他沒有權利轉移我的舞伴的注意力。我們已經訂了約，今天晚上要互相使對方愉快，在此期間，我們的愉快只能由我們兩個人來分享。誰要是纏住了其中一個人，不可能不損害另一個人的權利。我把鄉風舞視爲婚姻的象徵。忠誠和順從是兩者的主要職責。那些自己不想跳舞、不想結婚的男人，休要糾纏他們鄰人的舞伴或妻子。」

「不過，那是截然不同的兩碼事。」

「你認爲不能相提並論？」

「當然不能。結了婚的人永遠不能分離，而必須一同生活，一同理家。跳舞的人只是在一間長房子內，面對面站上半個鐘頭。」

「你原來是這樣給結婚和跳舞下定義的。照這樣看來，它們當然就不很相似了。不過，我想可以用另外一種觀點來看待它們。你會承認，兩者都是男人享有選擇的便利，而女人只有拒絕的權利。兩者都是男女之間的協定，對雙方都有好處。一旦達成協定，他們只歸相互所有，直至解除協定爲止。他們各自都有個義務，不能提出理由後悔自己爲什麼沒有選擇別人，最有利的作法是不要對自己鄰人的才藝作非分之想，或者幻想自己找到別人會更加幸福。你承認這一切嗎？」

「當然承認。如你所說的，這一切聽上去都不錯。但它們還是截然不同的。我怎麼也不能把它們等量齊觀起來，也不能認爲它們負有同樣的義務。」

「在某一點上，差別當然是有的。結了婚，男人必須贍養女人，女人必須給男人安排個溫暖的家庭。一個是供養家庭，一個是笑臉相迎。但在跳舞時，兩人的職責恰好對調：男的要做到謙和順從，女的要提供扇子和薰衣草香水。我想，這就是被你認為造成兩者無法相比的職責差別吧。」

「不對，的確不對，我從沒想到那上面去。」

「那我就大惑不解了。不過，有一點我必須指出：你的脾氣眞令人驚訝，你完全否認它們在義務上有任何相似的地方。因此我是否可以推斷，你對跳舞職責的看法，並不像你的舞伴所希望的那樣嚴格？難道我沒有理由擔憂：假如剛才和你說話的那個男人再回來，或者別的男人要找你說話，你會不受約束地和人愛講多久就講多久？」

「索普先生是我哥哥的一個特別要好的朋友，他要是找我講話，我還得同他講。但是除他以外，我在這大廳裡認識的年輕人還不到三個。」

「難道這是我唯一的保險？天哪！天哪！」

「唔，這可是你最好的保險啦。我要是誰也不認識，就不可能跟人說話。何況，我也不想和任何人說話。」

「這回你可給了我個値得珍惜的保險，我可以大膽地繼續下去了。你現在是不是還和上次我問你時一樣喜歡巴斯？」

「是的，非常喜歡。甚至更喜歡了。」

「更喜歡！你可要當心，不然你到時候會樂而忘返的。你待上六個星期就該膩味了。」

「我想，即使讓我在這裡待上六個月，我也不會膩味。」

「和倫敦比起來，巴斯十分單調，每年大家都有這個體會，『我承認，只待六個星期，巴斯還是很有意思的。但是一超過這個期限，那它就是世界上最令人討厭的地方了。』各種各樣的人都會這樣告訴你。可是他們每年冬天還是都要定期來到這裡，把原定的六個星期延長到十個、十二個星期，最後因爲沒錢再住下去了，才都紛紛離去。」

「唔，各人有各人的看法，那些去倫敦的人盡可以瞧不起巴斯，但是我生活在鄉下一個偏僻的小村鎮上，我決不會覺得像這樣的地方會比我的家鄉還單調。這裡一天到晚有各式各樣的娛樂，還有各式各樣的事情可看可做。這些，我在鄉下是聞所未聞的。」

「你不喜歡鄉下啦。」

「不，喜歡的。我一直住在鄉下，也一直很快樂。但是，鄉下的生活肯定比巴斯的生活單調得多。在鄉下，每天都是一模一樣。」

「可你在鄉下生活得更有理智。」

「是嗎？」

「難道不是？」

「我認為沒有多少區別。」

「你在這裡整天只是消遣娛樂呀。」

「我在家裡也一樣，只是找不到那麼多好玩的。我在這裡到處溜達，在家裡也是這樣，不過我在這裡的每條街上都見到形形色色的人們，在家裡只能去看望艾倫太太。」

蒂爾尼先生覺得很有趣。「只能去看望艾倫太太！」他重複了一聲。「那可真無聊透了！不過，當你再度陷入這個深淵的時候，你就會有許多話好說了。你可以談論巴斯，談論你在這裡做的一切事情。」

「哦，是的，我對艾倫先生或是別人決不會沒話說了。我的確認為，我再回到家裡可以一個勁地談論巴斯，我實在太喜歡巴斯啦。我假使能讓爸爸媽媽和家裡的其他人都來這裡，那該有多好啊！我大哥詹姆斯來了眞叫人高興。而尤其令人高興的是，我們剛剛認識的那家人原來是他的老朋友。哦！有誰還會厭煩巴斯呢？」

「像你這樣看見什麼都感到新奇的人，是不會厭煩巴斯的。但是，對於大多數常來巴斯的人來說，他們的爸爸媽媽和兄弟好友都早已厭膩了，他們對舞會、戲劇以及日常風景的眞摯愛好，也已成為過去。」

他們的談話到此停止了。現在，跳舞已經到了不容分神的緊張階段。

兩人剛剛跳到舞列的末尾，凱薩琳察覺看熱鬧的人裡有一位先生，就立在她舞伴的身後，正一本正經地審視著她。這是個十分漂亮的男子，儀表非常威嚴，雖然韶華已過，但是生命的活力猶在。他的目光仍然定向凱薩琳，凱薩琳見他隨即在親呢地同蒂爾尼先生小聲說話。她給看得有些心亂，唯恐自己外表有什麼差失，引起了那人的注意，不覺飛紅了臉，扭過頭去。

但是，就在她扭頭的時候，她的舞伴卻來到她跟前，說道：「我看得出來，你在猜測那位先生剛才問我什麼話了。他知道你的名字，你也有權知道他的名字。他是蒂爾尼將軍，我的父親。」

凱薩琳只回答了一聲「哦！」

但是這一聲「哦！」卻充分表達了所要表達的意思：聽見了他的話，而且確信他講的是實話。她帶著眞正的興趣和強烈的敬慕之情，目送著將軍在人群裡穿過，心裡暗暗讚嘆：「多麼漂亮的一家人啊！」

夜晚臨別時，她同蒂爾尼小姐閒談之際，心頭又泛起了一層新的喜悅。自到巴斯以來，她還從未去鄉下散過步。蒂爾尼小姐熟悉郊外人們常去遊覽的每個地方，說得凱薩琳恨不得也去觀光觀光。當她表示恐怕沒人陪她去時，那兄妹倆當下提議說，他們哪天上午陪她出去走走。

「那好極了，」凱薩琳嚷道。「咱們別拖了，明天就去吧。」兄妹倆欣然同意了，只是蒂爾尼小姐提了個條件：天不得下雨。凱薩琳說，肯定不會下。

他們約定，十二點來普爾蒂尼街接她。「記住十二點。」臨別時，凱薩琳還對她的新朋友叮囑了這麼一句。至於她的老朋友伊莎貝拉，雖然和她結識得早一些，因而情誼也更深一些，經過兩個星期的交往，對她的忠誠與美德已經有所體會，但她當晚幾乎連個影子也沒見到她。她雖說很想讓伊莎貝拉知道自己有多麼快樂，但還是欣然服從艾倫先生的意願，早早離開了聚會廳。

回家的路上，她坐在轎子裡，身子在搖顫，心花在怒放。

第十一章

第二天早晨，天色陰沉沉的，太陽只勉強露了幾次臉。凱薩琳由此斷定，一切都令她稱心如意。她認為，節氣這麼早，明朗的清早一般都要轉雨，而陰沉的清早則預示著天要逐漸轉晴。她請艾倫先生來印證她的看法，可是艾倫先生因為對這裡的天氣不熟悉，身邊又沒有晴雨計，不肯斷然保證準出太陽。她又向艾倫太太求告，艾倫太太的意見倒比較明確：「假使陰雲消散，太陽出來的話，我保證是個大晴天。」

十一點光景，凱薩琳那雙戒備的眼睛發現窗子上落下幾滴細雨，不禁帶著萬分沮喪的口氣嚷道：「哦，天哪！真的要下雨了。」

「我早知道要下雨。」艾倫太太說。

「那我今天散不成步啦，」凱薩琳嘆息道。「不過，也許不會真的下起來，或也許十二點以前會停住。」

「也許會。不過，好孩子，即使那樣，路上也會很泥濘的。」

「噢！那沒有關係，我從不怕泥濘。」

「是的，」她的朋友心平氣和地答道，「我知道你不怕泥濘。」

沈默了一會。

「雨越下越急了！」凱薩琳立在窗口，一邊觀察一邊說道。

「眞的越下越急了。要是不停地下下去，街上就要水汪汪的了。」

「已經有四把傘撐起來了。我眞討厭見到傘！」

「帶傘就是討人厭。我寧願什麼時候都坐轎子。」

「剛才天氣還那麼好！我還以爲不會下呢！」

「誰不是這麼想的。要是下一上午的雨，礦泉廳就不會有什麼人了。我希望艾倫先生出去的時候穿上大衣，不過我敢說他不會穿的，因爲叫他幹什麼都行，就是不願穿上大衣出門。我不知道他怎麼這麼討厭穿大衣，穿上大衣一定很不舒服吧。」

雨繼續下著，下得很急，但不是很大。凱薩琳每隔五分鐘就去看看鐘，每次回來都揚言：要是再下五分鐘，她就死心塌地地不再想這件事了。鐘打了十二點，雨還在下。

「你走不了啦，親愛的。」

「我還沒有完全絕望呢。不到十二點一刻，我是不會甘休的。現在正是天該放晴的時候，我眞的覺得天色亮了一點。得了，都十二點二十了，我也只有徹底死心了。哦！要是這裡能有《尤多爾弗》裡描寫的那種天氣，或者至少能有托斯卡納（意大利中部地區）和法國南部的那種天氣，那該有多好啊！可憐的聖．奧賓❶死去的那天晚上，天氣有多美啊！」

十二點半的時候，凱薩琳不再關注天氣了，因爲即使天晴了，她也沒有什麼好處可圖。而偏偏這時候，天空卻自動開始放晴，豁然射進一縷陽光使她吃了一驚。她四下一看，烏雲正在消散。她當即回到窗口，一面觀察，一面祝願太陽快點出來。又過了十分鐘，看來下午肯定是晴天了，這就證實艾倫太太的看法是正確的，她說她「總覺得天會放晴」。

但是，凱薩琳還能不能期待她的朋友，蒂爾尼小姐會不會因爲路上有了一些雨水而貿然出來，一時還不能肯定。

外面太泥濘，艾倫太太不能陪丈夫去礦泉廳，因此艾倫先生便自己去了。凱薩琳望著他剛走上街，便立即發現來了兩輛敞篷馬車，這就是幾天前的一個早晨使她大爲吃驚的那兩輛馬車，裡面坐著同樣的三個人。

「準是伊莎貝拉、我哥哥和索普先生！他們也許是來找我的，不過我可不去。我實在不能去，因爲你知道，蒂爾尼小姐還可能來。」艾倫太太同意這個說法。約翰．索普轉眼就上來了，不過他的聲音上來的還要快，因爲他在樓梯上就大聲催促凱薩琳：「快！快！」當他衝開門：「快戴上帽子。別耽誤時間了。我們要去布里斯托爾。你好，艾倫太太！」

---

❶《尤多爾弗》女主角艾蜜麗的父親，其正確的名字應為聖．奧伯特。

「布里斯托爾？那不是很遠嗎？不過我今天不能跟你們去啦，因爲我有約會。我在等幾位朋友，他們隨時都會來。」

當然，這話遭到索普的強烈反駁，認爲這根本不成理由。索普還請艾倫太太爲他幫忙。這時樓下那兩個人也走上來，爲他幫腔。「我最心愛的凱薩琳，難道這還不好玩嗎？我們要乘車出去玩個痛快。你要感謝你哥哥和我想出這個點子。我們是吃早飯時突然想到的，我確信是同時想到的。要不是因爲這場可惡的雨，我們早就走了兩個鐘頭了。不過這不要緊，夜晚有月亮，我們一定會玩得很愉快的。哦！一想到鄉下的空氣多寧靜，我簡直心醉神迷了！這比去下聚會廳不知強多少倍。我們乘車直奔克利夫頓，在那兒吃晚飯。一吃完飯，要是有時間，再去金斯韋斯頓。」

「我不信能走那麼多地方。」莫蘭說。

「你這傢伙！就愛說不吉利的話！」索普大聲嚷道。「我們能跑十倍多的地方。金斯韋斯頓！當然還有布萊茲城堡，凡是聽說過的地方都要去。但現在可好了，你這位妹妹說她不要去。」

「布萊茲城堡！」凱薩琳嚷道。「那是什麼地方？」

「英格蘭最好的名勝。無論什麼時候，都值得跑五十英里去瞧一瞧。」

「什麼！眞是個城堡？眞是個城堡？」

「全國最古老的城堡。」
「和書裡寫的一樣嗎？」
「一點也不錯，完全一樣。」
「不過，眞有城樓和長廊嗎？」
「有好幾十個。」
「那我倒想去看看。但是不成，我去不了。」
「去不了！我心愛的寶貝，你這是什麼意思？」
「我去不了，因爲，」（說話時垂著眼睛，唯恐伊莎貝拉嘲笑她）——「我在等蒂爾尼小姐和她哥哥來找我去野外散步。他們答應十二點來，可是下雨了。不過現在天晴了，他們可能馬上就會來了。」
「他們才不會來呢，」索普嚷道。「剛才我們走進布羅德街時看見過他們。他是不是駕著一輛四輪敞篷馬車，套著栗色馬？」
「我眞的不知道。」
「是的，我知道是的。我看見了。你說的是昨晚跟你跳舞的那個人吧？」
「是的。」
「我當時見他趕著車子拐進蘭斯當路了，拉著一位時髦的女郎。」

「眞的，我敢對天發誓。我一眼就認出了他。他似乎也有兩匹很漂亮的馬。」

「這就怪啦！我想他們一定認爲路上太泥濘，不能散步。」

「那倒很有可能，我生平從沒見過路上這麼泥濘。散步！那簡直比飛天還難！整個冬天都沒有這麼泥濘過，到處都齊到腳踝。」

伊莎貝拉也來作證說：「親愛的凱薩琳，你想像不到有多泥濘。得啦，你一定得去，不能拒絕。」

「我倒想去看看那個城堡。我們能全看一看嗎？能登上每節樓梯，走進每個房間嗎？」

「是的，是的，每個角落。」

「不過，假使他們只是出去一個鐘頭，等路乾點兒再來找我怎麼辦？」

「你放心吧，那不可能，因爲我聽見蒂爾尼騎馬走過的一個人嚷嚷說，他們要到威克岩那兒。」

「那我就去吧。我可以去嗎，艾倫太太？」

「隨你的便，孩子。」

「艾倫太太，你一定得勸她去！」幾個人異口同聲地喊道。

艾倫太太對此沒有置之不理。「唔，孩子，」她說：「你去吧。」

不到兩分鐘，他們便出發了。

凱薩琳跨進馬車時，心緒是不穩定的，一方面爲失去一次歡聚的樂趣而感到遺憾，一方面又希望馬上享受到另一個樂趣，雖然性質不同，但幾乎同樣快活。她認爲蒂爾尼兄妹不該這樣待她，也不送個信來說明緣故就隨便爽約。現在，他們比約定散步的時間才過去一個鐘頭，雖然她聽說在這一個鐘頭裡路上積滿了泥濘，但她根據自己的觀察，認爲還是可以去散步而不會引起什麼不便的。她覺得自己受到別人的怠慢，心裡不禁十分難過。但是，在她的想像中，布萊茲城堡就像尤多爾弗城堡一樣，能去那裡探索一下倒確是一件十分快樂的事，心裡任憑有什麼煩惱，這時也能從中得到安慰。

馬車輕快地駛過普爾蒂尼街，穿過勞拉巷，一路上大家很少說話。索普對馬說著話，凱薩琳在沉思默想，時而是失守的約會和失修的拱廊，時而是四輪馬車和假帷幔，時而又是蒂爾尼兄妹和活板門。他們進入阿蓋爾樓區時，她讓同伴的話音驚醒了！

「剛才過去的一個姑娘使勁盯著你瞧，她是誰？」

「誰，在哪兒？」

「在右邊的人行道上，現在幾乎看不見了。」

凱薩琳回頭望去，只見蒂爾尼小姐挽著她哥哥的手臂，慢騰騰地在街上走著。她看見他們兩人都在回頭望她。「停下，停下，索普先生，」她急火火地嚷道。「那是蒂爾尼小姐，眞是她。你憑什麼對我說他們出去了？停下，停下，我要馬上下去，我要去找他們。」但她說了又有什麼用？索普只顧抽著馬，使牠跑得更快了。蒂爾尼兄妹很快不再回頭看她了，轉眼間便拐進勞拉巷，看不見了。再一轉眼，凱薩琳自己也給拉進了市場巷。但是，直到走完另一條街，她還在苦苦懇求索普停車。「我求你，請你停下，索普先生，我不能再去了，我不想再去了，我得回去找蒂爾尼小姐。」

索普先生只是哈哈大笑，把鞭子甩得啪啪響，催著馬快跑，發出怪裡怪氣的聲音，車子一個勁地往前飛奔。

凱薩琳雖說十分惱火，卻也沒法下車，只好斷了念頭忍受下去。不過，她也沒有少責備他。「你怎麼能這樣騙我，索普先生？你怎麼能說你看見他們的車子拐進蘭斯當路了？我說什麼也不願有這種事發生？他們看見我從他們旁邊走過時，連個招呼也不打，一定會覺得我很奇怪、很無禮！你不知道我有多惱火。我到克利夫頓不會感到快活的，幹什麼都快活不了。我眞想，一萬個想現在就下車，走回去找他們。你憑什麼說你看見他們坐著四輪敞篷馬車出去了？」

索普理直氣壯地爲自己辯解，揚言說他生平從沒見過這麼相像的兩個人，而且還矢口咬定就是蒂爾尼先生。

即使這件事情爭過後，這一路上也不可能很愉快了。凱薩琳不像上次兜風時來得那麼客氣了。她勉強地聽他說話，回答得都很簡短。布萊茲城堡依然是她唯一的安慰。對於它，她仍舊不時地抱有一種愉快的期待感。在古堡裡，她可以穿過一長列巍峨的房間，裡面陳設著一些殘遺的豪華家具，現已多年無人居住。沿著狹窄迂迴的地窖走去，驀然被一道低柵欄擋住去路；甚至他們的油燈，他們唯一的油燈，被一陣突如其來的疾風吹滅，他們當即陷入一團漆黑。這些都是遊歷古堡時可以得到的樂趣，但是凱薩琳寧可放棄這一切樂趣，也不願意錯過這次約好了的散步，尤其不願意給蒂爾尼兄妹留下一個壞印象。

其間，他們還在平安地趕路。

當基恩沙姆鎮在望的時候，後頭的莫蘭突然喊了一聲，他的朋友只得勒住馬，看看出了什麼事。這時那兩個人走上前來，只聽莫蘭說：「我們最好還是回去吧，索普。今天太晚了，不能再往前走了。你妹妹和我都這麼想。我們從普爾蒂尼出來已經整整一個鐘頭了，才只走了七英里。我想，我們至少還得走八英里。這萬萬使不得。我們出來得太晚了。最好改天再去，現在往回轉吧。」

「這對我都一樣。」索普悻悻地答道。當即調轉馬頭，起程回巴斯。

「假使你哥哥不是趕著那麼一匹該死的馬，」他歇了不久說道，「我們可能早就到了。我的馬要是任著牠跑，一個鐘頭就能趕到克利夫頓。為了不拉下那匹該死的直喘大氣的駑馬，我一直勒住我的馬，差一點把胳膊都拽斷了。莫蘭眞是傻瓜，不自己養一匹馬，買一輛雙輪輕便馬車。」

「不，他不是傻瓜，」凱薩琳激越地說。「我知道他養不起。」
「他爲什麼養不起？」
「因爲他沒有那麼多的錢。」
「那怪誰呀？」
「我想誰也不怪。」
這時，索普像往常一樣，又扯起嗓子，語無倫次地絮叨起來，說什麼吝嗇是多麼可悲的事情，要是在錢堆裡打滾的人都買不起東西，他不知道誰還買得起。對於他這話，凱薩琳甚至都不想搞懂意思。這次遊覽本來是要爲她的第一個失望帶來寬慰的，不料現在又叫她失望了，因而她也就越來越沒有心思敷衍她的伙伴了，同時也覺得他越來越叫人討厭。直至回到普爾蒂尼街，她一路上總共說了不到二十句話。
進屋時，男僕告訴她，她走後沒幾分鐘，有一位先生和一位小姐來找她，當他告訴他們她和索普先生出去了時，那位小姐便問有沒有給她留話，一聽說沒有，就在身上摸名片，後來說她沒帶，便告辭了。
凱薩琳思索著這些叫人心碎的消息，慢騰騰地走上樓。到了樓梯頂，遇見艾倫先生。他一聽說他們爲什麼回來得這麼快，便說道：「我很高興你哥哥如此理智。你回來得好。這本來就是個十分輕率的怪主意。」

那天晚上，大家是在索普太太寓所度過的。凱薩琳心煩意亂，悶悶不樂。但是伊莎貝拉似乎覺得，和莫蘭搭擋打打康默斯❷，完全可以和克利夫頓店裡靜謐的鄉村風味相比美。她不止一次地表示，她很高興自己沒去下聚會廳。「我眞可憐那些往那兒跑的可憐蟲！我很高興我沒夾在他們當中！我懷疑會有多少人參加舞會！他們還沒開始跳舞呢。我是絕對不會去的。自己不時清閒自在地過個晚上，那有多愉快。我敢說，那個舞會不會有多大意思。我知道，米契爾家就不會去。我眞可憐那些去的人。不過我敢說，莫蘭先生，你很想去跳舞，對吧？你肯定想去。那麼，就請吧，這屋裡可沒人阻攔你。我敢說，你不在，我們照樣可以過得很愉快。你們男人就覺得自己了不起。」

凱薩琳簡直想責備伊莎貝拉對她和她的煩惱一點也不體貼。她似乎根本不把她和她的煩惱放在心上，她那些安慰她的話說得實在不得要領。「別這麼垂頭喪氣的，我的寶貝，」她低聲說道。

「你簡直要把我的心撕碎了。這件事太不像話了，不過全怪蒂爾尼兄妹，他們幹嘛不準時一點？不錯，路上泥濘，可那算得了什麼？約翰和我肯定不會在乎的。爲了朋友，我是赴湯蹈火在所不辭的。這是我的性格，約翰也是如此，他是個極重感情的人。天哪！你這手牌

❷ 一種牌戲，打牌者可以互相交換牌。

太好了！居然全是老K！我從沒這麼高興過！我一百個希望你撈到這手牌，這比我自己撈著還讓我高興。」

現在，我該打發我的女主角上床去輾轉反側、感傷垂淚了，因爲眞正的女主角大都命該如此。假若她能在三個月之內睡上一夜安穩覺，她便會覺得自己十分幸運了。

第十二章

「艾倫太太，」第二天早晨，凱薩琳說道，「我今天可不可以去看看蒂爾尼小姐？不把事情解釋清楚，我安不下心來。」

「去吧，好孩子，當然可以去。不過，要穿上那件白旗袍裙子，蒂爾尼小姐總是穿著白色的衣服。」

凱薩琳愉快地答應了。裝扮妥當之後，她越發急於趕到礦泉廳，打聽一下蒂爾尼將軍的住址，因爲她雖然相信他們住在米爾薩姆街，但她拿不準是哪幢房子，而艾倫太太忽而咬定是這幢，忽而又咬定是那幢，使她越發糊塗。她打聽到了是在米爾薩姆街，弄清門牌號碼之後，便一顆心抖簌簌的，急步走去拜訪她的朋友，解釋一下自己的舉動，請求她的原諒。經過教堂大院時，她毅然轉過眼睛，躡手躡腳地走了過去，唯恐不由自主地看見親愛的伊莎貝拉和她家裡那些可愛的人，因爲她有理由相信，她們就在附近的一家商店裡。她沒遇到任何阻攔，順利地來到那幢房前，看了看門牌，舉手敲門，求見蒂爾尼小姐。僕人說他相信蒂爾尼小姐在家，但是並不十分肯定，是不是可以允許他通報一下姓名？凱薩琳遞了名片。

幾分鐘工夫，僕人又回來了，帶著言不由衷的神情說，他搞錯了，蒂爾尼小姐出門了。凱薩琳感到很屈辱，紅著臉走開了。她幾乎可以肯定，蒂爾尼小姐就在家裡，只因心裡有氣不想見她罷了。她沿街往回走時，情不自禁地瞥了一眼客廳的窗口，心想也許能見到她，但是窗口沒有人。可是到了街尾，她又回頭一看，這時，不是在窗口，而是從門口走出一個人，一看正是蒂爾尼小姐。她後面跟著一個男人，凱薩琳相信那是她父親。兩人轉身朝艾德加大樓那邊走去。凱薩琳深感恥辱，繼續往前走著。對方因爲氣憤便如此無禮地怠慢她，她自己也差一點氣憤起來。但是她想起自己頭腦簡單，便壓住了氣。她不知道她的這種冒犯可以被世俗的禮法劃歸哪一類，恰當地說，它不可饒恕到何種程度，以及這理應使她受到何等嚴厲的無禮報復。她感到頹喪、羞愧，甚至產生了晚上不跟別人去看戲的念頭。

但是應該承認，她的這些念頭沒有持續多久，因爲她馬上意識到：首先，她沒有任何藉口待在家裡；其次，那是她非常想看的一齣戲。因此，他們全都來到了戲院。蒂爾尼兄妹沒有露面，省得她爲之煩惱或是高興。她在擔心：蒂爾尼一家儘管有許許多多優點，但是喜歡看戲卻不在其列，不過這也許因爲他們看慣了倫敦舞台上的上等好戲，他聽伊莎貝拉說過，任何戲和倫敦的戲一比，眞是「一場糊塗」。

然而，她自己想要散散心的期望卻沒落空，那齣喜劇暫時岔開了她的憂慮，你若是在頭四幕注意觀察她，全然看不出她心裡會有什麼不順心的事。但是，第五幕開始時，她猛然發現蒂爾尼先生和他父親來到對面包廂的朋友中間，不禁又焦灼不安起來。舞台不再能激起眞正的歡愉，不再能使她全神貫注。平均算來，她每看一眼舞台，就要看一眼對面的包廂。整整兩齣戲的工夫，她都如此這般地注視著亨利．蒂爾尼，可是一次也沒觸到他的目光。她再也不能懷疑他不喜歡看戲了，整整兩齣戲，他一直在目不轉睛地盯著舞台。

最後，他終於朝她看了一眼，還點了下頭，不過那是怎麼點頭的啊！沒有微笑，沒有別的禮節相伴隨，他的眼睛當即回到原來的方向。凱薩琳有些頹然坐立不安了，她眞想跑到他那個包廂，逼著他聽她作解釋。一種自然的而不是女主角應有的情感攫住了她的心頭。她不認爲他們給她隨意加罪會有損她的尊嚴，也不想死要面子故作無辜，對他的疑神疑鬼表示憤慨，讓他自己費盡心機地去尋求解釋，不想只是透過避而不見或者向別人賣弄風情的辦法，來讓他認識過去是怎麼回事。相反，她覺得這全是她自己的錯，起碼表面上看來是如此，因而一心只想找個機會把事情的緣由解釋清楚。

戲演完了，幕落下來了。亨利．蒂爾尼已經不在原來的位子上了，不過他父親還在，說不定他正在向她們包廂走來呢。她猜對了：不到幾分鐘工夫，蒂爾尼先生便出現了。他從一排排正在走空的座位中間走過來，泰然有禮地向艾倫太太和她的朋友打招呼。凱薩琳答話時卻不那麼泰然。「唔，蒂爾尼先生，我一直急著想找你談談，向你表示歉意。你一定覺得我太沒禮貌了，可這實在不是我的錯。你說是吧，艾倫太太？他們不是告訴我說蒂爾尼先生和他妹妹乘著四輪敞篷馬車出去了嗎？那樣一來，我還有什麼辦法？不過，我還是一萬個希望和你們一塊出去。你說是吧，艾倫太太？」

「好孩子，你弄亂了我的旗袍裙。」艾倫太太答道。

凱薩琳的表白雖然是孤立無援的，但總算沒有白費。蒂爾尼臉上浮現出更加眞誠、更加自然的笑容。他帶著只是有點假意冷淡的口吻答道：「無論如何，我要感謝你，因爲我們在阿蓋爾街打你旁邊走過時，你還祝願我們散步愉快呢。謝謝你特意回頭望望。」

「說眞的，我可沒祝願你們散步愉快，我壓根兒沒有想到。不過我苦苦央求索普先生停車。我一見到你們就衝著他吆喝。艾倫太太，難道——哦！你不在場，可我眞是這樣做的。假使索普先生停下車，我準會跳下來去追你們。」

天底下有哪位亨利聽了此話還能無動於衷？至少亨利．蒂爾尼沒有無動於衷。他帶著更加甜蜜的微笑，詳盡敘說了他妹妹如何憂慮，如何遺憾，如何相信凱薩琳的爲人。「哦，請你別說蒂爾尼小姐沒有生氣，」凱薩琳嚷道，「因爲我知道她生氣了。今天早晨我去登門拜訪，她見都不肯見我。我剛離開府上，就見她走出屋外。我很傷心，但是並不記恨她。也許你不知道我去過府上。」

「我當時不在家，不過我從艾麗諾那兒聽說了。她事後一直想見見你，解釋一下如此失禮的原因。不過，也許我同樣可以解釋。那只是因爲我父親——他們剛好準備出去散步，我父親因爲時間晚了，不願意再耽擱，便謊報艾麗諾不在家。我向你擔保，就是這麼回事。艾麗諾很懊惱，準備盡快向你道歉。」

凱薩琳聽到這話，心裡欣慰了不少，然而多少還有幾分擔憂，於是陡然迸出一個十分天眞而叫對方非常爲難的問題：「可是，蒂爾尼先生，你爲什麼不像你妹妹那樣寬宏大量？如果她能如此相信我的好意，能認爲這只不過是個誤會而已，那你爲什麼動不動就生氣？」

「我！我生氣？」

「是啊，你走進包廂時，我一看你的臉色，就準知你在生氣。」

「我生氣！我哪有這個權利！」

「唔，凡是看見你臉色的人，誰也不會以爲你沒有這個權利。」

蒂爾尼沒有答話，只是請她給他讓個地方，同她談起了那齣戲。他和她們坐了一會。他實在太和藹可親了，凱薩琳眞捨不得讓他走。不過他們分手前說定，要盡快實現他們的散步計劃。蒂爾尼離開她們的包廂時，凱薩琳除了對此有些傷感而外，總的說來，還是天底下最快樂的人兒。

他們交談的時候，凱薩琳驚奇地發現：約翰·索普從未能在一個地方老老實實地待上十分鐘，現在正和蒂爾尼將軍說話。當她覺察自己可能是他們注意和談論的對象時，她感到的不止是驚訝。他們可能談論她什麼呢？她擔心蒂爾尼將軍不喜歡她的外表。她覺得，這體現在他寧可不讓女兒見她，也不肯把自己的散步延後幾分鐘。「索普先生怎麼會認識你父親呢？」凱薩琳急切地問道，一面將兩人指給她的同伴看。蒂爾尼不知道這是怎麼回事，不過他父親像所有軍人一樣，交際很廣。

戲結束後，索普來攙她們出場。凱薩琳是他獻殷勤的直接目標。他們在休息室等候轎子時，凱薩琳有個問題幾乎從心底溜到舌尖上，不料被索普攔住了，只聽他揚揚得意地問道：她有沒有看見他在和蒂爾尼將軍談話。「這個老頭眞神氣！既健壯，又活躍，像他兒子一樣年輕。老實說，我很敬仰他。眞是個大有紳士派頭的好人。」

「你是怎麼認識他的？」

「認識他！巴斯附近的人，我沒有幾個不認識的。我常在貝德福咖啡館遇見他。今天他一走進彈子房，我就又認出了他的面孔。說起來，他是這裡最出色的彈子手。我們在一起打了幾下，不過我起初幾乎有點怕他。我倆的機會是五比四，對我不利。我要不是打出了也許是世界上最乾脆俐落的一擊——我正中他的球——不過沒有台子我說不明白。然而我的確擊敗了他。眞是一表人才，和猶太佬一樣有錢。我很想跟他一起吃吃飯，他的飯一定很豐富。不過你知道我們在談論什麼嗎？談論你，眞的！將軍認爲你是全巴斯最漂亮的姑娘。」

「哦，胡說八道！你怎麼能這樣說？」

「你知道我是怎麼說的嗎？」（故意壓低聲音）——「『說得好啊，將軍，』我說，

『我和你的看法完全一致。』」

凱薩琳聽到索普的稱讚，遠遠比不上聽到蒂爾尼將軍的稱讚時來得高興，因而她被艾倫先生喚走時，一點也不感到遺憾。不過索普非要把她送上轎子，上轎前，一直在甜言蜜語地奉承她，雖然對方一再求他別說了。

蒂爾尼將軍不但不討厭她，反倒讚美她，這可叫人太高興了。凱薩琳欣喜地感到，在他們家裡，她不必害怕去見任何人了。這一晚上，她實在沒想到會有這麼大的收穫。

第十三章

星期一到星期六這幾天，讀者已經看著過去了。每天的情況、每天的希望與憂慮、屈辱與快樂，都分別作了說明，現在只需描述一下星期日的痛苦，使這一週告以結束。去克利夫頓的計畫延期了，但是並未取消。今天下午去新月街散步時，此事又被提了出來。伊莎貝拉和詹姆斯進行了私下磋商，伊莎貝拉是打定主意要去的，詹姆斯則一心要討好她。兩人說定：若是天公作美，他們明天上午就去；爲了按時回到家裡，要一大早就動身。事情談妥了，也得到了索普的贊同，剩下的只消通知一聲凱薩琳。凱薩琳去找蒂爾尼小姐說話，離開了他們幾分鐘。在此期間，他們全都計畫好了，她一回來，立刻要她答應一起去。

但是出乎伊莎貝拉的意料，凱薩琳沒有愉愉快快地表示贊同，而是板著副面孔，說她十分抱歉不能去。她有約在先，上次就不該去，這次更不能陪同了。她剛才與蒂爾尼小姐談妥，明天進行那次約定的散步。這已經完全說定了，她無論如何不能反悔。但是，索普兄妹當即焦急地吆喊說，她必須而且應該取消那個約會。他們明天一定要去克利夫頓，而且不能落下她。只不過是一次散步嘛，延後一天有什麼關係，他們不許她拒絕。凱薩琳感到爲難，但是並沒屈從。「你別逼我啦，伊莎貝拉，我和蒂爾尼小姐約好了。我不能去。」但是這無濟於事。同樣的論點劈頭蓋腦地向她襲來：她必須去，她應該去，他們不許她拒絕。「這容易得很，你對蒂爾尼小姐說你剛想起先前的一次約會，只要求把散步推延到星期二。」

「不，這並不容易。我不能那樣做。我先前沒有約會。」可是伊莎貝拉越逼越緊。她百般親切地懇求她，心肝寶貝地叫著她。她相信，為了這麼一個小小的請求，她那最親愛的凱薩琳決不會眞拒絕一個如此疼愛她的朋友。她知道，她心愛的凱薩琳心地善良，性情溫柔，很容易被她心愛的人說服。不料怎麼說都不起作用。凱薩琳覺得自己理直氣壯，雖然不忍心聽到如此情懇意切、苦口婆心的懇求，但是絲毫也不動搖。

這時，伊莎貝拉改換了方式。她責怪說，凱薩琳只不過剛剛認識蒂爾尼小姐，可是待她比待最要好的老朋友還親切。總之一句話，責怪她對她本人越來越冷淡了。「凱薩琳，當我見到你因爲外人而怠慢我時，我不能不感到嫉妒。我愛你到了極點啊！我一旦愛上了什麼人，是什麼力量也無法改變的。我相信，我比什麼人都重感情，正因爲太重感情，所以心裡總是不得安寧。我承認，眼見著外人奪去了你對我的友愛，我感到傷心透了。一切好處都讓蒂爾尼兄妹獨占了。」

凱薩琳覺得這番指責既奇怪，又不客氣，難道作朋友的就該把自己的感情暴露給別人？在她看來，伊莎貝拉心胸狹窄，自私自利，除了自我滿足之外，別的一概不顧。她心裡浮起了這些沈痛的念頭，但是嘴裡什麼也沒說。這時候，伊莎貝拉拿手帕擦著眼睛。莫蘭見此情景心裡一陣難受，禁不住說道：「得了，凱薩琳，我看你現在不能再執拗了。犧牲也不很大，為了成全這樣一位朋友，我想你如果還要推卻的話，那就太不客氣了。」

哥哥公開與她作對，這還是頭一遭。唯恐引起哥哥的不快，凱薩琳建議來個折衷。只要他們肯把計劃推延到星期二（這對他們並不困難，因為這只取決於他們自己），那她就和他們一起去。可是對方立即答道：「不行，不行！那可不行，索普說不定星期二還要進城。」凱薩琳感到遺憾，她再也無能為力了。接著沈默了一會，隨即又被伊莎貝拉打破了，只聽她帶著冷漠憤懣的口氣說道：「好吧，那這次活動告吹了。要是凱薩琳不去，我也不能去。不能就我一個女的去。這不成體統，我無論如何也不幹。」

「凱薩琳，你一定得去。」詹姆斯說。

「可是索普先生為什麼不能另帶一個妹妹去？我敢說她們兩個誰都願意去。」

「謝謝，」索普嚷道。「可是我來巴斯不是為了帶著妹妹到處兜風的，那看上去像個傻瓜。不，你假使不去，我要去就是混蛋。我去只是為了帶著你兜兜風。」

「你這番恭維並不使我感到榮幸。」可惜索普沒聽見她這話，便忽地轉身走了。

那另外三個人繼續一起走著，說起話來使可憐的凱薩琳感到極其彆扭。他們有時一言不發，有時又一連迭聲地祈求她、責備她。雖然心裡不和，她還是挽著伊莎貝拉的手臂。她一會兒心軟下來，一會兒又被激怒。但她總是很煩惱、總是很堅定。

「我以前不知道你有這麼固執，凱薩琳，」詹姆斯說道。「你以前總是很好說話的。我幾個妹妹裡頭，原來就數你最和善，脾氣最好。」

「我希望我現在也是如此，」凱薩琳很動情地答道。「但可我實在不能去。即使我錯了，我也是在做我認爲正確的事情。」

「我想，」伊莎貝拉低聲說，「這樣做倒不費躊躇呀。」

凱薩琳心裡氣急了，一下子把胳膊抽走了，伊莎貝拉也沒反抗。如此過了十多分鐘，索普終於又回來了，他帶著較爲快活的神情說道：「唔，我把問題解決了。我們明天可以心安理得地一起去了。我去找過蒂爾尼小姐，替你推託了。」

「你沒去！」凱薩琳嚷道。

「我發誓去過了。我剛從她那兒來。我跟她說是你叫我來的，說你剛剛想起早已約好明天和我們一道去克利夫頓，因此要到星期二才能與她一道去散步。她說也好，星期二對她同樣很方便。因此我們的困難全部迎刃而解。我這主意不錯吧？」

伊莎貝拉又一次笑逐顏開了，詹姆斯也跟著高興起來。

「你這主意的確妙極了！唔！親愛的凱薩琳，一切困難全解決了，你已經正大光明地解約了，我們可以痛痛快快地玩一番了。」

「這可不行，」凱薩琳說。「我不能答應這樣做。我得馬上追上蒂爾尼小姐，把實情告訴她。」

不料，伊莎貝拉抓住她一隻手，索普抓住另一隻，三人苦苦相勸。就連詹姆斯也很生氣。既然事情都解決了，蒂爾尼小姐自己還說星期二同樣適合她，再去節外生枝，豈不荒謬至極。

「我不管！索普先生沒有權利捏造這種謊言。假使我覺得應該推遲的話，我可以親自對蒂爾尼小姐去說。索普先生那樣做只會顯得更冒昧。我怎麼知道他已經——也許他又搞錯了。上次他星期五的錯誤，導致我採取了一次冒昧的行動。放開我，索普先生！別抓住我，伊莎貝拉！」

索普告訴她，蒂爾尼兄妹是追不上的，剛才他趕上去的時候，他們已經拐進布魯克街，現在該到家了。

「那我也要去追，」凱薩琳說道。「他們無論走到哪裡，我也要追上去。說也沒用。我認爲錯誤的事情，別人要是無法說服我去幹，也休想騙我去幹。」說罷，她掙脫身子，匆匆離去了。索普本想衝上去追她，不料詹姆斯止住了。「讓她去吧，她想去就讓她去吧。她固執得像——」❶莫蘭沒有說完他的比喻，因爲這實在不是個很文雅的比喻。

凱薩琳心裡非常激動，穿過人群盡量快走，唯恐有人追來，不過她決心堅持到底。她一邊走，一邊思忖剛才的情景。她不忍心讓他們失望，惹他們生氣，特別是不忍心惹她哥哥生氣，但她並不後悔自己拒絕了他們。撇開個人的喜好且不說，僅憑和蒂爾尼小姐再次失約，取消五分鐘前才自願許下的諾言，而且還捏造藉口，這一定是大錯特錯了。她拒絕他們並非僅僅出自於個人考慮，不僅僅是爲了滿足個人的願望，因爲跟他們去旅行，看看布萊茲城堡，在某種程度上倒可以滿足這個願望。不，她考慮的是別人，是別人對她人格的看法。她相信自己沒有錯，但這還不足以使她恢復鎮靜。不向蒂爾尼小姐說清楚，她心裡不會感到踏實。她出了新月街以後便加快了腳步，剩下的路幾乎是一溜小跑，直至到達米爾薩姆街盡頭。她動作如此之快，儘管蒂爾尼兄妹一開始領先很多，可是當她看見他們時，他們才剛剛進屋。僕人仍然站在門口，門還開著，凱薩琳只是客氣地說了聲她馬上要同蒂爾尼小姐說話，便匆匆打他旁邊走過，跑上樓去。

接著，順手推開第一扇門，恰巧讓她碰到了，即刻發現自己來到了客廳，蒂爾尼將軍和他的兒子女兒都在裡面。她立即作了解釋。不過，由於心情緊張和呼吸短促的緣故，其唯一

---

❶ 英語習慣說：像騾子一樣固執。

的缺點是壓根兒不像作解釋。「我急火火地跑來了！這完全是個誤會，我從沒答應跟他們去。我從一開始就告訴他們我不能去。我急火火地跑來解釋。我不在乎你們怎麼看我，我實在等不及讓僕人通報了。」

這番話雖然沒有把事情解釋得一清二楚，但是卻馬上不再令人困惑不解了。凱薩琳發現，索普的確傳了假話，蒂爾尼小姐開誠布公地表示，她當時聽了大為震驚。但是她哥哥是否比她更加忿恨不滿，凱薩琳卻無從知道，雖然她本能地向兩個人作了解釋。她到達前不管他們有什麼感覺，經她這麼誠懇地一分辯，兄妹兩人的神色和言語馬上變得和藹極了。

事情愉快地得到了解決，凱薩琳被蒂爾尼小姐介紹給她父親，立即受到他的十分殷切而客氣的接待，這就使她想起了索普說的話，而且使她高興地感到，索普有時還是靠得住的。蒂爾尼將軍客氣到唯恐不周的地步，他不知道凱薩琳進屋時走得飛快，卻大生僕人的氣，怪他太怠慢了，竟然讓莫蘭小姐自己打開客廳的門。「威廉是怎麼回事？我一定要追查這件事。」若不是凱薩琳極力陳說他平白無辜，威廉很可能因為凱薩琳的快步闖入，而永遠失去主人的寵幸，如果不是丟掉飯碗的話。

凱薩琳坐了一刻鐘之後，便起身告辭。使她感到喜出望外的是，蒂爾尼將軍問她是否能給他女兒賞個臉，就在這兒吃頓飯，當天餘下的時間就和蒂爾尼小姐一起玩玩。蒂爾尼小姐也表示了自己的心願。凱薩琳大為感激，可惜她實在無能為力，艾倫夫婦在隨時等她回去。

將軍宣稱這叫他沒有什麼好說的了，既然艾倫夫婦要她回去，他也就不便強留。不過他相信，改天要是通知得早一些，艾倫夫婦是不會拒絕她到朋友這兒來的。「哦，不會的。」凱薩琳擔保他們不會反對，她自己也十分願意來。將軍親自把她送到街門口，下樓時說了許多動聽的話，誇讚她步履輕盈，簡直和她跳舞時的姿態分毫不差。臨別時，他又向她鞠了一躬，那個優雅自如的勁兒，她以前從未見到過。

凱薩琳對於這一切大爲得意，興高采烈地朝普爾蒂尼街走去。她斷定她的腳步是很輕盈的，儘管她以前從未意識到。她回到家裡，沒有再見到被她觸犯的那夥人。她已經大獲全勝，達到了自己的目的，散步也有了把握，隨著心緒的平靜，便開始懷疑自己是否百分之百正確。屈己待人總是崇高的，假若她答應了他們的要求，她就不會令人苦惱地覺得自己得罪了一位朋友，惹火了一位哥哥，一項使他們高興非凡的遠遊計劃，也許是讓她給破壞了。

爲了寬慰自己，讓一個公正人來權衡一下自己的行爲究竟對不對，她乘機向艾倫先生提起了她哥哥和索普兄妹第二天準備遠遊這個說定沒定的計劃，艾倫先生當即抓住了話頭。

「怎麼，」他說，「你也想去嗎？」

「不。就在他們告訴我之前，我和蒂爾尼小姐已約好了要去散步。因此，你知道，我是不能跟他們一起去的，對嗎？」

「對，當然不能去。你不想去，這很好。這種安排實在不像話。年輕小伙子和年輕姑娘坐著敞篷馬車在鄉下到處亂跑！偶爾爲之倒還滿不錯的，可是一道去客棧和公共場所，那就不妥當了，我不知道索普太太怎麼會允許的。我很高興你不想去。我敢肯定，莫蘭太太會不高興的。艾倫太太，難道你不這樣想？難道你不認爲這種做法要不得嗎？」

「是的，的確要不得。敞篷馬車眞齷齪。你坐在裡面，一件乾淨衣服連五分鐘也穿不上。你上車下車都要濺一身泥。風把你的頭髮帽子吹得東倒西歪。我就討厭敞篷馬車。」

「我知道你討厭，可是問題不在這裡。要是年輕姑娘與年輕小伙子非親非故，卻時常坐著敞篷馬車東跑西顚的，難道你不覺得這很不雅觀嗎？」

「是的，親愛的，的確很不雅觀。我看不下去。」

「親愛的太太，」凱薩琳嚷道，「那你爲什麼不早告訴我？你要是早就告訴我這不合適，我絕對不會跟著索普先生一道出去的。不過我總是希望，你若是認爲我有什麼過錯，會給我指出來的。」

「我會的，好孩子，你儘管放心好啦。正像分手時我對莫蘭太太所說的，我隨時都會竭盡全力幫助你的。但是人不能過於苛求。就像你慈愛的母親常說的，年輕人畢竟是年輕人。你知道，我們才來時，我不讓你買那件有枝葉花紋的紗衣服，可是你偏要買。年輕人不喜歡老有別人礙他們事的。」

「但這是件至關緊要的事情，我想你不會覺得我很難說服吧。」

「迄今為止，還沒出現什麼問題，」艾倫先生說。「我只想奉勸你，好孩子，別再和索普先生一道出去了。」

「我也正要這麼說呢！」他妻子補充道。

凱薩琳自己感到寬慰了，但是卻為伊莎貝拉感到不安。她稍微想了一下，然後便問艾倫先生：索普小姐一定像她自己一樣，也不知道那是越軌行為，她是不是應該給她寫封信，告訴她那樣做是不恰當的，因為據她考慮，儘管遇到了波折，伊莎貝拉要是無人奉勸，說不定第二天還是要去克利夫頓的。沒想到艾倫先生卻勸她不要幹這種事。「好孩子，你最好不要去管她。她那麼大了，該懂事了。如若不然，她母親會替她指點的。索普太太實在太溺愛子女了。不過你最好還是不要干預。索普小姐與你哥哥執意要去，你只會討個沒趣。」

凱薩琳聽從了他的話。雖然一想到伊莎貝拉的過錯不免有些惋惜，但是艾倫先生對她自己的行為的讚許，卻使她感到大為寬慰。承蒙他的勸導，她才沒有犯同樣的錯誤，這確實使她感到慶幸。她沒有跟著他們去克利夫頓，實在是一次倖免。假如她和蒂爾尼兄妹爽約是為了去做一件錯事——假使她做下一件失禮的事，只是為了去做另外一件越軌的事，那麼蒂爾尼一家會把她看成個什麼樣的人呢？

第十四章

第二天早晨，天氣晴朗，凱薩琳想那夥人大概又要來糾纏了。但有艾倫先生爲她撐腰，她並不害怕他們來。不過她還是寧願不和他們爭執，即使爭贏了也是痛苦的。因而，當她既沒看見他們的影子，又沒聽見他們的消息時，她感到由衷的喜悅。

蒂爾尼兄妹按照約定的時間來喊她，這回沒再出現新的麻煩，誰也沒有突然想起什麼事情，或是出乎意料地被人叫走，也沒有哪位不速之客突然闖入，來干擾他們的郊遊計劃，於是我的女主角能夠極不尋常地實踐了自己的約會，雖然這是和男主角的約會。他們決定周遊一下山毛櫸崖。那是一座挺秀的山崖，山上木青草蔥，崖間半懸著一片片矮樹叢，幾乎從巴斯的每個曠場上望去，都顯得十分惹人注目。

「我每次見到這座山，」他們沿河畔漫步時，凱薩琳說道，「總要想到法國南部。」

「這麼說你到過國外？」亨利有點驚訝地問道。

「哦，不！我只是說在書裏看到的。這座山總使我想起《尤多爾弗的奧秘》裏艾蜜麗和她父親遊歷過的地方。不過，你也許從不看小說吧？」

「爲什麼？」

「因爲小說對你來說太淺薄，紳士們都會看深奧的書。」

「一個人，不管是紳士還是淑女，只要不喜歡小說，一定愚蠢。我讀過拉德克利夫夫人的全部作品，而且對大多數都很感興趣。《尤多爾弗的奧秘》一旦看開了頭，我再也放不下了。我記得兩天就看完了，一直是毛骨悚然的。」

「是的，」蒂爾尼小姐補充道。「我記得你還念給我聽。後來我給叫走了，去回張便條，僅僅五分鐘你也不等我，把書帶到了隱士徑，我無奈只好等到你看完再說。」

「謝謝你，艾麗諾，一條難能可貴的證據。你瞧，莫蘭小姐，你的猜測是不公正的。我迫不及待地要看下去，我妹妹只離開五分鐘我都不肯等她。我答應念給她聽，可是又不恪守諾言，讀到最有趣的地方又叫她乾著急聽不到，我把書拿跑了。你要注意，那本書還是她自己的，的確是她自己的。我想起這件事就覺得自豪，我想這會使你對我有個好印象了。」

「我聽了的確很高興。今後我永遠不會爲自己喜愛《尤多爾弗》而感到羞愧了。不過我以前的確以爲，青年男子對小說鄙視到令人驚奇的地步。」

「令人驚奇！他們如果眞是那樣，那倒可能眞叫令人驚奇，因爲男人看到的小說幾乎跟女人看的一樣多。我自己就看過好幾本。說起朱麗婭和路易莎❶的事，你休想和我比。我們要談到具體的書，沒完沒了地問起『你看過這本嗎？』、『你看過那本嗎？』我將馬上把你遠遠拋在後面，就像——我該怎麼說呢？我想用個恰如其分的比喻，就像你的朋友艾蜜麗遠遠拋下可憐的瓦蘭庫爾特❷，與她的姑媽一起到義大利。你想想我比你多看了多少年小說。我是進牛津讀書時開始的，而你卻是個小乖丫頭，坐在家裏繡花呢！」

「恐怕不是很乖吧。可是說眞的，難道你不認爲《尤多爾弗》是世界上最好的書嗎？」

「最好的，我想你是指最精緻的吧。那得看裝幀了。」

「亨利，」蒂爾尼小姐說，「你眞不客氣。莫蘭小姐，他待你就像待他妹妹一樣。他總是挑剔我措詞不當，現在又在對你吹毛求疵了。你用的『最好』這個字不合他的意。你最好趁早把它換掉，不然他會拿約翰遜和布萊爾❸把我們奚落個沒完。」

「的確，」凱薩琳大聲嚷道，「我並非有意要說錯話。可是那確實是一本好書。我爲什麼不能這麼說呢？」

「很對，」亨利說道，「今天天氣很好，我們進行一次很好的散步，你們是兩位好姑

---

❶ 哥特傳奇小說中女主角的名字。
❷ 《尤多爾弗的奧秘》女主角艾蜜麗的情人。
❸ 英國著名語言學家。前者著有《英語詞典》，後者著有《修辭與純文學講話》。

娘！這的確是個好字眼！什麼場合都適用。最初，它也許只被用來表示整潔、恰當、精緻、優雅，用來描寫人們的衣著、感情和選擇。可是現在，這個字眼卻構成了一個萬能的褒義之詞了。」

「其實，」他妹妹嚷道，「它只該用到你身上，而且沒有絲毫的褒義。你這個人挺講究而不聰明。來，莫蘭小姐，我們讓他用最嚴格的字眼對我們吹毛求疵去吧，我們還是用自己最喜愛的字眼來讚美《尤多爾弗》。這是一本極其有趣的作品。你喜歡這類書嗎？」

「說實話，我不大愛看別的書。」

「眞的！」

「這就是說，我可以看詩歌和戲劇這一類的作品，也不討厭遊記。但是對歷史，正正經經的歷史，我卻不感興趣。你呢？」

「我喜歡歷史。」

「但願我也喜歡。我是作爲義務讀點歷史，但是歷史書裏的東西總是惹我煩惱、厭倦。每頁上都是教皇與國王在爭吵，還有戰爭與瘟疫。男人都是飯桶，女人幾乎沒有一個，眞令人厭煩。然而我經常覺得奇怪，既然絕大部分是虛構的，卻又那麼枯燥乏味。英雄嘴裏吐出的語言、他們的思想和雄圖，想必大部分是虛構的，而在其他作品裏，虛構的東西，卻正是我所喜歡的。」「你認爲，」蒂爾尼小姐說，「歷史學家不善於想像。他們想像出來的東西不能引起人們的興趣。我喜歡歷史，滿足於眞的假的一起接受。在那些主要事實中，它們以過去的史書和史料爲資料來源，我可以斷定，那些史書和史料，就像你沒能親自目睹的事實一樣眞實可信。至於你說到的添枝加葉，那確實是添枝加葉，我喜歡這樣的內容。如果哪一篇演講寫得很好，我也不管它由誰來作，都要高高興興地讀下去。如果是出自休姆先生❹或者羅伯遜博士❺的手筆，我很可能比讀卡拉克塔庫斯❻、阿格里科拉❼或者阿爾弗烈德大王❽的眞實講話，還要興致勃勃。」

「你喜歡歷史！艾倫先生和我父親也是如此。我有兩個兄弟，他們也不討厭歷史。在我這個小小的親友圈圈裏就有這麼多例子，眞是可觀啊！這樣一來，我就不再可憐寫歷史的人了。如果大家愛看他們的書，那當然很好。但是，我過去一直以爲沒人愛看他們費那麼大工

❹ 戴維·休姆（一七一一～一七七六）：蘇格蘭哲學家、歷史學家和政治家、經濟學家，著有《英國史》。

❺ 羅伯遜博士（一七二一～一七九三）：蘇格蘭長老會牧師兼編史作家，著有《蘇格蘭史》。

❻ 卡拉克塔庫斯：英國古代一國王，公元前四三年被羅馬人俘獲，在羅馬皇帝面前大義凜然，慷慨陳詞，因而獲得赦免。

❼ 阿格里科拉（三七～九三）：羅馬大將，曾率軍征服不列顛。

❽ 阿爾弗烈德大王（約八四八～九〇〇）：中世紀英格蘭西撒克斯國王，曾率軍打敗入侵不列顛的丹麥人。

夫寫出的一部部巨著，或者辛辛苦苦寫出來只是爲了折磨那些少男少女，我總覺得這是一種苦命。雖然我現在知道他們這樣做是完全正確的，完全必然的，但是我過去經常感到奇怪，有人居然有勇氣坐下來特意幹這種事。」

「少男少女應該接受折磨，」亨利說道，「這是但凡對文明國度的人性多少有點了解的人所無法否認的。但是，我要爲我們最傑出的歷史學家說幾句話：如果有人認爲他們缺乏更加崇高的目標，他們難免不感氣憤。他們憑著自己的寫作方法和風格，完全有資格折磨那些最有理智的成年讀者。我使用『折磨』這個動詞（我注意到這是你的措詞），拿它代替了『教育』這個字眼，就算它們現在是同義詞吧。」

「你認爲我把教育稱作折磨很荒謬吧！可是，假使你以前像我一樣，經常聽見可憐的孩子最初如何學習字母，然後如何學習拼寫，假使你看見他們整個上午如何愚不可及，臨了我那可憐的母親如何精疲力竭（就像我在家裏幾乎每天見到的那樣），你便會承認：折磨和教育有時是可以當作同義詞的。」

「很有可能。但是，歷史學家對於學習認字時的困難並不負有責任，他似乎不特別喜歡勤奮好學，刻苦鑽研；即便如此，你恐怕也得承認：爲了一輩子能看書，受兩、三年折磨還是十分划得來的。請想想，倘若不教人念書，拉德克利夫夫人的作品豈不是白寫了，甚至也許壓根兒寫不出來。」

凱薩琳表示同意。她熱情洋溢地讚頌了那位夫人的功績，隨即便結束了這個話題。蒂爾尼兄妹馬上談起另一個話題，凱薩琳對此無話可說。他們帶著繪畫行家的目光，觀賞著鄉間的景色，並且帶著眞正的鑑賞力，熱切地斷定這裏可以作出畫來。凱薩琳茫然不知所措。她對繪畫一竅不通——她對富有情趣的東西都一竅不通。她聚精會神地聽著，可是得不到什麼收穫，因爲他們用的字眼簡直讓她莫名其妙。她能聽懂的一點點，卻似乎與她以前對繪畫所僅有的一些概念相矛盾。看來，從高山頂上似乎不能再取到好景了。清澈的藍天也不再象徵晴天了。她爲自己的無知感到不勝羞愧——但是這種羞愧是不必要的。人們想要依依多情的時候，總應該表示自己知識淺薄才好。自恃淵博是無法滿足別人的虛榮心的，這是聰明人要力求避免的。特別是女人，如果她不幸地有點知識的話，應該盡可能地將其掩蓋起來。

一位姊妹作家（指范妮·伯尼），已經用神工妙筆闡述了姣美小姐天性愚笨的好處。對於她在這方面的論述，我只想爲男人補充說一句公道話：雖然對於大部分比較輕浮的男人來說，女人的愚笨大大增添了她們的嫵媚，但是有一部分男人又太有理智，太有見識，對女人的希求也只是無知而已。可是凱薩琳並不了解自己的長處，不知道一個美麗多情而又愚昧無知的姑娘，定能迷住一位聰明的小伙子，除非機緣特別不利。在目前的情況下，她承認自己知識貧乏，並且公開宣布：她將不惜任何代價學會繪畫。

於是，亨利馬上就給她講授什麼樣的景物可以構畫，他講授得一清二楚，凱薩琳很快從亨利欣賞的東西裏看到了美。凱薩琳聽得十分認眞，亨利對她也十分滿意，認爲她有很高的天然審美力。他談到了近景、遠景、次遠景、旁襯景、配景法和光亮色彩。凱薩琳是個大有希望的學生，當他們登上山毛櫸崖頂峰時，她很有見地地說道，全巴斯城不配採入風景畫。亨利對她的長進感到很高興，同時又怕一下子灌多了惹她發膩，便擱開了這個話題。他從一座嶙峋的山石和他假想長在山石近頂的一棵枯櫟樹談起，很容易就談到一般的櫟樹——談到樹林，林場，荒地，王室領地和政府——不久就談到了政治，一談政治就很容易導致沉默。他對國事發表了一段簡短的議論之後，大家便陷入了沉默。

後來這沉默讓凱薩琳打破了，只聽她帶著嚴肅的口吻說道：「我聽說，倫敦馬上要出駭人聽聞的東西。」

這話主要是對蒂爾尼小姐說的，蒂爾尼小姐聽了不覺大吃一驚，趕忙答道：「眞的！什麼性質的？」

「這我可不知道，也不知道作者是誰。我只是聽說，這要比我們迄今接觸到的任何東西都更可怕。」

「天哪！你能從哪兒聽來的呢？」

「我的一個特別要好的朋友昨天從倫敦來信說的。據說可怕極了。我想一定是謀殺一類的內容。」

「你說起來泰然自若的，讓人驚訝。不過我希望你的朋友是言過其實。如果這樣的陰謀事先透露出來，政府無疑會採取適當措施加以制止的。」

「政府，」亨利說道，盡量忍住笑，「既不願意也不敢去干預這種事情。凶殺是免不了的啦，有多少起政府也不會管。」

兩位小姐愣住了。亨利失聲笑了，接著說道：「喂，是讓我來幫助你們達到相互了解呢，還是由著你們自己去尋求解釋？不，我要崇高一些。我要證明自己是個男子漢，不僅憑藉清晰的頭腦，而且憑藉慷慨的心靈。我忍受不了某些男人，他們有時不屑於照顧女人的理解能力，不肯把話說得淺顯一些。也許女人的才智既不健全也不敏銳，既不健康也不敏捷；也許她們缺乏觀察力、辨別力、判斷力、熱情、天才和智慧。」

「莫蘭小姐，別聽他瞎說。還是請你給我說說這起可怕的騷動吧。」

「騷動！什麼騷動？」

「我親愛的艾麗諾，騷動只是你自己的想像。你胡思亂想得太不像話啦。莫蘭小姐所談論的，並不是什麼可怕的事，只不過是一本即將出版的新書，三卷十二開本，每卷二百七十六頁，第一卷有個卷首插圖，畫著兩塊墓碑、一盞燈籠！你明白了吧？莫蘭小姐，你說得再明白不過了，但可全叫我那傻妹子給誤解了。你談到倫敦會出現恐怖，任何有理性的人馬上就會意識到，這話只能是指巡迴圖書館的事，可是我妹妹卻這麼理解，她立即設想到聖喬治廣場上聚集了三千名暴徒，襲擊英格蘭銀行，圍攻倫敦塔，倫敦街頭血流成河，第十二輕騎兵團是全國的希望所在，它的一個支隊從北安普敦召來鎮壓叛亂，英勇的弗雷德里克·蒂爾尼上尉（指亨利·蒂爾尼的哥哥）率領支隊衝鋒的時候，樓上窗口飛下一塊磚頭，把他擊下馬來。請原諒她的愚昧，我妹妹的恐懼增加了女人的缺陷！不過，她倒絕不是個傻瓜。」

凱薩琳板起了臉。「好啦，亨利，」蒂爾尼小姐說，「你已經幫助我們相互了解了，你應該讓莫蘭小姐了解了解你，除非你想讓她認為你對妹妹極端粗魯，認為你對女人的普遍看法極端殘忍。莫蘭小姐並不習慣你的古怪行為。」

「我倒很願意讓她多了解我的古怪行為。」

「毫無疑問。可是那並不能解釋眼前的問題。」

「那我該怎麼辦？」

「你知道你該怎麼辦。當著她的面，大大方方地表白一下你的性格。告訴她你十分尊重女人的理解力。」

「莫蘭小姐，我十分尊重全天下所有女人的理解力，特別是那些碰巧和我在一起的女人，不管她們是誰，我尤其尊重她們的理解力。」

「這還不夠。請你放正經點。」

「莫蘭小姐，沒有人比我更尊重女人的理解力了。據我看來，女人天生有的是聰明才智，她們一向連一半都用不上。」

「莫蘭小姐，我們從他那裏聽不到更正經的話了。他在嘻皮笑臉呢。不過我告訴你，如果他有時像是對哪個女人說了一句不公正的話，或者對我說了一句沒情義的話，那他一定是給完全誤解了。」

凱薩琳不難相信亨利．蒂爾尼是絕對不會錯的。他的舉止有時可能讓人感到詫異，但是他的用意卻永遠是公正的。她理解的事情也好，不理解的事情也好，她都照樣崇拜。這次散步自始至終都十分令人愉快，雖然結束得過早，但是臨了也是愉快的。她的兩位朋友把她送到家裏，臨別的時候，蒂爾尼小姐恭恭敬敬地對凱薩琳和艾倫太太說，希望凱薩琳後天賞光去吃飯。艾倫太太沒有表示異議，凱薩琳的唯一困難在於如何掩飾內心的萬分喜悅。

這個上午過得太快活了，她把友誼和手足之情全部置諸了腦後，因爲散步期間她壓根兒沒有想到伊莎貝拉和詹姆斯。等蒂爾尼兄妹走後，她又眷戀起他們，可是眷戀了半天也無濟於事。艾倫太太沒有消息可以讓她消除憂慮。她沒聽到有關他倆的任何消息。可是快到晌午的時候，凱薩琳急需一段一碼左右的絲帶，必須馬上去買。她出門來到城裏，在邦德街趕上索普家的二小姐，她夾在世上兩位最可愛的姑娘中間，正朝艾德加大樓那邊溜達。這兩位姑娘整個上午都是她的親密朋友。凱薩琳馬上聽那位二小姐說，她姊姊一夥人去克利夫頓了。

「他們是今天早晨八點鐘出發的。」安妮小姐說道，「我實在不羨慕他們這次旅行。我想你我不去反倒更好。那一定是天底下最無聊的事情，因爲在這個時節，克利夫頓連一個人也沒有。貝爾（伊莎貝拉的呢稱）是跟你哥哥去的，約翰的車子拉著瑪麗亞。」

凱薩琳一聽說是這樣安排的，心裏的確感到很高興，嘴裏也照實這麼說了。

「哦！是的，」對方接口說，「瑪麗亞去了。她心急火燎地要去。她以爲那一定很好玩。我才不欣賞她的情趣呢。至於我，我從一開始就打定主意不去了，她們就是硬逼我，我也不去。」

凱薩琳有點不相信她的話，於是情不自禁地說道：「你要能去就好了。眞可惜，你們不能一起去。」

「謝謝你，這對我來說完全是無所謂。的確，我無論如何也不會去的。你剛才追上我們時，我正跟艾蜜麗和索菲婭這麼說呢。」

凱薩琳仍然不肯相信。不過她很高興，安妮居然能得到艾蜜麗和索菲婭這兩個朋友的安慰。她告別了安妮，心裏並不感到惴惴不安了。她回到家裏，他們的出遊沒有因爲她不肯去而受到妨礙，這使得她感到高興。她衷心祝願他們玩得十分愉快，以至讓詹姆斯和伊莎貝拉別再怨恨她沒去。

第十五章

第二天一早，凱薩琳收到伊莎貝拉的一封短札，字字行行都寫得心平氣和，情意綿綿，懇求她的朋友立即去一趟，有極其要緊的事情要談。凱薩琳一聽說有要緊事，覺得十分好奇，便帶著萬分喜悅的心情，急匆匆地趕到艾德加大樓。客廳裏只有索普家的兩位小女兒。安妮小姐跑去喊她姊姊時，凱薩琳乘機向另一位小姐問起昨天出遊的情況。

瑪麗亞想望的最大樂趣就是談論這件事。凱薩琳馬上便聽說：那是世界上最愉快的一次旅行，誰也想像不到有多好玩，誰也想像不到多有意思。這是頭五分鐘的消息。隨後五分鐘透露了大量細枝末節，說他們徑直駛到約克旅館，喝了點湯，預訂了一頓午餐，走到礦泉廳，嘗了嘗礦泉水，花了幾先令買了荷包和晶石；又從那裏去點心鋪喝冷飲，爲了避免摸黑走路，又趕緊回到旅館，匆匆忙忙地吃完飯。回家的路上走得很愉快，只可惜月亮沒出來，下了點小雨，莫蘭先生的馬累得都快走不動了。

凱薩琳聽得打心眼裏感到高興。看來，他們根本沒想到要去布萊茲城堡，除此之外，她沒有任何事情可以感到惋惜的。瑪麗亞說到末了，還情意深長地對她姊姊安妮表示了一番同情，說她因爲沒去成而氣得不得了。

「她肯定永遠不會原諒我。不過你知道，我又有什麼法子？約翰非要讓我去，因爲他嫌安妮腳脖子太粗，說什麼也不肯帶她去。她這個月怕是再也快活不起來了。不過我可決不會鬧彆扭，我是不會爲一丁點小事生氣發火的。」

這時，伊莎貝拉急匆匆地走進屋來，只見她神氣十足，滿面春風，讓她的朋友都看愣了。伊莎貝拉老實不客氣地攆走了瑪麗亞，然後一把摟住凱薩琳，開口說道：「是的，親愛的凱薩琳，的確如此。你看得不錯。唔，你那雙眼睛眞利害！能洞察一切！」

凱薩琳沒有答話，只顯出一副疑惑不解的神情。

「唔，得了，我心愛的，最可愛的朋友，」伊莎貝拉接著說道，「鎭靜點，你看得出來，我心裏萬分激動。我們還是坐下來，舒舒服服地講。唔，這麼說來，你一見到我的紙條就猜著了？狡猾鬼！哦！親愛的凱薩琳，唯有你了解我的心，能夠判斷我眼前有多幸福。你哥哥是世上最可愛的男人，但願我更能配得上他。不過令尊和令堂怎麼說呢？哦，天哪！我想起他們，心裏可就亂了套啦！」

凱薩琳開始醒悟了，她突然明白了這是怎麼回事。心裏一激動，自然脹得滿臉通紅，只聽她大聲嚷道：「天哪！我親愛的伊莎貝拉，你這是什麼意思？難道——難道你當眞愛上了詹姆斯？」

凱薩琳馬上得知，她這個大膽的推測僅僅猜對了事情的一半。伊莎貝拉責備過凱薩琳，說她總能從伊莎貝拉的每個神色、每個舉動中看出殷切的神情，在昨天的遠遊中，詹姆斯可喜地向她表露了同樣的鍾情。她把自己的忠貞和愛情交給了詹姆斯。凱薩琳從未聽到如此有趣、如此奇異、如此欣喜的事情。她哥哥和她的朋友訂婚了！沒有這種經歷的人，不會覺得這件事有多麼了不起，凱薩琳認爲這是普通生活裏難得重演的一件大事。她無法表達心裏的強烈感情，然而這種感情卻使她的朋友感到得意。她們首先傾吐了要作姑嫂的喜悅，兩位漂亮小姐緊緊地抱在一起，灑下了欣喜的淚花。

對於這起姻緣，凱薩琳眞心實意地感到高興。不過應該承認：在預期她們將來的親切關係這方面，她遠遠及不上伊莎貝拉。「凱薩琳，對我來說，你比安妮和瑪麗亞不知道要親切多少倍。我覺得，我喜愛親愛的莫蘭家的人，會大大勝過喜愛我自己家的人。」

這是凱薩琳不可企及的一種友誼高度。

「你眞像你親愛的哥哥，」伊莎貝拉繼續說道，「我剛一見到你就喜愛得不得了。不過我總是這樣：什麼事情都是一眼定局。去年聖誕節莫蘭來我們家的頭一天，我頭一眼見到他，我的心便一去不復返了。我記得我穿著我那件黃旗袍裙，頭上盤著辮子。當我走進客廳，約翰介紹他時，我心想我以前從未見過這麼漂亮的人。」

聽到這話，凱薩琳心裏暗暗佩服愛情的威力，因爲她雖說極其喜愛自己的哥哥，讚賞他的種種天賦，但她平生從不認爲他長得漂亮。

「我還記得，那天晚上安德魯斯小姐和我們一道喝茶，穿著她那件紫褐色的薄綢子衣服，看上去像天仙一樣，我還以爲你哥哥肯定會愛上她呢。我想著這件事，整夜都沒合眼。哦！凱薩琳，我爲你哥哥經歷了多少個不眠之夜呀！我所忍受的痛苦，我一半也不想讓你忍受！我知道我現在瘦得可憐，不過我不想敘說我的憂慮，省得惹你難過。你已經看得足夠了。我覺得我不斷地泄露自己的秘密，沒有心計地說出了我喜歡做牧師的人！不過我總相信你會替我保密的。」

凱薩琳心想，沒有什麼比這更保險的了。不過她又爲對方沒料到自己這麼一無所知而感到羞愧，便不敢再爭辯。而且，伊莎貝拉硬要說她目光敏銳，爲人親切，富有同情心，她也不便否認。她發現，她哥哥準備火速趕到富勒頓，說明他的情況，請求父母的同意。伊莎貝拉爲這件事倒著實有點忐忑不安。凱薩琳相信，她父母絕不會反對兒子的心願，於是便盡力這樣勸慰伊莎貝拉。「做父母的，」她說，「不可能有比他們更慈祥，更希望自己的子女得到幸福的。毫無疑問，他們會立刻同意的。」

「莫蘭說的跟你一模一樣，」伊莎貝拉答道。「然而我還不敢抱這個希望。我的財產太少了，他們決不會同意的。你哥哥娶什麼人不行！」凱薩琳再次覺察到愛情的威力。

「伊莎貝拉，你眞是太自謙了。財產上的差別算得了什麼。」

「唔！親愛的凱薩琳，你是寬懷大度的。我知道，在你看來，這算不了什麼，可是我們不能期待多數人都不計較。就我來說，我眞但願我們能換個地位。我即使掌管著幾百萬鎊，主宰著全世界，你哥哥也是我唯一的選擇。」

她這有趣的想法既富有見識，又別出心裁，使凱薩琳極其愉快地記起了她所熟識的所有女主角。她心想，她的朋友傾吐這般崇高的思想時，看上去從來沒有這麼動人過。「他們肯定會同意的，」她一再宣稱。「他們肯定會喜歡你的。」

「至於我自己，」伊莎貝拉說道，「我的要求很低，哪怕是最微薄的收入也夠我用的了。人們要是眞心相愛，貧窮本身就是財富。我討厭豪華的生活。我無論如何也不要住到倫敦。能在偏僻的村鎮有座茅舍，這就夠迷人的了。黎士曼附近有幾座小巧可愛的別墅。」

「黎士曼！」凱薩琳驚叫道。「你們必須住到富勒頓附近！你們必須離我們近一點！」

「若不是這樣，我肯定要沮喪的。只要能離著你很近，我就心滿意足了。不過這是空談！在得到你父親的答覆之前，我不該考慮這種事。莫蘭說，今天晚上把信發到索爾伯里，明天就能夠接到回信。明天啊！我知道我決沒有勇氣打開那封信。我知道它會要我的命。」

伊莎貝拉說完了這話，接著失神了一會兒。當她再開口時，談起了要用什麼料子做結婚禮服。

她們的談話被那焦灼不安的情郎打斷了，他趁動身去威爾特郡之前，先來這裏惜個別。

凱薩琳本想向他道喜，可是不知說啥爲好，滿肚子的話全含在眼神裏。在那雙眼睛裏，八大詞類活脫脫地應有盡有，詹姆斯可以得心應手地把它們串聯起來。他一心急著回家實現自己的願望，告別的時間並不長，若不是因爲他的美人一再催他快走反而耽擱了，他告別的時間還要短些。有兩次，他幾乎走到門口了，伊莎貝拉還急火火地把他叫回來，催他快走。「莫蘭，我眞要把你趕走啦。想想你要騎多遠啊。我不能容忍你這麼拖拖拉拉的。看在老天爺的份上，別再磨贈時間啦。好了，走吧，走吧——你一定要走。」

現在，兩位女友的心比以往擰得更緊了，整天都割捨不開。兩人姊妹般地尋找快樂，不覺時間過得飛快。索普太太和她的兒子了解全部內情，似乎只要莫蘭小姐一同意，就會把伊莎貝拉的訂婚當作他們家裏最可慶幸的一件大事，因而可以一道來談論。他們那意味深長的神色和神秘莫測的表情，使得那兩位蒙在鼓裏的小妹妹也感到很好奇。凱薩琳思想比較單純，在她看來，這種莫名其妙的隱瞞似乎既非出自好意，也未能貫徹始終。他們若是始終隱瞞下去的話，她早就忍不住要指出他們這樣做實在太沒情義了。不料安妮和瑪麗亞機靈地說了聲「我知道怎麼回事」，馬上使她放下心來。到了晚上，居然還鬥起智來，一家人都在各顯其能：一邊閃閃爍爍地故作神秘，一邊隱約其詞地硬說知道，眞是針鋒相對。

第二天，凱薩琳又去和她的朋友作伴，盡量使她打起精神，消磨來信之前的這段煩人的時光。她這樣做是大有必要的，因爲快到該來信的時候，伊莎貝拉變得越來越頹喪，信還沒到，她眞的憂心忡忡起來。等信一到，哪裏還能見到憂慮的蹤影？「我順利地取得了我慈愛的雙親的同意，他們答應將竭盡全力促成我的幸福。」這是頭三行的內容，頃刻間，一切都令人欣喜地有了保證。伊莎貝拉頓時紅光滿面，神采奕奕——一切憂慮和焦灼似乎一掃而空，她簡直抑制不住內心的喜悅，毫無顧忌地稱自己是人間最幸福的人兒。

索普太太喜淚盈眶，挨個地擁抱著女兒、兒子和客人，興奮得簡直想把巴斯的半數居民都擁抱一遍。她心裏充滿了柔情蜜意，開口一個「親愛的約翰」，閉口一個「親愛的凱薩琳」；說什麼必須馬上讓「親愛的安妮和親愛的瑪麗亞」也來分享他們的喜悅；還在伊莎貝拉的名字前面一次用了兩個「親愛的」，這是那個可愛的孩子受之無愧的。約翰高興起來也毫不掩飾。他不僅推崇備至地把莫蘭先生稱作天底下最好的人，且賭神罰誓地說了許多讚美他的話。

帶來這一切喜悅的那封信寫得很短，裏面只是保證大功已經告成，一切詳情細節還得捱到詹姆斯以後來信再說。不過，那些詳情細節伊莎貝拉完全可以等待。她所必需的一切全都包含在莫蘭來信的許諾之中：他保證辦得萬事如意。至於如何籌措收入，究竟是分給田產還是交給資金，這些她都一概不去關心。她心裏有數，覺得自己可以十拿九穩地很快便會有一個像樣的家庭。她的想像在圍繞著心目中的幸福馳騁。她幻想幾週以後富勒頓新結識的朋友都在注視她、艷羨她，普爾蒂尼可貴的老友都在妒忌她。她有一輛馬車供自己受用，她的名片換了新的姓，手指上戴著光彩奪目的戒指。

約翰．索普本來是只要等信一到就起程去倫敦，現在既然知道了信的內容，他便準備動身了。「唔，莫蘭小姐，」他發現她獨自一人待在客廳時，說道，「我是來向你辭行的。」凱薩琳祝他一路平安。約翰似乎沒有聽見她的話，走到窗口，身子不安地扭來扭去，嘴裏哼著曲子，彷彿一心一意在想自己的事。

「你去德魏澤斯不會遲到吧？」凱薩琳問。約翰沒有回答。但是，沉默了一陣之後，他悴然說道：「說實話，結婚這個主意眞是太好了！莫蘭和貝爾的想像太妙了。你覺得怎麼樣，莫蘭小姐？我說這個主意不賴。」

「我當然認爲很好啦。」

「是嗎？老天在上，這才叫眞心話！我很高興，你不反對結婚。你有沒有聽見過《參加婚禮可以促成良緣》這首老歌謠？我是說，希望你來參加貝爾的婚禮。」

「是的，我已經答應你妹妹，要是可能，就來陪伴她。」

「但你知道，」——他把身子扭來扭去，勉強傻笑一聲，「我是說，但你知道，我們可以試試這首老歌謠說的靈不靈。」

「我們？可我從來不唱歌呀。好了，祝你一路平安。我今天和蒂爾尼小姐一道吃飯，現在得回家了。」

「得了，不要這麼急惶惶的。誰知道我們何時才能再見面！不過我兩週後還要回來的。在我看來，這將是遙遙無期的兩週。」

「那你爲什麼要走這麼久呢？」凱薩琳見他在等她答話，便如此問道。

「你眞客氣。既客氣又溫存。我不會輕易忘記的。我相信，你在性情上比任何人都溫柔，你的性情好極了。不僅僅是性情好，而且什麼——而且什麼都好。再說，你還這樣！憑良心說，我從沒見過像你這樣的人。」

「哦，天哪！像我這樣的人實在多得很，只是比我強得多。再見。」

「但我是說，莫蘭小姐，如不嫌棄的話，我不久會來富勒頓拜訪的。」

「請來吧，我父母親見到你會很高興的。」

「我希望——我希望，莫蘭小姐，你見到我不會很遺憾吧。」

「哦，天哪，決不會！沒有幾個人我見到會感到遺憾的。有人來往總是令人愉快的。」

「我正是這麼想的。我常說，讓我有幾個愉快的夥伴，讓我只和我喜歡的人在一起，只和我喜歡的人待在我喜愛的地方，剩下的事都見鬼去吧。聽你也這樣說，我打心眼裏感到高興。我有個看法，莫蘭小姐，你我對多數問題的看法十分相似。」

「也許可能。不過這是我從沒想到的。至於說多數問題，說老實話，我在很多問題上並沒有自己的看法。」

「啊，我也是如此！我向來不願爲那些與我無關的事情傷腦筋。我對事情的看法很簡單。我常說，只要讓我有了我心愛的姑娘，再有一座舒適的房屋，別的事情我還在乎什麼？財產是無足輕重的。反正我有一筆可觀的收入。要是姑娘一文不名，豈不更好。」

「的確是。在這件事上，我與你的看法是一樣的。如果一方有一筆可觀的財產，另一方就用不著再有什麼了。不管哪一方有財產，反正夠用了就行。一個有錢人去找另一個有錢人，我討厭這樣的念頭。爲了金錢而結婚，我認爲這是天底下最卑劣的事情。再見！你無論什麼時候得便來富勒頓，我們見到你都會十分高興。」說罷拔腿就走。約翰儘管百般殷勤，卻無能爲力再挽留她了。凱薩琳回去有這樣的消息要傳播，有這樣一個約會要準備，任憑約翰再怎麼強留，她還是不肯耽擱。她匆匆地走了，留下約翰一心一意想著自己的巧言妙語和凱薩琳的明顯慫恿。

凱薩琳最初聽說哥哥訂婚時由於自己心情激動，便不由覺得：她要是把這奇妙的事情告訴艾倫夫婦，也能引起不小的激動。但是她有多失望啊！她繞了好多彎子才提到的這件大事，原來自她哥哥到達之後，早被艾倫夫婦預料到了。這時候，他們的全部感觸都包含在一個祝願裏，祝願這對青年人幸福。同時還一人議論了一句，先生讚賞伊莎貝拉長得美，太太說她福氣大。

在凱薩琳看來，這種麻木不仁的態度，實在太令人驚訝了。

不過，當凱薩琳透露了詹姆斯前一天去富勒頓這個重大秘密時，艾倫太太總算有了些反應。她無法平心靜氣地聽下去，屢次抱憾說這也要保密，可惜她事先不知道詹姆斯要走，沒在他行前見到他，否則她肯定要託他向他父母問好，向斯金納一家人致意。

第十六章

凱薩琳料想去米爾薩姆街作客一定十分快樂，因爲期望過高，難免會有所失望。因此，雖然她受到蒂爾尼將軍客客氣氣的接待，受到他女兒的友好歡迎，雖然亨利就在家裏，而且也沒有別的客人，可是她一回到家裏，並沒有花幾個小時細細檢查自己的情緒，便發現她去赴約本是準備高興一番的，結果此行卻沒有帶來快樂。

她從當天的談話中發覺，她非但沒有增進同蒂爾尼小姐的友誼，反倒似乎與她不及以前那麼親密。亨利．蒂爾尼在如此隨意的家庭聚會上，不僅不比以往顯得更可愛，反倒比以往更少言寡語，從來沒有這麼不隨和。雖然他們的父親對她非常殷勤，一再感謝她，邀請她，恭維她，但是離開他反而使她覺得輕鬆。對於這一切她感到疑惑不解。這不會是蒂爾尼將軍的過錯。他十分和藹，十分溫厚，是個非常可愛的人，這都不容置疑，因爲他個子高，長得漂亮，又是亨利的父親。在他面前，他的孩子打不起精神，她又快活不起來，這都不能怪他。對於前者，她最終希望或許是偶然現象，對於後者，她只能歸咎於她自己太愚鈍。伊莎貝拉聽到這次拜訪的詳情之後，作出了不同的解釋。

「這全是因爲傲慢，傲慢，無法容忍的高傲自大。我早就懷疑這家人十分高傲，現在證實了。蒂爾尼小姐的這種傲慢行徑，我從來沒有聽說過！也不盡主人之誼，連普通的禮貌都沒有！對客人如此傲慢！簡直連話都不跟你說！」

「不過還不是那麼糟。伊莎貝拉，她並不傲慢，倒還十分客氣。」

「哦，別替她辯護了！還有那個作哥哥的，他以前對你似乎那麼傾心！老天爺呀！唉，有些人的感情眞叫人捉摸不透。這麼說，他一整天連看都沒看你一眼啦？」

「我沒這麼說。他似乎只是不大高興。」

「多麼可卑！世上的一切事情中，我最討厭用情不專。親愛的凱薩琳，我懇求你永遠別再想他。說眞的，他配不上你。」

「配不上！我想他從不把我放在心上。」

「我正是這個意思。他從不把你放在心上。眞是朝三暮四！噢，與你哥哥和我哥哥多麼不同啊！我確信，約翰是最堅貞不移的。」

「不過說到蒂爾尼將軍，我向你擔保，誰也不可能比他待我更客氣、更周到的了。看來他唯一關心的，就是招待我，讓我高興。」

「哦！我知道他沒有什麼不好的。我覺得他倒不傲慢。我相信他是一個很有紳士風度的人。約翰非常看得起他，而約翰的眼力——」

「好了，我想看看他們今晚待我如何。我們要和他們在聚會廳見面。」

「我也得去嗎？」

「難道你不想去？我還以爲都談妥了呢。」

「得了，既然你一定要去，我也就無法拒絕了。不過你可別硬要我很討人愛，因爲你知道我的心在四十英里之外。至於跳舞，我求你就別提啦，那是絕對不可能的。我敢說，查爾斯．霍奇斯要煩死我了，不過我要叫他少囉嗦。十有八九他會猜出原因，那正是我要避免的。所以，我一定不能讓他把自己的猜測說出來。」

伊莎貝拉對蒂爾尼一家人的看法並沒有影響她的朋友。凱薩琳確信那兄妹倆的舉止一點也不傲慢，也不相信他們心裏有什麼傲氣。

晚上，她對他們的信任得到了報答。他們見到她時，一個依然客客氣氣，一個依然殷勤備至。蒂爾尼小姐盡力設法親近她，亨利請她去跳舞。

凱薩琳頭一天在米爾薩姆街聽說，蒂爾尼兄妹的大哥蒂爾尼上尉隨時都會來臨，因而當她看見一個以前從未見過的時髦英俊小伙子，而且顯然是她朋友一夥的，她當下便知道他姓啥名誰。她帶著讚羡不已的心情望著他，甚至想到有人可能覺得他比他弟弟還要漂亮，雖說在她看來，他的神態還是有些自負，他的臉龐也不那麼惹人喜歡。

毫無疑問，他的情趣和儀態肯定要差一些，因爲他在她聽得見的地方，不僅表示自己不想跳舞，而且甚至公開嘲笑亨利居然能跳得起來。

從這後一個情況可以斷定，不管我們的女主角對他有什麼看法，他對凱薩琳的愛慕卻不是屬於十分危險的那一類，不會使兄弟倆爭風吃醋。他不可能唆使三個身穿騎師大衣的惡棍，把她架進一輛駟馬旅行馬車，風馳電掣地飛奔而去。其間，凱薩琳並沒有因爲預感到這種不幸，或者其他任何不幸，而感到不安，她只是遺憾舞列太短，跳起來不過癮。她像平常一樣，享受著與亨利・蒂爾尼在一起的樂趣，目光炯炯地聆聽著他的一言一語。她發現他迷人極了，自己也變得十分嬌媚。

第一曲舞結束後，蒂爾尼上尉又朝他們走來，使凱薩琳大爲不滿的是，他把他的弟弟拉走了。兩人邊走邊竊竊私語，雖然她那脆弱的感情沒有立即爲之驚慌，沒有斷定蒂爾尼上尉準是聽到了對她的惡意誹謗，現在正匆忙告訴他弟弟，希望他們從此分離。但她眼睜睜地看著自己的舞伴被人拉走，心裏總覺得很不是滋味。她焦慮不安地度過了整整五分鐘，剛開始感到快有一刻鐘了，不料他們兩個又回來了。亨利提了個問題，無形中解釋明白了這件事：原來他想知道，凱薩琳認爲他的朋友索普小姐是不是願意跳舞，因爲他哥哥很希望有人給他引見引見。凱薩琳毫不猶豫地回答說，她相信索普小姐決不肯跳舞。這個無情的回答被傳給了那位哥哥，他當即走開了。

「我知道你哥哥是不會介意的，」凱薩琳說，「因爲我聽他說過他討厭跳舞，不過他心腸眞好，能想到與伊莎貝拉跳舞。我想他看見伊莎貝拉坐在那裏，便以爲她想找個舞伴。可是他完全想錯了，因爲伊莎貝拉說什麼也不會跳舞的。」

亨利微微一笑，說道：「你眞是輕而易舉地就能搞清別人的動機。」

「爲什麼？你這是什麼意思？」

「我從來不去想：這樣一個人可能受到什麼影響？考慮到年齡、處境、可能還有生活習慣，什麼樣的動機最可能影響他的情感？你只是考慮：我該受到什麼影響？我做這件那件事的動機是什麼？」

「我不明白你的意思。」

「這太不平等了，因爲我完全明白你的意思。」

「我的意思？是的，我的話說不好，無法令人不懂。」

「好啊！這是對當代語言的絕妙諷刺。」

「不過請告訴我你是什麼意思。」

「眞要我說出來嗎？你眞想聽嗎？可是你不知道後果，那會使你大爲窘迫，而且肯定會引起我們之間的爭執。」

「不，不會的，絕對不會的。我不怕。」

「那好吧。我只是說，你把我哥哥想與索普小姐跳舞僅僅歸因於他心腸好，這就使我相信你確實比天底下任何人心腸都好。」

凱薩琳臉一紅，連忙否認，亨利的預言也就得到了證實。不過，他話裏有一種內涵，爲她狼狽中感到的痛苦帶來了慰藉。這種內涵完全占據了她的心靈，使她暫時沉默起來，忘記了說話，也忘記了傾訴，還幾乎忘記了她人在哪兒。直至伊莎貝拉的聲音把她驚醒，她才抬起頭來，只見她和蒂爾尼上尉正準備向他們交叉著伸過手（即準備要跳舞了）。

伊莎貝拉聳了聳肩，微微笑了笑，這是她當時對自己的異常舉動所能作出的唯一解釋。可惜凱薩琳還是無法理解，她便直截了當地向她的舞伴說出了自己的詫異。

「我無法想像這是怎麼回事！伊莎貝拉是決計不跳舞的。」

「難道她以前從沒改變主意嗎？」

「哦！可是，因爲——還有你哥哥呢！你把我的話告訴了他之後，他怎麼還能去請她跳舞呢？」

「在這一點上我是不會感到奇怪的。你叫我爲你的朋友感到驚奇，因此我爲之驚奇了。但是說到我哥哥，我得承認，他在這件事情上的舉動，我認爲他是完全幹得出來的。你朋友的美貌是一種公開的誘惑；她的堅決，你知道，只能由你自己去領會了。」

「你在嘲笑人。不過，我老實告訴你，伊莎貝拉一般都很堅決。」

「這話對誰都可以說。總是很堅決，必定會經常很固執。什麼時候隨和一下才合適，這就要看各人的判斷力了。撇開我哥哥且不說，我認爲索普小姐決定在目前隨和一下，的確沒有選錯時機。」

直到跳舞全部結束以後，兩位朋友才得以湊到一起傾心交談。當她們挽著胳臂在大廳裏溜達時，伊莎貝拉親自解釋說：「我並不奇怪你感到驚奇，眞把我累死了。他總是那樣喋喋不休！我要是心裏沒有別的事，那倒挺有趣的，我寧願老老實實地坐著。」

「那你爲什麼不坐著？」

「哦！親愛的，那樣會顯得太特殊了，你知道我最討厭搞特殊。我盡量推辭，可他就是不肯罷休。你可不知道他是怎麼強求我的。我求他原諒，請他另找舞伴。可是不，他才不幹呢。他既然渴望同我跳舞，就決不想與屋裏的其他任何人跳。他不單單想跳舞，還想和我在一起。嘿！眞無聊，我對他說，他那樣勸說我是不會得逞的，因爲我最討厭花言巧語和阿諛奉承。於是，於是我發現，我要是不和他跳，就得不到安寧。此外我想，休斯太太既然介紹了他，我假如不跳，她會見怪的。還有你那親愛的哥哥，我要是整個晚上都坐著，他肯定會不痛快的。太好了，總算跳完了！我聽他胡說八道的，心裡眞膩味。不過，他是個十分漂亮的小伙子，我見人人都拿眼睛盯著我們。」

「他的確非常漂亮。」

「漂亮！是的，或許是漂亮。也許一般人都會愛慕他，但他決不符合我的美貌標準。我討厭男人長著紅潤的皮膚，黑眼珠。不過他也很好看。當然是很自負啦。你知道，我也有辦法，幾次壓倒了他的氣焰。」

兩位小姐再見面時，談起了一個更有趣的話題。這時，已經收到了詹姆斯的第二封來信，詳盡說明了他父親的一片好意。莫蘭先生本人是教區的庇護人兼牧師，牧師俸祿每年約有四百鎊，等兒子一到歲數就交給他。這對家庭收入是個爲數不小的縮減，十個孩子，一個就能獨得這麼多，可不算小氣了。另外，詹姆斯將來還可以繼承一筆價値至少相等的資產。

詹姆斯在信中表示了恰如其分的感激之情。他們必須等待兩、三年才能結婚，這雖則令人不快，但是並不出乎他的意料，因而忍受起來並無怨言。凱薩琳就像不明確她父親的收入一樣，對這類事也沒有個定準的期望，她的見解完全受她哥哥的影響，因此也感到十分滿意，衷心祝賀伊莎貝拉一切解決得如此稱心。

「的確好極了。」伊莎貝拉沉著臉說道。

「莫蘭先生的確十分大方，」溫存的索普太太說道，一面不安地望著女兒。「但願我也能拿出這麼多。你們知道，我們不能期望莫蘭先生再多拿出一些來。我敢說，他要是辦得到的話，肯定會這麼做的，因爲我相信他一定是個慈善的好人。靠四百鎊的收入起家，那確實太少了。不過，親愛的伊莎貝拉，你的願望很低。好孩子，你也不考慮一下，你的要求一向有多低。」

「我本人倒沒有更多的要求，但我不忍心牽累親愛的莫蘭，讓他靠這麼點收入生活，幾乎連維持平常的生活都不夠。這對我倒算不得什麼，我從不考慮自己。」

「我知道你從不考慮自己，好孩子。你的好心總會得到好報的，使得大家都疼愛你。從來沒有一個年輕姑娘能像你這樣，受到每個熟人的愛戴。我敢說，莫蘭先生見到你的時候，我的好孩子——不過我們還是不要談論這種事，免得讓親愛的凱薩琳覺得爲難。你知道，莫蘭先生表現得十分大方，我總聽說他是個大好人。你知道，好孩子，我們不能設想：假如你有一筆相當的財產，他就會拿出更多的錢，因爲我敢肯定他是個極其慷慨大方的人。」

「毫無疑問，誰也不能像我那樣看重莫蘭先生。不過你知道，人人都有自己的缺點，而且人人都有權利隨意處理自己的錢。」

凱薩琳聽到這些含沙射影的嘲諷，心裏很不是滋味。「我確信，」她說，「我父親所允諾的，已經是盡力而爲了。」

伊莎貝拉意識到自己說漏了嘴。「說到這點，我心愛的凱薩琳，那是毫無疑問的。你很了解我，應該相信：即使收入少得多，我也會心滿意足的。我眼前有點不高興，那可不是因爲缺少更多的錢。我討厭錢。如果我們現在就能結婚，一年只有五十鎊，我也心甘情願。唉！我的凱薩琳，你算看透了我的心思。我有個心頭之痛。你哥哥繼承牧師職位之前，還要度過漫無止境的兩年半。」

「是啊，是啊，親愛的伊莎貝拉，」索普太太說，「我們完全看透了你的心思。你不會掩飾自己。我們完全理解你目前的苦惱。你有如此崇高、如此眞誠的感情，大家一定更加喜愛你的。」

凱薩琳不愉快的心情開始減輕了。她盡力使自己相信：伊莎貝拉感到懊惱，僅僅是由於不能馬上結婚的緣故。當下次見面她發現伊莎貝拉像往常一樣興高采烈，和藹可親時，她又盡力使自己忘記她一度有過的另一種想法。

詹姆斯來信不久，人也接踵而到，受到十分親切的款待。

第十七章

艾倫夫婦的巴斯之行已進入第六週。這會不會是最後一週，一時還不能確定。凱薩琳聽到這話，心裏不覺撲撲直跳。她和蒂爾尼兄妹的交往這麼快就要結束，這個損失是無論如何也無可彌補的。當事情懸而未決的時候，她的整個幸福似乎都受到了威脅；而當決定再續租兩個星期的房子時，她心裏才踏實下來。增加了這兩個星期，凱薩琳只想著可以時常看見亨利．蒂爾尼，至於還會帶來什麼好處，她卻很少考慮。的確，自從詹姆斯的訂婚開闊了她的眼界以後，她有一、兩次居然沉迷於私下的「假想」之中。不過，一般說來，她的目光局限於眼前與亨利．蒂爾尼幸福地待在一起。所謂的眼前離現在還有三個星期，既然這段時間有了幸福的保證，她餘下的一生又是那樣遙遠，根本激不起她的興趣。

就在作出這個決定的那天早晨，她拜訪了蒂爾尼小姐，傾訴了自己的喜悅心情。但是這天注定是個煎熬的日子。她剛對艾倫先生決定多待些日子表示高興，蒂爾尼小姐便告訴她，她父親剛剛決定，再過一個星期就要離開巴斯。這眞是當頭一棒！和現在的失望相比，早晨的懸慮簡直是既舒心，又平靜。凱薩琳臉色一沉，帶著十分眞誠而關切的語氣，重複了一聲蒂爾尼小姐的後面幾個字：「再過一個星期！」

「是的。我認爲我父親應該好好試試這裏的礦泉水，可是他不聽。他本來期望在這裏會見幾位朋友，掃興的是朋友一直沒來，既然他現在身體不錯，便急著要回家了。」

「眞可惜，」凱薩琳頹喪地說道。「我要是早知這樣——」

「也許，」蒂爾尼小姐帶著有些爲難的神態說，「要是你肯賞光的話——我一定會十分高興，如果——」

凱薩琳正期待蒂爾尼小姐客客氣氣地提出通信的願望，不料蒂爾尼將軍進屋打斷了話頭。他像平常一樣客氣地招呼過凱薩琳之後，便轉向他女兒，說道：「唔，艾麗諾，你來求你的漂亮朋友賞光，我可以祝賀你馬到成功了嗎？」

「爸爸，我正要開口說，你就進來了。」

「好吧，那就繼續說吧。我知道你心裏多想提這件事。莫蘭小姐，」蒂爾尼將軍繼續說道，不給女兒說話的機會，「我女兒產生了一個冒昧的要求，也許她對你說過了，我們下星期六將離開巴斯。管家來信要我回去。我本想在這兒見幾個老朋友——朗湯侯爵和考特尼將軍，現在見不成了，我也就沒有必要再待在巴斯。要是能勸說你答應我們的自私要求，我們走了也決沒有什麼好遺憾的。簡單說吧，你能不能離開這個旅遊勝地，到格洛斯特郡和你的朋友艾麗諾作伴？我簡直不好意思提出這個要求，雖說你不會像巴斯人那樣覺得這很冒昧。

像你這樣謙遜的人——但是我決不想用公開的讚揚，來傷害你的謙遜。你要是肯屈尊光臨的話，我們定會高興得無法形容。確實，這是個繁華之地，我們家裏找不到這樣的樂趣。我們不能拿娛樂和豪華來吸引你，因爲，如你所見，我們的生活方式是簡單樸素的。不過，我們將盡力把諾桑覺寺搞得不那麼十分令人討厭。」

諾桑覺寺！這是多麼令人激動的幾個字啊，凱薩琳心裏興奮到了極點。她簡直按捺不住內心的喜悅，說話都平靜不下來，人家這樣賞臉來請她！這樣熱情的請她作伴！一切是那樣體面，那樣令人欣慰，眼前的一切喜悅，未來的一切希望，統統包含在其中。凱薩琳迫不及待地接受了邀請，只提了一個保留條件：要得到爸爸媽媽的允許。「我馬上就給家裏寫信，」她說，「他們要是不反對的話，我敢說他們不會反對——」

蒂爾尼將軍曾到普爾蒂尼街拜訪過凱薩琳的貴友，艾倫夫婦已經答應了他的請求，因而他同樣感到十分樂觀。「既然艾倫夫婦都同意你去，」他說，「別人也會通情達理的。」

蒂爾尼小姐雖說比較溫和，但是幫起腔來還是十分懇切。不一會兒工夫，事情已經談妥，只等富勒頓方面批准。

這一上午的事情，使凱薩琳心裏嘗到了懸慮、放心和失望的種種滋味，可是現在卻安然沉浸在萬分的喜悅之中。她帶著欣喜若狂的心情，滿腦子想著亨利，滿嘴念叨著諾桑覺寺，急火火地往家裏寫信。莫蘭夫婦已經把女兒交給了朋友，相信他們都很謹慎，覺得在他們認可下結成的友誼肯定是正當的，於是便讓原郵班捎來回信，欣然同意女兒去格洛斯特郡作客。這個恩惠雖說並未超出凱薩琳的期望，但卻使她百分之百地相信：她在親朋與運氣，境況與機遇上，比任何人都得天獨厚。彷彿一切因素都在極力成全她似的。

最初，承蒙她的朋友艾倫夫婦的美意，她接觸了這些場面，嘗到了各式各樣的樂趣。她的每一種感情，每一種喜愛，都得到了愉快的報償。她不管喜歡哪一個人，都能與其建立起親密的友誼。伊莎貝拉對她的厚愛將以姑嫂關係固定下來。她最希望贏得蒂爾尼一家的垂愛，而蒂爾尼家則出乎意料地採取這個措施，致使他們的密切關係得以繼續下去。她要成爲他們的佳客，跟她最喜歡接近的人在同一幢房子裏住上幾個星期。這還不算，這房子還是座寺院！她喜愛古老的建築僅次於喜愛亨利·蒂爾尼。當她不想蒂爾尼的時候，古堡和寺院通常構成她夢幻中最有魅力的東西。幾星期來，她一直心馳神往地希望能到那些古堡的壁壘高塔，或是寺院的迴廊去看一看，考察考察，只要能去逛上一個鐘頭就不錯了，希望再大似乎是不可能實現的。然而，事情居然就要發生了。她要見到的不是一般的住宅、府第、邸宅、莊園、宮廷、別墅，諾桑覺偏巧是個寺院，她要住到寺院裏去。每天要接觸潮濕的長廊、狹小的密室、傾圮的小教堂，她還情不自禁地希望聽到一些沿襲已久的傳說，見到一些關於虐待一位不幸修女的可怕記錄。

令人驚奇的是，她的朋友們似乎並不因爲有這樣的家，而感到揚揚得意。他們一想到自己的家，總是表現得那樣謙恭。這一點只有早先的習慣力量能夠加以解釋。他們出身貴門，卻不恃貴驕人。住宅的優越和出身的優越一樣，對他們都算不了什麼。

凱薩琳急切地問了蒂爾尼小姐許多問題。但是她思想過於活躍，蒂爾尼小姐回答了這些詢問之後，她對諾桑覺寺的了解幾乎不比以前更清楚，她還只是籠統地知道：該寺在宗教改革時期❶本是個財產富足的女修道院，改革運動消亡後落到蒂爾尼家族的一位遠祖手裏；過去的建築有很大一部分保留下來，構成目前住宅的一部分，其餘部分都傾圮了；寺院座落在一道峽谷的低處，東面和北面有漸起的櫟樹林作屏障。

❶ 一五三三年，為了擺脫羅馬教會對英國宗教和政治事務的干預，英王亨利八世宣布和羅馬教廷決裂。翌年又宣布國王是英國教會的最高首領。在這場宗教改革運動中，國王沒收了大量寺院的土地，絕大部分送給了寵臣，或是賣給了租地農場主和富裕市民。

第十八章

凱薩琳心裏喜氣洋洋的，她簡直沒有意識到：都過去兩、三天了，而她和伊莎貝拉的見面時間，總共不到幾分鐘。一天早晨，她陪艾倫太太在礦泉廳溜達，正找不到話說，也聽不到艾倫太太說話，這時候她才察覺到這個問題，便渴望和伊莎貝拉聊聊天。她剛渴望了不到五分鐘，她那渴望的對象便出現了。她的朋友請她秘密商量點事，把她領到座位上。她們在兩道門間的一條長凳上坐下，從這裏可以清清楚楚地望見走進兩道門的每個人，隨後，伊莎貝拉說道：「這是我最喜歡的位置，有多僻靜。」

凱薩琳發現，伊莎貝拉的目光總是注視著這道或那道門，像是急著等人似的。凱薩琳記起伊莎貝拉以前常常瞎說她狡黠，心想現在何不乘機當眞露一手，於是樂呵呵地說道：「不要著急，伊莎貝拉，詹姆斯馬上就來。」

「去！我的好寶貝，」伊莎貝拉回道，「別以爲我是個傻瓜，總想成天地把他拷在胳臂上，一天到晚黏在一起，有多難看，那眞要變成人們的笑料了。這麼說，你要去諾桑覺寺啦！這眞是好極了。我聽說，那是英國最美的古蹟之一。我期望聽到你最詳細的描繪。」

「我一定會盡你的力量詳詳細細告訴你的。不過你在等誰？是你妹妹要來？」

「我誰也不等。人的眼睛總要看點東西，你知道，當我心裏想一百英里以外的時候，我的眼睛總是傻痴痴地盯著某個地方。我太心不在焉了。我想我是天底下最心不在焉的人了。蒂爾尼說，有一種人的思想總是如此。」

「可我本以爲，伊莎貝拉，你有件什麼事要告訴我吧？」

「哦！是的！我是有件事要告訴你。你瞧我剛才的話不是給印證了嗎？我的腦子太不好使了。唔，事情是這樣的：我剛收到約翰的信，你能猜到他寫了些什麼。」

「不，我眞猜不到。」

「寶貝，別那麼假惺惺讓人討厭了。他除了你還會寫些什麼？你知道他迷上你了。」

「迷上我了，親愛的伊莎貝拉？」

「得了，我親愛的凱薩琳，這也未免太荒唐了。謙虛那一套本身是很好的，但是稍微坦誠一點有時的確也是很有必要的。我眞沒想到你會謙虛過頭。你這是討人恭維。約翰那麼殷勤備至，連小孩都看得出來。就在他臨走前半小時，你還分明在鼓勵他。他信上是這麼說的。他說他簡直等於向你求婚了，你也情懇意切地接受了他的追求。現在，他要我替他求婚，向你多美言美言。所以，你故作不知也沒有用。」

凱薩琳情眞意切地表示，她對這種指控感到驚訝，申明她壓根兒不知道索普先生愛上了她，因而也不可能有意慫恿他。「說他對我獻殷勤，憑良心說，我時時刻刻也沒察覺，只知道他來的頭一天請我和他跳過舞。至於說向我求婚，或者諸如此類的事，那一定出現了莫名其妙的誤會。你知道，這類事我是不會看出來的。我鄭重聲明，同時也希望你能相信我：我們之間隻字沒說過這類性質的話。他臨走前半小時！這完全是場誤會，因爲那天早晨我一次也沒見著他。」

「你一定見著他了，因爲你整個上午都待在艾德加大樓。就是你父親來信表示同意我們訂婚的那天，我知道得很清楚，你走之前，有一段時間客廳裏只有你和約翰兩個人。」

「是嗎？既然你這麼說了，我想準沒錯啦。不過，我說什麼也記不起來了。我只記得當時和你在一起，見著他也見著別人了。不過，說我們單獨在一起五分鐘——然而這是不值得爭論的，因爲不管他怎麼樣，你就單憑我毫無記憶這一點，也應該相信，我決沒有考慮，決沒期待，也決沒希望他向我求婚。我感到極其不安，他居然會對我有意，不過我實在是完全無心的。我連一絲半點都沒想到。請你盡快替他消除誤會，告訴他我請他原諒。就是說——我不知道該怎麼說——不過請你以最妥善的方式讓他明白我的意思。伊莎貝拉，我實在不願對你哥哥出言不遜，但你應該十分清楚，我要是對哪個男人特別有意的話，那這個人也不會是他。」

伊莎貝拉啞口無言。「我親愛的朋友，你不要生我的氣。我無法想像你哥哥會如此看我。你知道，我們將依然是姑嫂關係。」

「是啊，是啊，」（飛紅了臉）——「我們可以有幾種形式成爲姊妹呀。不過我都扯到哪兒去了？唔，親愛的凱薩琳，這樣看來，你是決意要拒絕可憐的約翰了，是吧？」

「我當然不能報答他的鍾情，當然也從來無心加以慫恿。」

「既然情況如此，我管保不再嘲弄你了。約翰希望我同你談談這個問題，所以我談了。不過說眞話，我一讀到他的信，就覺得這是件十分愚蠢、十分輕率的事情，對雙方都沒好處。因爲，假定你們結合在一起，你們依靠什麼生活呢？當然，你們兩個都有點財產，但是如今靠一點錢是養不了家的。不管傳奇作家怎麼說，沒有錢是不行的。我只奇怪約翰怎麼能興起這個念頭。他可能還沒收到我最近那封信。」

「那麼，你的確承認我沒有錯了？你確信我從來不想欺騙你哥哥，在這之前也從來沒有發現他喜歡我吧？」

「哦！說到這個，」伊莎貝拉笑哈哈地答道，「我不想裝模作樣地來斷定你過去有些什麼想法和意圖，這一切你自己最清楚。有時會發生點並無害處的調情之類的事情，人往往經不住誘惑，慫恿了別人還不願意承認。不過你儘管放心，我決不會苛責你的。這種事對於年輕氣盛的人來說，是情有可原的。你知道，一個人今天這麼打算，明天就會變卦。情況變了，看法也變了。」

「但我對你哥哥的看法就從來沒有變過。」

「親愛的凱薩琳，」伊莎貝拉根本不聽她的，繼續說道，「我實在不想催促你稀裏糊塗地訂下一門婚事。我覺得，我沒有權利希望你僅僅爲了成全我哥哥，而犧牲你的全部幸福。你知道，要是沒有你，他最終可能會同樣幸福，因爲人們，特別是年輕人，很少知道他們要做什麼，他們太變化無常，太用情不專了。我說的是：我爲什麼要把我哥哥的幸福看得比朋友的幸福更珍貴呢？你知道，我一向很崇尚友誼。不過，親愛的凱薩琳，最重要的是，不要匆忙行事。請相信我的話，你若是過於匆忙，以後一定會後悔莫及。蒂爾尼說，人最容易受自己感情的矇騙，我認爲他說得很對。啊！他來了，不過不要緊，他肯定看不見我們。」

凱薩琳抬起頭，看見了蒂爾尼上尉。伊莎貝拉一面說話，一面直溜溜地拿眼睛盯住他，馬上引起了他的注意。他當即走過來，在伊莎貝拉示意的位子上坐下。他的頭一句話把凱薩琳嚇了一跳。雖然聲音很低，凱薩琳還是聽得清楚——「怎麼！總要有人監視你，不是親自出馬，就是找個替身！」

「去，胡說八道！」伊莎貝拉答道，聲音同樣半低不高的。「你跟我說這個幹什麼？可惜我不信你那一套！——你知道，我的心是不受約束的。」

「但願你的心靈是沒受約束的，那對我就足夠了。」

「我的心，是的！你跟心有什麼關係？你們男人哪個也沒有心肝。」

「如果我們沒有心肝，我們卻有眼睛。這雙眼睛卻讓我們受夠了罪。」

「是嗎？我感到抱歉。很遺憾，你發現我身上有些不順眼。我要轉過臉去，我希望這樣你就稱心了。」（轉身背對著他）──「我希望你的眼睛現在不遭罪了。」

凱薩琳聽見這一切，感到大爲困窘，再也聽不下去了。她奇怪伊莎貝拉怎麼能夠容忍，並爲她哥哥吃起醋來，不由得立起身，說她要去找艾倫太太，建議伊莎貝拉陪她一起走走。怎奈伊莎貝拉不想去。她累極了，在礦泉廳裏散步又太無聊。再說，她若是離開座位，就會見不到妹妹，她會見不到她們，她們隨時都會來，因此她親愛的凱薩琳一定得原諒她，一定得乖乖地再坐下。不料凱薩琳也會固執。而且恰恰在這時，艾倫太太走上前來，建議她們這就回家，凱薩琳同她一道走出礦泉廳，剩下伊莎貝拉還和蒂爾尼上尉坐在一起。凱薩琳就這樣惴惴不安地離開了他們。

在她看來，蒂爾尼上尉像是愛上了伊莎貝拉，伊莎貝拉也在無意中慫恿他。這一定是無意識的，因爲伊莎貝拉對詹姆斯的鍾情就像她的訂婚一樣，既是確定無疑的，也是人所皆知的。懷疑她的眞情實意是辦不到的。然而，她們的整個交談期間，她的態度卻很奇怪。她希望伊莎貝拉說起話來能像往常一樣，不要張口閉口都是錢，不要一見到蒂爾尼上尉就那麼喜形於色。眞奇怪，伊莎貝拉居然沒有察覺蒂爾尼上尉愛上了她！凱薩琳眞想給她點暗示，讓她留神些，免得她那過於活潑的舉止給蒂爾尼上尉和她哥哥帶來痛苦。

約翰的多情多意彌補不了他妹妹的缺乏心眼。她簡直既不相信，也不希望她哥哥是一片眞心，因爲她沒有忘記，約翰可能弄錯人了。他說他提出了求婚，凱薩琳給予慫恿，這就使她確信，他的錯誤有時大得驚人。因此，她的虛榮心沒有得到滿足，她的主要收穫是感到驚訝。約翰居然犯得著設想自己愛上了凱薩琳，眞是令人驚訝至極。伊莎貝拉說到她哥哥獻殷勤，但她凱薩琳卻從來沒有覺察到。伊莎貝拉說了許多話，凱薩琳希望她是匆忙中說出來的，以後決不會再說了。她樂意就想到這裏，也好暫時輕鬆愉快一下。

第十九章

幾天過去了，凱薩琳雖說不敢懷疑她的朋友，但她不得不密切地注意著她。她觀察的結果並不令人愉快。伊莎貝拉似乎變成了另一個人。當她見到她僅僅處在艾德加大樓或是普爾蒂尼街那些親近的朋友中間時，她的儀態變化倒是微乎其微，假如到此爲止的話，或許還不會引起別人的注意。她時常有點無精打采、冷冷漠漠的，或者像她自誇的那樣有點心不在焉（這是凱薩琳以前從未聽說的）。

不過，假若沒有出現更糟糕的事情，這點毛病也許只會煥發出一種新的魅力，激起人們更大的興趣。但是在公共場合，凱薩琳看見蒂爾尼上尉一獻殷勤，她便欣欣然地加以接受，而且對他幾乎像對詹姆斯一樣注視，一樣笑臉相迎，這時她的變化就太明顯了，不能不引起別人的注意。這種朝三暮四的舉動，究竟是什麼意思，她的朋友究竟在搞什麼鬼，這是凱薩琳所無法理解的。伊莎貝拉可能認識不到她給別人造成的痛苦，但是對於她的任性輕率，凱薩琳卻不能不感到氣憤。詹姆斯是受害者。她見他面色陰沉，心神不定。

以前傾心於他的那個女人不管多麼不關心他現在的安適，她可隨時都在關心。她對可憐的蒂爾尼上尉，同樣感到十分關切。雖說他長得不討她喜歡，但是他的姓卻贏得了她的好感。她帶著眞摯的同情，想到蒂爾尼上尉行將面臨的失望，因爲，她儘管自以爲在礦泉廳聽到了他們的對話，可是從蒂爾尼上尉的舉止來看，他不像是知道伊莎貝拉已經訂婚，因此，凱薩琳經過前思後想，覺得他不可能知道實情。他也許會跟她哥哥爭風吃醋，不過假如這其中還有更多奧妙的話，那恐怕一定是她誤解了。她希望透過委婉的規勸，提醒伊莎貝拉認清自己的處境，讓她知道這樣做對兩邊都不好。但是，要提出規勸，她總是面臨著機會難得和不可理喻的問題。她即使能暗示幾句，伊莎貝拉也絕對領會不到的。

在這煩惱之中，蒂爾尼一家打算離開巴斯，就成了她很大的慰藉。這一家子幾天之內就要動身回格洛斯特郡去了，蒂爾尼上尉一走，至少可以使除他以外的每個人恢復平靜。不料蒂爾尼上尉眼前並不打算離去，他不準備和家人一起回諾桑覺寺，他要繼續留在巴斯。凱薩琳得知這一情況之後，立即拿定了主意。她跟亨利．蒂爾尼談了這件事，對他哥哥分明喜愛索普小姐感到遺憾，懇求他告訴他哥哥，索普小姐早已訂婚。

「我哥哥已經知道這事了。」亨利答道。

「他知道了？那他爲什麼還要留在這裏？」

亨利沒有作答，他談起了別的事情，可是凱薩琳心急地繼續說道：「你爲什麼不勸他走開？他待的時間越長，最終會對他越糟糕。請你看在他的份上，也看在大家的份上，勸他馬上離開巴斯。離開之後，他到時候會重新感到愉快的。他在這裏是沒有希望的，待下去只會自尋煩惱。」

亨利笑笑說：「我哥哥當然也不願意那樣做。」

「那你要勸他離開啦！」

「勸說我是辦不到的。如果我連勸都不去勸他，那也要請你原諒。我曾親口對他說過，索普小姐已經訂婚。他知道自己在幹什麼，這事只能由他自己做主。」

「不，他不知道他在幹什麼，」凱薩琳大聲嚷道。「他不知道他給我哥哥帶來了痛苦。詹姆斯並沒跟我這樣說過，不過我敢肯定他很痛苦。」

「你肯定這是我哥哥的錯？」

「是的，十分肯定。」

「究竟是因爲我哥哥獻了殷勤，還是因爲索普小姐接受了殷勤，才引起這般痛苦的？」

「這難道不是同一回事？」

「我想莫蘭先生會承認這是有區別的。男人誰也不會因爲有人愛慕自己心愛的女人而感到惱火，只有女人才能製造出痛苦。」

凱薩琳爲自己的朋友感到臉紅，說道：「伊莎貝拉是有錯，可是我相信她決不是有意製造痛苦，因爲她十分疼愛我哥哥。她自從第一次見到我哥哥，一直在愛著他。當我父親是否同意還捉摸不定的時候，她簡直要急瘋了。你知道她一定很愛詹姆斯。」

「我知道，她在與詹姆斯戀愛，還在與弗雷德里克調情。」

「哦！不，不是調情！一個女人愛上一個男人，不可能再與別人調情的。」

「也許她無論戀愛還是調情，都不會像單打一時來得圓滿。兩位先生都得作點犧牲。」

稍停了一會，凱薩琳繼續說道：「這麼說，你不相信伊莎貝拉很愛我哥哥啦？」

「這我可不敢說。」

「但你哥哥到底是什麼意思？他要是知道伊莎貝拉已經訂了婚，他這般舉動又代表著什麼意思？」

「你還眞能追根究柢的。」

「是嗎？我只是問我想知道的事情。」

「但你問的只是你認爲我能回答的問題嗎？」

「是的，我想是這樣，因爲你一定了解你哥哥的心。」

「老實對你說吧，眼前這會兒，我對我哥哥的心（這是你的說法），只能猜測而已。」

「怎麼樣？」

「怎麼樣！唔，如果是猜測的話，還是讓我們各猜各的吧。受別人猜測的左右是可憐的。這些前提全擺在你的面前。我哥哥是個很活潑、有時也許是很輕率的年輕人，他和你的朋友大約結交了一個星期，知道她訂婚的時間幾乎和認識她的時間一樣長。」

「是呀，」凱薩琳略思片刻，說道，「你也許能從這一切裏推測出你哥哥用心何在，我可辦不到。難道你父親不爲此感到不安嗎？難道他不想讓蒂爾尼上尉離開巴斯嗎？當然，要是你父親來勸說他，他是會走的。」

「親愛的莫蘭小姐，」亨利說道，「你如此關切地爲你哥哥的安適擔憂，是不是也會出點差錯呢？你是不是作得太過火了？你認爲索普小姐只有在見不到蒂爾尼上尉身影的情況下，才能保證對你哥哥一片鍾情，或者至少保證行爲檢點，你哥哥是否會認爲自己或索普小姐感謝你作出這樣的設想呢？你哥哥是否只在與世隔絕的情況下才是保險的？或者說，索普小姐是否只在不受別人誘惑的情況下，才對你哥哥忠貞不渝？他不可能這樣想，而且你可以相信，他也不會讓你這樣想。我不想說：『請不要擔憂。』因爲我知道你現在正在擔憂，不過請你盡量少擔憂。你相信你哥哥與你的朋友是相慕相愛的，因此請你放心，他們之間決不會當眞去爭風吃醋。放心吧，他們之間的不合是短暫的。他們的心是息息相通的，對你就不可能。他們完全知道各自有什麼要求，能容忍到什麼限度。你儘管相信，他們開玩笑決不會開到不愉快的地步。」

他發現凱薩琳依然將信將疑地板著臉，便進而說道：「弗雷德里克雖然不和我們一道離開巴斯，但他可能只待很短一段時間，也許只比我們晚走幾天。他的假期馬上就要結束，他必須回到部隊。那時候，他們的友誼會怎麼樣呢？伊莎貝拉會和你哥哥一起，對蒂爾尼可憐蟲的一片痴情笑上一個月。」

凱薩琳不再放心不下了。整整一席話，她心裡都是忐忑不安的，現在終於放下了心。亨利．蒂爾尼一定知道得最清楚。她責怪自己嚇成那個樣子，決心不再把這件事看得太嚴重。

臨別一面，伊莎貝拉的舉動進一步堅定了凱薩琳的決心。

凱薩琳臨行前一天的晚上，索普家人是在普爾蒂尼街度過的，兩位情人之間沒有發生什麼事引起凱薩琳的焦灼不安，或者使她憂心忡忡地離開他們。詹姆斯喜氣洋洋的，伊莎貝拉心平氣和，極其迷人。看來，她對朋友的依依深情在她心中是占據第一位的，不過值此時刻這是可以容許的。有一次，她斷然把她的情人搶白了一番。還有一次，她抽回了自己的手。不過凱薩琳銘記著亨利的教誨，把這一切歸諸於審慎多情。分手時，兩位美貌小姐如何擁抱、流淚、許願，讀者自己也想像得出。

第二十章

艾倫夫婦爲失去自己的年輕朋友感到惋惜。凱薩琳脾氣好，性情愉快，使她成爲一個難能可貴的伙伴。艾倫夫婦在促進她快樂的過程中，也大大增加了自己的樂趣。不過，她樂意跟蒂爾尼小姐一起去，他們也不好表示反對。再說，他們自己在巴斯也只準備再待一週，凱薩琳現在離開他們，他們也不會寂寞多久。艾倫先生把凱薩琳送到米爾薩姆街去吃早飯，眼看著她坐到新朋友中間，受到最熱烈的歡迎。凱薩琳發現自己已成爲蒂爾尼家的一員，不覺激動萬分，提心吊膽地就怕自己舉止不當，不能保住他們對她的好感。在最初五分鐘的尷尬時刻，她簡直就想跟著艾倫先生回到普爾蒂尼街。

蒂爾尼小姐禮貌周全，亨利笑容滿面，凱薩琳的尷尬心情很快便給打消了幾分，但她仍然很不自在，就是將軍本人不停地款待她，也還不能使她完全安下心。儘管這似乎有些不近情理，但她還是懷疑：假如將軍能少關心她一點，她是否會感到隨意一些。將軍爲她的安適擔憂，不斷地請她吃這吃那，雖然她從未見過如此豐盛的早餐，他卻一再表示恐怕這些菜肴不合口味，反倒使她一刻也忘不了自己是客人。她覺得自己完全不配受到這種尊重，因此不知道如何回答是好。

將軍不耐煩地等大兒子出來，最後當蒂爾尼上尉終於出現時，氣得直說他懶惰，這一來，凱薩琳心裡更難平靜了。使她感到十分痛苦的是，做父親的責罵得太狠，這似乎與兒子的過失很不相稱。當她發現這場訓斥主要是爲了她，蒂爾尼上尉主要是因爲對她不敬才挨罵時，她越發感到憂心忡忡。這使她處於一種局促不安的境地。她雖然十分同情蒂爾尼上尉，但是上尉並不會對她存有好感了。

蒂爾尼上尉悶聲不響地聽著父親訓斥，一句嘴也不回，這就證實了她的一個擔心：上尉晚起的眞正原因，可能是讓伊莎貝拉攪得心神不安，夜裡久久不能入睡。凱薩琳這是第一次眞正和他相處，她希望現在能看看他是個怎樣的人。怎奈他父親待在屋裡時，她幾乎就沒有聽他說過話。即使後來，由於他的情緒受到極大的影響，她也辨不清他講了些什麼，只聽他小聲地對艾麗諾說道：「你們都走了，我該有多高興啊！」

臨走的那陣忙亂是不愉快的。時鐘敲了十一點箱子才搬下來，而按照將軍的安排，這時應該已走出了米爾薩姆街。他的大衣給拿下來了，但不是讓他當即穿上，而是鋪在他和兒子乘坐的雙輪輕便馬車上。那輛四輪輕便馬車雖說要坐三個人，可是中間的凳子還沒有拉出來，他女兒的女僕在車裡堆滿了大包小包，莫蘭小姐連坐的地方都沒有了。蒂爾尼將軍扶她上車時深感不安，莫蘭小姐好不容易才保住了自己新買的寫字台，沒給扔到街上。

最後，三位女士坐的車總算關上了門，馬匹邁著從容的步伐出發了，一個紳士的四匹膘滿肉肥的駿馬要走三十英里路的時候，通常用的就是這種步伐。從巴斯到諾桑覺寺恰好是三十英里，現在要平分成兩段。馬車一出門，凱薩琳的精神又振作起來，因爲和蒂爾尼小姐在一起，她感到無拘無束。她對這條完全陌生的路、對前面的寺院、後面的雙輪馬車都充滿了興趣，毫不遺憾地望了巴斯最後一眼，不知不覺地遇見了一塊塊里程碑。

接著，令人厭倦地在小法蘭西等了兩個鐘頭，實在無事可做，只能吃吃逛逛，雖然肚子不餓，周圍也沒有什麼好看的，本來，她十分羨慕他們的旅行派頭，羨慕這輛時髦的四馬四輪馬車，穿著漂亮號衣的左馬馭手在鞍蹬上很有規律地起伏著，許多侍從端端正正地坐在馬上。可是，由於這種排場帶來很多麻煩，她的羨慕也隨著減少了幾分。假如大家都親親熱熱的，這場耽擱也算不了什麼，誰想蒂爾尼將軍雖說十分討人喜歡，可似乎使他兩個孩子打不起精神來，幾乎只聽到他一個人在說話。凱薩琳見他對客店裏的一切都不滿意，對侍者一不耐煩就發火，因而越來越敬畏他，兩個鐘頭長得好像四個鐘頭一樣。

不過，最後終於下達了出發令。剩下的路，將軍提議讓凱薩琳換他坐在他兒子的馬車裏，這叫凱薩琳大吃一驚。「天氣眞好，我很想讓你盡量多看看鄉下的景色。」

蒂爾尼將軍一提出這個計劃，凱薩琳便記起了艾倫先生對年輕人乘坐敞篷馬車的看法，不覺脹紅了臉。她最初想拒絕，可是再轉念一想，她十分尊重蒂爾尼將軍的見解，他不會給她出壞主意的。

因此，不到幾分鐘工夫，她便坐進了亨利的雙輪輕便馬車，心裡覺得比什麼都快活。坐了一小段之後，她確實認識到雙輪輕便馬車是世界上最好的馬車，四馬四輪馬車走起來固然很威武，但終歸是個笨重、麻煩的玩意兒，她不會輕易忘記它在小法蘭西歇了兩個鐘頭。雙輪輕便馬車只要歇一半的時間就足夠了。它那輕快的小馬直想放開步子奔跑，若不是將軍執意要讓自己的馬車打頭陣的話，它們可以在半分鐘之內，輕而易舉地就超過去。然而，雙輪輕便馬車的優點還不僅僅在於馬好，亨利趕車的技術也實在高超，平平穩穩的，一點也不出亂子，既不向小姐自我吹噓，也不對馬破口大罵。他和凱薩琳唯一能拿來相比的那位紳士馭手，眞有天壤之別！還有他那頂帽子，戴在頭上十分合適，他大衣上那數不完的披肩，看上去既神氣又相稱！坐在他的車上，僅次於同他跳舞，無疑是世界上最痛快的事。

除了別的快樂之外，她還高高興興地聽他讚揚自己，至少替他妹妹感謝她肯來作客，認爲她能來實在是夠朋友，實在令人感激不盡。他說他妹妹處境孤寂，家裏沒有女伴，加之父親常常不在家，她有時壓根兒沒人作伴。

「那怎麼可能呢？」凱薩琳說。「難道你不和她在一起？」

「諾桑覺寺只不過是我的半個家，我在伍德斯頓那裏有自己的家，離我父親這邊將近二十英里，我有一部分時間需要待在那裏。」

「你為此一定感到很難過！」

「我離開艾麗諾總是感到很難過。」

「是呀。不過，你除了愛你妹妹之外，一定十分喜愛這所寺院！住慣了諾桑覺寺這樣的家，再來到一座普普通通的牧師住宅，一定覺得很彆扭。」

亨利笑笑說：「你對這座寺院已經有了很好的印象。」

「那當然啦，難道它不是優雅的古剎，就像人們在書上看到的一樣？」

「『書上看到的』這類建築物裏，可發生過許多恐怖事件，難道你準備見識見識？你有勇氣嗎？你有膽量見到那些滑動嵌板和掛毯嗎？」

「啊！有的。我想我不會輕易害怕的，因為房裏有的是人。何況，這房子也不是一直空著，不是多年沒人住，而且你們也不像一般情形那樣，事先沒通知就突然回到府上。」

「當然是啦。我們用不著摸著通道走進一間被柴火餘燼照得半暗不明的大廳，也犯不著在地板上搭鋪，房子裏沒窗沒門沒家具。不過你應該知道，一位年輕小姐無論被用什麼方式引進這樣一所住宅，她總得和家裏成員分開住。當大家舒舒適適地回到自己所住的一端時，她由老管家多蘿西鄭重其事地引上另一節樓梯，順著一道道陰暗的走廊，走進一間屋子，自從有位親戚大約二十年前死在裏面以來，這間屋子一直沒人住過。你能受得了這樣的招待嗎？你發現自己置身於這樣一個陰森森的房間，覺得它太高太大，整個屋裏只有一盞孤燈發出點朦朧的亮光，牆壁四周的掛毯上畫著跟眞人一般大小的人像，床上的被褥都是深綠色的呢絨，或紫紅色的天鵝絨，簡直和出殯的情形一樣，這時你心裏不發毛嗎？」

「哦！可是我肯定碰不上這種事。」

「你會如何惶恐不安地審視你房裏的家具呀？你會發現什麼呢？沒有桌子、梳妝台、衣櫃，只在一邊也許有一把破琵琶，另一邊有一只怎麼用力也打不開的大立櫃，壁爐上方有一位英俊的武士畫像，他的容貌使你莫名其妙地著了迷，你的眼睛無法從畫像上移開。這時候，多蘿西同樣被你臉上的神色所吸引，惴惴不安地凝視著你，給你幾個捉摸不透的暗示。此外，爲了使你打起精神，她還說了些話，使你推想在寺院你住的這邊肯定是鬧鬼的。她還告訴你，在你附近沒有一個家僕。說完這些令人毛骨悚然的話之後，她就施禮出去了，你聽著她的腳步聲越來越遠，直至最後一個回聲。當你怯生生地想去扣門時，越發驚恐地發現門上沒鎖。」

「哦！蒂爾尼先生，多可怕呀！這眞像是一本書，不過我不會眞碰上這種事。你們的女管家決不會是那位多蘿西。好了，後來呢？」

「也許頭一天夜裏沒有更多可驚恐的。你克服了對那張床鋪壓抑不住的恐懼之後，便上床休息，驚擾不安地睡了幾個鐘頭。但是，就在你到達後的第二天夜裏，或者最遲是第三天夜裏，你很可能會遇上一場暴風雨。一聲聲響雷在附近山裏隆隆轟鳴，彷彿要把整個大廈都給震塌。伴隨著雷聲，刮來一陣陣可怕的勁風，這時候你的燈還沒有熄滅，你很可能覺得自己發現掛毯上有一處比別處動得厲害。這是最讓你好奇的時候，你當然無法壓抑這種好奇心，便立即從床上爬起來，匆匆披上晨衣，開始查找其中的奧秘。稍查了一會之後，你會發現掛毯上有一處織得相當巧妙，怎麼細心也不容易看得出來。一打開這塊地方，馬上出現了一扇門，門上只有幾根粗條和一把掛鎖，你使了幾下勁便打開了。你提著燈穿過門，走進一間拱頂的小屋。」

「不，決不會的，我嚇都嚇死了，哪會幹這種事。」

「什麼，當多蘿西告訴你，在你的房間與二英里以外的聖安東尼教堂之間有一條秘密通道之後，你也不幹？這麼簡單的冒險，你都畏縮不前？不，不會的。你會走進這間拱頂的小屋，通過這間小屋，再走進另外幾間這樣的小屋，都沒發覺任何奇異的東西，也許，在一間屋裏會有一把匕首，在另一間屋裏會有幾滴血，在第三間屋裏會有一種刑具的殘骸，但是這一切都沒有什麼異乎尋常的地方。你的燈即將熄滅，你要回到自己的房間。然而，再走過那間拱頂小屋時，你的眼睛會注意到另一個老式的烏木鑲金大立櫃，你先前雖然仔細地查看過家具，但是這個櫃子卻被你忽略過去了。你懷著一種不可壓抑的預感，急火火地朝櫃子走去，打開摺門上的鎖，搜查著每一個抽屜。但是，搜了半天，沒有發現任何有價值的東西，也許只找到一大堆鑽石。不過，最後你碰到了暗簧，打開了裏面的抽屜，露出了一卷紙，你一把抓了過來——裏面有許多張手稿。你如獲至寶，急急忙忙地跑回自己房裏，誰想到，你才剛剛辨認出這樣一句——**哦，你呀，不管你是誰，一旦薄命的馬蒂爾達的這些記事錄落入你的手中……**時，「你的燈突然熄滅了，使你陷入一團漆黑之中。」

「哦，別，別！你別這麼說。唔，往下講啊——」

但是亨利被他激起的興趣逗樂了，無法再講下去。他從內容到口吻，再也不能裝作一本正經的樣子了。他不得不懇求她在閱讀馬蒂爾達的不幸遭遇時，要發揮自己的想像力。凱薩琳一冷靜下來，便爲自己的迫不及待感到害羞，誠摯地對他說，她聚精會神地聽他講，絲毫也不害怕眞正遇到他說的那些事。她敢斷定，蒂爾尼小姐決不會把她安置在像他說的那樣一間屋子裏。她絲毫也不害怕。

凱薩琳想見諾桑覺寺的急切心情，因爲亨利談起別的事情而中止了一陣子。當旅途臨近終點時，她又變得急不可待了。每到拐彎處，她都帶著肅然起敬的心情，期待看到它那砌著灰色石塊的厚牆，屹立在古老的櫟樹叢中，太陽的餘暉映照著它那哥德式的長窗，顯得十分壯麗。誰會想到，那座房子是那樣低矮，她穿過號房（舊指傳達室或傳達事情的人）的大門，進入諾桑覺寺的庭園時，發覺自己連個古老的煙囪也沒看見。

她知道她不應該感到驚訝，但她如此這般地駛進門，當然有些出乎她的意料。穿過兩排具有現代風貌的號房，發現自己如此方便地進入寺院的領域，馬車疾駛在光滑平坦的石子路上，沒有障礙，沒有驚恐，沒有任何壓重的氣息，委實使她感到奇怪和有失協調。但是，她沒有多少工夫來想這些事。

突然，迎面刮來一陣急雨，使她不能再看這看那了，一心只顧得保護她那頂新草帽。其實，她已經來到寺院的牆根底下，由亨利攙著跳下馬車，躲到舊門廊下面，甚至跑進了大廳，她的朋友和將軍正在等著歡迎她，而她對自己未來的痛苦卻沒有任何可怕的預感，絲毫也不疑心過去在這幢肅穆的大廈裏，出現過什麼恐怖情景。微風似乎還沒刮來殺人犯的悲鳴，只不過給她送來了一陣濛濛細雨。她使勁抖了抖衣服，準備給領進共用客廳，同時也好思量一下她來到了什麼地方。

一座寺院！是呀，能親臨其境有多高興啊！但是，她朝屋裏環視了一下，不禁懷疑她見到的東西是否給她帶來這樣的感覺。滿屋子富麗堂皇的家具，完全是現代風格。再說那個壁爐，她本來期待見到大量刻板的古代雕刻，不料它完全是朗福德式的❶，用樸素而美觀的雲石板砌成，上面擺著十分漂亮的英國瓷器。她帶著特別信賴的目光朝那些窗子望去，因爲她先前聽將軍說過，他出自敬重的心情，注意保留了它們的哥德式樣，可是仔細一看，與她想像的相距甚遠。誠然，尖拱是保留了，形式也是哥德式的，甚至也有窗扉，但是每塊玻璃都

❶ 班傑明．湯普森爵士（一七五三～一八一四）：又稱朗福德伯爵，係敞口壁爐的發明者。

太大、太清晰、太明亮！在凱薩琳的想像中，她希望見到最小的窗格、最笨重的石框，希望見到彩色玻璃、泥垢和蜘蛛網。對她來說，這種改變是令人痛心的。

將軍察覺她的目光在四下張望，便談起了屋子小，家具簡陋，一切都是日常用品，僅僅爲了舒適起見，如此等等。不過他又自鳴得意地說，諾桑覺寺也有幾間屋子值得她看一看，下面正要特別提一提那間奢華的鍍金屋子時，不料他掏出錶，突然煞住了話頭，驚奇地宣布：再過二十分鐘就到五點！這句話好像是解散的命令，凱薩琳發現蒂爾尼小姐在催她快走，那副樣子使她確信，在諾桑覺寺，必須極其嚴格地遵守家庭作息時間。

大家穿過寬敞高大的大廳，登上寬闊油亮的櫟木樓梯，過了許多節樓梯和拐彎處，來到一條又寬又長的走廊上。走廊的一側是一溜門，另一側是一排窗戶，把走廊照得通亮。凱薩琳剛看出窗外是個四方院，便被蒂爾尼小姐領進一個房間。蒂爾尼小姐僅僅說了聲希望她會覺得舒適，便匆匆地離開了，臨走時急切地懇求凱薩琳盡量少換衣服。

第二十一章

凱薩琳只掃視了一眼便發現，她的房間與亨利試圖嚇唬她而描繪的那個房間截然不同。它決非大得出奇，既沒有掛毯，也沒有絲絨被褥。牆上糊著紙，地板上鋪著地毯，窗戶和樓下客廳裏的一樣完備，一樣光亮。家具雖則不是最新的式樣，卻也美觀、舒適，整個房間的氣氛一點也不陰森。她在這一點上放心以後，便決定不再耽誤時間去細看什麼東西，因爲她唯恐拖拖拉拉會惹得將軍不高興。於是，她急急忙忙脫掉衣服，準備打開包衣服的包裹，爲了隨身應用，她把這個包裹放在馬車座位上帶來了。恰在這時，她突然發現一個又高又大的箱子，立在壁爐旁的一深凹處。一見到這個箱子，她心裏不由得一震，她忘記了別的一切，驚奇得一動不動地凝視著箱子，心裏這樣想著——

「眞奇怪呀！沒料想會見到這樣一個東西！一個笨重的大箱子！裏面可能裝著什麼呢？怎麼會放在這裏呢？放在這個偏僻處，像是不想讓人看見！我要打開看看。不管付出多大代價，我也要打開看看，而且馬上就幹——趁著天亮。要是等到晚上，蠟燭會燃光的。」

她走過去仔細端詳了一陣。這是個杉木箱，上面十分古怪地鑲著一些深色木頭，放在一個用同樣木料做成的雕花架子上，離地約有一英尺。鎖是銀質的，但是年深月久已經失去了光澤。箱子兩端有兩個殘缺不全的把手，也是銀質的，或許很早就被一種奇怪的暴力破壞了。箱子蓋中央有個神秘的銀質花押。凱薩琳低著頭仔細查看，但是辨不出到底是什麼字。她無論從哪邊看，也無法相信最後一個字母是「T」（因為蒂爾尼這個姓的第一個字母是T）。然而，在他們家裏出現別的字母，倒會激起非同一般的驚訝。假如這個箱子當初不是他們的，那會因為什麼奇怪的緣故，才落到蒂爾尼家的手裏呢？

她那惶惶不安的好奇心無時無刻不在增長。她用顫抖的雙手抓住鎖扣，決心冒著一切風險，至少查清裏面裝著什麼。她似乎遇到了一種抗拒力，好不容易才把箱蓋揭起了幾英寸。不料恰在這時，一陣突如其來的叩門聲把她嚇了一跳，她一放手，箱蓋砰的一聲關上了，令人膽戰心驚。這位不速之客是蒂爾尼小姐的女僕，受主人差遣，前來給莫蘭小姐幫忙。凱薩琳立即把她打發走了，不過這提醒她想起了她應該做的事，迫使她撇開自己想要揭開這個秘密的急切願望，馬上繼續穿衣服。她的進展並不迅速，因為她的心思和目光仍然集注在那件想必有趣而又可怕的物體上。她雖說不敢耽誤工夫再試一次，但她的腳步又離不開箱子多遠。最後，她終於把一隻胳膊伸進了袖子，梳妝似乎也快結束，她可以放心大膽地滿足一下她那迫不及待的好奇心了。一會兒工夫無疑是抽得出來的，她要拚命使盡渾身的力氣，箱蓋只要不是用妖術鎖上的，她瞬間就能把它打開。她帶著這種氣概躍向前去，她的信心沒有白費。她果斷地一使勁，把箱蓋揭開了，兩眼驚奇地見到一條白布床單，疊得整整齊齊的，放在箱子的一端，除此之外，箱裏別無他物！

凱薩琳呆呆地望著床單，驚奇之中臉上剛綻出點紅暈，沒想到蒂爾尼小姐急於讓朋友作好準備，冷不防走進屋來。凱薩琳本來正為自己的一陣荒唐期待感到羞愧，現在又被人撞見在如此無聊地翻箱倒櫃，越發感到羞愧滿面。「這是一個很古怪的舊箱子，是吧？」當凱薩琳急忙關上箱子，轉身對著鏡子時，蒂爾尼小姐說道。「它放在這裏說不上有多少代了。我不知道它起初是怎麼給放到這間屋子裏來的，不過我一直沒讓他們把它搬走，因為我覺得它有時或許有點用處，裝裝帽子之類的。最糟糕的是，它太沉了不好開。不過放在那個角上，起碼不礙事。」

凱薩琳顧不得說話。她紅著個臉，一邊繫衣服，一邊迅疾地痛下決心，以後再不做這種傻事。蒂爾尼小姐委婉地暗示說，她擔心要遲到，半分鐘工夫，兩人便惶惶地跑下樓去。她們的驚恐並非完全沒有道理，因為蒂爾尼將軍正拿著錶在客廳裏踱來踱去，一見她們進門，便用力拉了拉鈴，命令道：「馬上開飯！」

凱薩琳聽到將軍加重語氣說話，不由得顫抖起來。她怯生生地坐在那裏，面色蒼白，呼吸急促，一面為他的孩子擔心，一面又憎恨舊箱子。將軍望了望她，重新變得客氣起來，餘下的時間就用來責罵女兒，說是本來一點也用不著匆忙的事情，她卻愚蠢地去催促她的漂亮朋友，逼得她上氣不接下氣。凱薩琳害得她的朋友挨罵，而她自己又是這麼個大傻瓜，她根本無法消除這雙重的痛苦。直到大家高高興興地圍著餐桌坐下，將軍露出一副得意的笑臉，她自己又來了胃口，心裏才恢復了平靜。

這間餐廳是個華麗的大房間，從大小來看，要有一間比共用客廳大得多的客廳才相稱。而且，它裝飾得也十分奢華，可惜凱薩琳是個外行，對此幾乎渾然不覺，她只見到屋子寬敞，侍者衆多。她高聲讚賞屋子寬敞，將軍和顏悅色地承認，這間屋子的確不算小。他還進一步承認，他雖說在這種事情上像多數人一樣馬馬虎虎，但他卻把一間比較大的餐廳視爲生活上的一項需要。不過他料想，凱薩琳在艾倫先生府上一定習慣於比這大得多的房間。

「不，的確不是這樣，」凱薩琳老老實實地說道。「艾倫先生的餐廳還沒有這兒的一半大。」她從未見過這麼大的屋子。將軍聽了越發高興。噢，既然他有這樣的屋子，要是不加以利用可就太傻了。不過說實話，他相信比這小一半的屋子可能更舒適。他敢說，艾倫先生的住宅一定是大小適中，住在裏面十分舒適愉快。

當晚沒有出現別的風波，蒂爾尼將軍偶爾不在時，大家還覺得十分愉快。只有將軍在場的時候，凱薩琳才稍許感到旅途的疲乏。即便這時，即便在疲憊或者拘謹的時候，她仍然有一種事事如意的感覺。她想到巴斯的朋友時，一點也不希望和他們在一起。

夜裏，暴風雨大作。整個下午，都在斷斷續續地起著風，到席終人散時，掀起了狂風暴雨。凱薩琳一邊穿過大廳，一邊帶著畏懼的感覺傾聽著暴風雨。當她聽見狂風凶猛地捲過古寺的一角，猛然砰的一聲把遠處的一扇門刮上時，心裏第一次感到她的確來到了寺院。是的，這是寺院裏特有的聲音，使她想起了這種建築所目睹的、這種風暴所帶來的種類繁多的可怕情景、可怖場面。使她深感欣喜的是，她來到如此森嚴的建築物裏，處境總算比較幸運！她用不著懼怕午夜的刺客或是醉醺醺的色徒。亨利那天早晨對她說的，無疑只是鬧著玩的。在如此陳設、如此森嚴的一幢房子裏，她既探索不到什麼，也不會遭到什麼不測，她可以萬無一失地去她的臥房，就像在富勒頓去她自己的房間一樣。

她一面上樓，一面如此機智地堅定自己的信心，特別當她感到蒂爾尼小姐的臥房離她只有兩門之隔時，她相當大膽地走進房裏。一看爐火熊熊燒得正旺，情緒覺得更加高漲。

「眞棒多了，」她說著朝爐圍子走去。「回來見到爐子生得現成的，這比要在寒氣裏哆嗦嗦地乾等強得多。就像許多可憐的姑娘那樣，無可奈何地非要等到全家人都上了床，才有位忠實的老僕人抱著一捆柴火走進來，把你嚇一跳！諾桑覺寺能這樣，眞是好極了！假如它像別的地方那樣，遇到這樣的夜晚，我不知道會嚇成什麼樣子。不過，現在實在沒有什麼好害怕的。」

她環顧了一下房內。窗帘似乎在動。這沒什麼，只不過是狂風從百葉窗的縫隙裏鑽進來了。她勇敢地走上前去，滿不在乎地哼著曲子，看看是不是這麼回事。她大膽地往每個人窗帘後頭探視了一眼，在矮矮的窗台上沒有發現可怕的東西。接著，一把手貼近百葉窗，便對這風的力量確信無疑了。她探查完之後，轉身望了望那個舊箱子，這也是不無裨益的。她蔑視那種憑空臆想的恐懼，泰然自若地準備上床。「我應該從從容容的，不要急急忙忙。即使我最後一個上床，我也不在乎。可是我不能給爐子添柴，那樣會顯得太膽怯了，好像睡在床上還需要亮光壯膽。」

於是，爐子漸漸熄滅了。凱薩琳打點了大半個鐘頭，眼前正想上床，不料臨了掃視一下房間時，猛然又發現一個老式的黑色大立櫃。這個櫃子雖說處在很顯眼的位置，但是以前從未引起她的注意。轉瞬間，她立刻想起了亨利的話，說她起初注意不到那個烏木櫃。雖說這話不會眞有什麼意思，但是卻有些稀奇古怪，當然是個十分驚人的巧合！她拿起蠟燭，仔細端詳了一下木櫃。木櫃並不眞是烏木鑲金的，而是上的日本漆，最漂亮的黑黃色的日本漆。她舉著蠟燭看去，那黃色很像鍍金。

鑰匙就在櫃門上，她有一種奇怪的念頭想打開看看，不過，絲毫也不指望會發現任何東西，只是聽了亨利的話後，覺得太怪誕了。總之，她要打開看看才能睡覺。於是，她小心翼翼地把蠟燭放在椅子上，一隻手抖簌簌地抓住了鑰匙，用力轉動，不料竭盡全力也擰不動。她感到驚恐，但是沒有洩氣，便換個方向再擰。

突然，鎖簧騰的一下，她以爲成功了，但是多麼奇怪，多麼不可思議！櫃門依然一動不動。她屏著氣，愣然歇了片刻。狂風在煙囪裏怒吼著，傾盆大雨打在窗戶上，似乎一切都說明了她的處境之可怕。但是，不弄清這樁事，上床也是枉然，因爲心裏惦記著眼前有個櫃子神秘地鎖著，她是睡不著覺的。因此，她又搬弄鑰匙。她懷著最後一線希望，果斷利索地朝各個方向擰了一陣之後，櫃門猛然打開了。這一勝利使她欣喜若狂，她把兩扇摺門拉開，那第二扇門只別著幾個插銷，沒有鎖來得複雜。不過她看不出那鎖有什麼異常的地方。兩扇門開了以後，露出兩排小抽屜，小抽屜的上下都是些大抽屜，中間有扇小門，也上著鎖，插著鑰匙，裏面很可能是個存放重要物品的秘櫥。

凱薩琳心跳急劇，但她並沒失去勇氣。心裏的希望使她臉上脹得通紅，眼睛好奇地瞪得溜圓，手指抓住了一個抽屜的把柄，把它拉開了。裏面空空如也。她不像剛才那麼驚恐，但是更加急切地拉開第二個、第三個、第四個，個個都是同樣空空如也。她把每個抽屜都搜了一遍，可是沒有一個有東西。她在書上看過很多隱藏珍寶的訣竅，並未忘掉抽屜裏可能設有假襯，急切而敏捷地把每個抽屜周圍都摸了摸，結果還是什麼也沒發現。現在只剩下中間沒搜過。雖然她從一開始就絲毫不曾想到會在櫃子的任何地方發現什麼東西，而且迄今爲止對自己的徒勞無益絲毫也不感到灰心，但她不趁便徹底搜查一番，那未免太愚蠢了。

不過，她光是開門就折騰了好半天，因爲這把內鎖像外鎖一樣難開。可是最後還是打開了，而且搜尋的結果不像先前那樣空勞一場，她那迅疾的目光當即落到一卷紙上，這卷紙給推到秘櫥裏邊去了，顯然是想把它隱藏起來。此刻，她的心緒眞是無法形容。她的心在撲騰，膝蓋在顫抖，面頰變得煞白。她用抖索索的手抓住了這卷珍貴的手稿，因爲她眼睛稍微一瞥，就能辨明上面有筆跡。她帶著敬畏的感覺承認，這事驚人地應驗了亨利的預言，便當下打定主意，要在睡覺前逐字逐句地看一遍。

蠟燭發出幽暗的亮光，她轉向這微亮時，不覺心裏緊張起來。不過，倒沒有立即熄滅的危險，還可以再燃幾個鐘頭。要辨認那些字跡，除了年代久遠會帶來些麻煩之外，恐怕不會再有任何別的困難了，於是她趕緊剪了剪燭花。天哪！她這一剪，竟然把蠟燭剪滅了。一只燈籠滅了也決不會產生比這更可怕的結果了。半晌，凱薩琳給嚇得一動不動。蠟燭全滅了。房裏一團漆黑，一點動靜都沒有。

驟然，一陣狂風呼嘯而起，頓時增添了新的恐怖。凱薩琳渾身上下抖作一團。接著，當風勢暫停的時候，那受了驚嚇的耳朵聽到一個聲音，像是漸漸消逝的腳步聲和遠處的關門聲。人的天性再也支撐不住了。她的額頭冒出一層冷汗，手稿從手裏撒落下來。她摸到床邊，急忙跳了上去，拚命鑽到被窩裏，藉以消除幾分驚恐。她覺得，這天夜裏是不可能合眼睡覺了。好奇心被正當地激發起來，情緒也整個給激勵起來，睡覺是絕對不可能的。外面的風暴又是那樣可怕！她以前並不怕風，可是現在，似乎每一陣狂風都帶來了可怖的信息。她如此奇異地發現了手稿，如此奇異地證實了早晨的預言，還要作何解釋呢？手稿裏寫著什麼？可能與誰相關？用什麼辦法隱藏了這麼久？事情有多麼奇怪，居然注定要她來發現！不過，她不搞清其中的內容，心裏既不會平靜，也不會舒坦。她決定借助第一縷晨曦來讀手稿。可是這中間還要熬過多少沉悶的鐘頭。

她打著哆嗦，在床上輾轉反側，羨慕每一個酣睡的人。風暴仍在逞凶，她那受驚的耳朵不時聽到種種聲響，甚至覺得比風還要可怖。時而她的床幔似乎在搖晃，時而她的房鎖在攪動，彷彿有人企圖破門而入。走廊裏似乎響起沉沉的咕噥聲，好幾次，遠處的呻吟簡直把她的血都凝住了。時間一個鐘頭一個鐘頭地過去了，困乏不堪的凱薩琳聽見房子裏各處的鐘打了三點，隨後風暴平息了，也許是她不知不覺地睡熟了。

第二十二章

第二天早晨八點，女僕進屋摺百葉窗發出聲響，才把凱薩琳吵醒。她一邊納悶自己怎麼閉的眼，一邊把眼睜開，見到了令人愉快的景象。她的火爐已經生著，一夜風暴過後，早晨一片晴朗。就在她蘇醒的瞬間，她想起了那份手稿。女僕一走，她便霍地跳下床，急火火地撩起紙卷掉地時散落的每一張紙片，然後飛也似地奔回床上，趴在枕頭上津津有味地讀了起來。她現在清清楚楚地發現，這篇手稿並不像她期望的那樣，沒有她通常戰戰兢兢地讀過的那些書那麼長，因爲這卷紙看來全是些零零散散的小紙片，總共也沒有多厚，比她當初想像的薄多了。

她以貪婪的目光迅速掃視了一張，其內容使她大吃一驚。這可能嗎？莫非是她的眼睛在欺騙她吧？呈現在她面前的似乎是一份衣物清單，潦潦草草的全是現代字體！如果她的眼睛還靠得住的話，她手裏拿著的是一份洗衣帳單。她又抓起另一張，見到的還是那些東西，沒有什麼差別。她又抓起第三張、第四張、第五張，沒有見到任何新鮮花樣。每一張都是襯衫、長褲、領帶和背心。還有兩張，出自同一手筆，上面記載著一筆同樣乏味的開銷：郵資、發粉、鞋帶、肥皂等。包在外面的那張大紙，一看那密密麻麻的第一行字：「給栗色驟馬敷泥劑」，似乎是一份獸醫的帳單！就是這樣一堆紙（她這時可以料想，或許是哪位僕人疏忽大意，放在她找到它們的地方），使她充滿了期望和恐懼，害得她半夜沒有合眼！她覺得羞愧極了。難道那個箱子的教訓還不能使她學乖一些？

她躺在床上，望見了箱子的一角，這個角彷彿也在起來責備她。她最近這些想像之荒誕，現在可以看得再清楚不過了。居然沒想多少年代以前的一份手稿，放在如此現代、如此適於居住的房間裏，而一直未被發現！那隻鑰匙明明誰都能用，她居然設想自己頭一個掌握了開櫃子的訣竅！

她怎能如此欺騙自己呢？這種傻事千萬別讓亨利．蒂爾尼知道！說來這事多半要怪他，假使那個櫃子與他描繪她的奇遇時所說的模樣不相吻合，她決不會對它感到一絲半點的好奇心。這是她唯一感到的一點安慰。她迫不及待想要清除她幹傻事的那些可恨的痕跡，清除當時撒了一床的那些可憎的票據，便立刻爬起來，把那些票據一張張疊好，盡量疊成以前的樣子，然後放回櫃中原來的地方，衷心祝願別發生什麼不幸再把它們端出來，讓她自己都覺得好沒有臉面。

然而，那兩把鎖起先為什麼那樣難開卻依然有點蹊蹺，因為她現在開起來易如反掌。這其中定有什麼奧秘。她先是自鳴得意地沉思了半分鐘，後來突然想到那櫃門起初可能根本沒鎖，而是她自己給鎖上的，不禁又躁紅了臉。

她想起自己在這房裏的舉動，覺得十分難堪，於是趁早離開了這裏。頭天晚上，蒂爾尼小姐把早餐廳指給她看了，她以最快的速度找到了那裏。早餐廳裏只有亨利一個人。他一見面便說，希望夜裏的風暴沒嚇著她，並且狡黠地談起了他們這座房子的特性，這些話使凱薩琳感到十分不安。她最怕別人懷疑自己懦弱，然而她又撒不出彌天大謊，便只得承認風刮得她有一陣子睡不著。「不過，風雨過後，我們不是有個美好的早晨嗎？」她補充說道，一心想避開這個話題。「風暴和失眠都過去了，也就無所謂了。多好看的風信子啊：我最近才懂得喜愛風信子。」

「你是怎麼懂得的？是偶然的，還是被人說服的？」

「跟你妹妹學的，我也說不上是怎麼學的。艾倫太太曾經一年年地設法讓我喜愛風信子，可是就是做不到，直到那天我在米爾薩姆街見到那些花。我天生不喜愛花。」

「不過你現在愛上了風信子，這就更好了。你又增添了一種新的享樂來源，人的樂趣多多益善嘛。再說，女人愛花總是好事，可以使你們到戶外來，引誘你們經常多活動活動，否則你們是不會這麼做的。雖說喜愛風信子還屬於一種室內樂趣，但是一旦來了興頭，誰敢說你到時候不會愛上薔薇花呢？」

「可是我並不需要這樣的愛好把我引出門。散散步，透透新鮮空氣，這樣的樂趣對我來說已經足夠了。逢到天晴氣朗，我有大半時間待在戶外。媽媽說我從不著家。」

「不管怎麼樣，我很高興你學會了喜愛風信子。能學會喜愛東西的習性本身就很了不起。年輕的小姐稟性好學，這是難能可貴的。我妹妹的指教方式還令人愉快吧？」

凱薩琳正窘迫得不知道如何回答是好，這時將軍進來解救了她。他笑盈盈地向她問候，一看樣子就知道他心情很愉快，但他溫婉地暗示說他也贊成早起，這並沒使凱薩琳心裏進一步平靜下來。

大家坐下吃飽時，那套精緻的早餐餐具引起了凱薩琳的注意。幸好，這都是將軍親自挑選的。凱薩琳對他的審美力表示讚賞，將軍聽了喜不自勝，老實承認這套餐具有些潔雅簡樸，認爲應該鼓勵本國的製造業。他是個五味不辨的人，覺得用斯塔福德郡的茶壺砌出來的茶，和用德雷斯頓❶或塞夫勒❷的茶壺砌出來的茶沒有什麼差別。不過，這是一套舊餐具，還是兩年前購置的。自從那時以來，工藝水平已有很大改進，他上回進城時，就見到一些別緻的樣品，他若不是因爲一點也不愛慕虛榮的話，也許早就動心要訂購一套新的了。不過他相信，他不久會有機會選購一套新的，儘管不是爲他自己。在座的人裏，大概只有凱薩琳一

---

❶ 德國著名瓷都。

❷ 法國著名瓷都。

個人沒聽懂他的話。

吃過早飯不久，亨利便辭別衆人到伍德斯頓去了，有事要在那裏逗留三兩天。大夥都來到門廳，看著他跨上馬。凱薩琳一回到早餐廳，便連忙走到窗口，希望再看一眼他的背影。

「這回可眞夠你哥哥受的，」將軍對艾麗諾說道。「伍德斯頓今天會顯得陰陰沉沉的。」

「那地方好嗎？」凱薩琳問道。

「你說呢，艾麗諾？說說你的看法，因爲說到女人對男人和地方的感受，還是女人最有發言權。我認爲，拿最公正的眼光來看，你得承認伍德斯頓有許多可取之處。房子座落在綠茵茵的草坪上，朝著東南方向，還有一塊極好的菜園，也衝著東南。大約十年前，我爲兒子著想，親手壘起了圍牆，種上了牧草。這是個家傳的牧師職位。這一帶的人部分田產都是我本人的，你盡可相信，我保證這是個不壞的職位。假使亨利僅僅依靠這筆牧師俸祿維生，他也不會感到拮据的。這看上去也許有點奇怪，我只有兩個年紀較小的孩子，居然還要亨利去做事。當然，我們有時也都希望他能擺脫一切事務上的糾纏。不過，我雖說可能改變了你們年輕小姐的見解，但是我敢斷定，莫蘭小姐，你父親會贊成我的看法，認爲給每個年輕小伙子找點事幹還是大有裨益的。錢倒無關緊要，那不是目的，重要的是要有點事幹。你瞧，就連我的長子弗雷德里克，他要繼承的地產也許不比本郡的任何平民來得少，可是他也有自己的職業。」

這最後一個論據就像將軍期望的那樣，取得了顯著的效果。莫蘭小姐默默不語，證明這話是無可辯駁的。

頭天晚上說過，要領著客人在房裏四處轉轉，現在將軍自告奮勇，願當嚮導。凱薩琳本來只希望讓蒂爾尼小姐領著她去看看的，可是這項提議實在太令人高興了，她無論如何也不會不樂於接受的，因爲她來到諾桑覺寺已經十八個鐘頭了，才僅僅看了幾個房間。她慢騰騰地把針線匣拉出來，現在又興沖沖地急忙關上了，轉眼間便準備好了要跟他去。等把房子內部看完以後，將軍還希望能陪她去矮樹林和花園裏走走。凱薩琳行了屈膝禮，表示默許。不過，她也許樂意先去矮樹林和花園溜溜。眼前天氣很好，每年這個時候，這樣的天氣很難持久。她到底願意先去哪兒？將軍聽憑她的吩咐。他女兒認爲怎麼樣最適合她這位漂亮朋友的心意？不過，他覺得他能明察出來。是啊，他從莫蘭小姐的眼神中可以看出一個明智的願望：她想趁明媚的天氣到外邊走走。她的決定什麼時候錯過呢？寺院內部隨時都能看，也不怕下雨。將軍欣然同意了，這就去取帽子，馬上陪她們去。他走出屋子，凱薩琳帶著失望、焦灼的神情，說起了她不願意讓將軍勉爲其難地帶她們到戶外去，還誤以爲這樣會讓她高興。不料她的話被打斷了，蒂爾尼小姐有點窘迫地說道：「上午天氣這麼好，我想出去走走是再明智不過了。不要爲我父親擔憂，他每天總在這個時候出去散步。」

凱薩琳摸不清這是怎麼回事。蒂爾尼小姐爲什麼發窘呢？莫非將軍不願帶她參觀寺院？

可那建議是他提出來的。他總是這麼早就出去散步，這豈不是很奇怪嗎？她父親和艾倫先生從不這麼早去散步。這事眞惹人煩惱。她急著要看房子，對庭園簡直毫無興趣。要是亨利和他們在一起，那該有多好啊！現在卻好，她就是見到景色優美的地方，也欣賞不了。她心裏這樣想著，嘴裏卻沒有說出來，雖然心裏不滿，但還是耐著性子戴上了帽子。

不過，出乎她的意料，當她第一次從草坪上觀看寺院時，不覺被它的富麗堂皇迷住了。整座大樓圍成一個四方院，四方院兩側聳立著綴滿哥德裝飾的樓房，令人爲之讚賞。樓房的其餘部分被參天的古樹和葱鬱的林木所遮掩，屋後有陡峭的蒼山爲屛障，即使在草木凋零的三月，山景也很秀麗。凱薩琳沒有見過這麼瑰麗的景色，心裏眞是喜出望外，也不等待內行人的指點，便貿然讚嘆起來。將軍帶著贊同感激的心情聽她說著，彷彿他自己對諾桑覺寺一直沒有主見似的。

下一步是去參觀菜園。

將軍領著她穿過一小截邸園，來到了菜園那裏

這塊園子面積之大，使凱薩琳聽了不由得嚇了一跳，因爲把艾倫先生和她父親的園子合在一起，加上教堂的墳地和果園，也還不及它一半大。園牆似乎多得不計其數，而且長得無邊無際，牆內的暖房多得好像是一個村莊似的，似乎可以容下整個教區的人都在裏面工作。將軍見她露出驚訝的神情，不覺十分得意。其實她臉上的神情已經很明顯了，可是將軍還要

硬逼著她說，她以前從未見過可以與它倫比的菜園。將軍隨即謙虛地承認，他自己可沒有這種奢望，連想都不曾想過，不過他的確相信這園子在國內是無與倫比的。如果說他有什麼癖好的話，那就在這上面。他喜歡果園。他雖說在吃上面一般不大講究，但他喜歡好水果。或者說，如果他不喜歡，他的朋友和孩子還喜歡呢。不過，照料他這樣的果園，那是很麻煩的事情。那些最珍貴的果子即使費盡心血，也不見得準能保證收得到，去年鳳梨暖房總共才結了一百個鳳梨。他想艾倫先生一定像他一樣，對這些事感到很頭痛。

「不，他才不呢。艾倫先生並不關心果園，他連進都不進去。」

將軍臉上浮出自鳴得意的微笑，但願他也能做到這一點，因爲他每次進園子，總發現有這樣那樣的問題，達不到他的計劃要求，使他爲之煩惱。

「艾倫先生的輪作房搞得怎麼樣啊？」將軍一邊往裡走，一邊說起了自己這個輪作房的情況。

「艾倫先生只有一個小暖房，到了冬天，艾倫太太都用它來存放自己的花草，裡面不時地生著火。」

「他眞有福氣！」將軍帶著欣喜而鄙夷的神情說道。

他領著莫蘭小姐一區一區地都去過了，走遍了每一個角落，直至莫蘭小姐實在看膩了，驚歎得沒勁了，他才允許兩位小姐乘機走出一道外門。接著又表示想查看一下涼亭經過新近修繕以後效果如何，建議莫蘭小姐若是不累的話，大家不妨多走一段，決不會引起不快的。

「可是你往哪兒走，艾麗諾？你爲什麼挑選一條又陰又濕的小道？莫蘭小姐會打濕衣服的。我們最好從邸園裡穿過去。」

「我最喜愛這條小徑，」蒂爾尼小姐說，「我總覺得這條路最好，也最近。不過，也許有點濕。」

那是一條狹窄的小道，逶迤穿過一片茂密的蘇格蘭老杉林。凱薩琳被小徑的幽暗景致吸引住了，急切地想要鑽進去，即使將軍不肯贊成，她也止不住要向前走去。將軍看出了她的意思，再次勸她注意身體，可是無濟於事，便客客氣氣地不再阻擋了。不過，他本人要失陪了，因爲他受不了那陰暗的光線，他要從另一條道上去迎她們。

將軍轉身走了，凱薩琳驚奇地發現，他這一走，她精神上反而感到大爲釋然。幸而這種釋然來得眞切，驚訝並未引起痛苦。她帶著從容欣喜的口吻說起，這樣的樹林會給人一種愉快的憂鬱感。

「我特別喜愛這塊地方，」她的伙伴歎了口氣說。「我母親過去最喜歡在這裡散步。」凱薩琳先前從未聽見這家人提起過蒂爾尼太太，蒂爾尼小姐的深情回憶激起了她的興趣，使她驟然變了臉色，靜悄悄地等著傾聽所有更多的情況。

「以前我常和她來這裡散步，」艾麗諾接著說道，「雖然我當時並不像後來那樣喜歡這個地方。那時候，我實在奇怪她怎麼會看中這個地方。可是現在由於對她的懷念，我也就很喜歡這個地方了。」

「難道她丈夫，」凱薩琳心裏在想，「不是也應該很喜歡這個地方？然而將軍偏偏不願走進去。」蒂爾尼小姐仍然一聲不響，凱薩琳只得貿然說道：「她的去世一定引起了巨大的悲痛。」

「巨大的、與日俱增的悲痛，」蒂爾尼小姐用低沉的聲調答道。「母親去世時，我才十三歲，雖然對於一個孩子來說，我也許是夠悲痛的了，但我當時並不知道、也不可能知道這是多麼大的損失。」她頓了頓，然後以很堅決的口氣補充道：「你知道，我沒有姊妹。雖然亨利——雖然我兩個哥哥都很疼愛我，亨利還謝天謝地地經常回家，但是我不可能不常常感到很孤獨。」

「毫無疑問，你一定很想念她。」

「做母親的就會始終待在家裏，像個朝夕相伴的朋友。母親的影響比任何人的都大。」

「她是個十分可愛的女人吧？她長得很漂亮吧？寺院裡有她的畫像嗎？她爲什麼那樣喜歡那片森林？是因爲精神沮喪的關係？」凱薩琳迫不及待地提出了這一連串問題。前三個問題當即得到了肯定的回答，另外兩個給略過去了。凱薩琳每提一個問題，無論得到回答與否，都要對已故的蒂爾尼太太增添一分興趣。她相信她的婚事一定不美滿。將軍準是個無情無義的丈夫。他連他妻子散步的地方都不喜歡，還會喜歡他的妻子嗎？另外，他雖然儀表堂堂，但他臉上有一種異樣的表情，說明他虐待過他的妻子。

「我想，你母親的畫像，」凱薩琳覺得自己的問題十分圓滑，不禁脹紅了臉，「掛在你父親的房裡吧？」

「不。原先打算掛在客房裡，可是父親覺得畫得不好，有一段時間沒有地方掛。母親死後不久，我把它要過來，掛在我的臥房裡，我將很高興地帶你去看看，畫得很像我母親。」

這又是一條證據！妻子的畫像，而且畫得很像，做丈夫的卻不稀罕。他對妻子一定殘酷至極。

將軍先前儘管殷勤備至，但還是引起了凱薩琳的反感。凱薩琳不想再向自己掩飾這種反感了。以前是懼怕和討厭，現在變成了極度的憎恨。是的，憎恨！將軍居然殘酷地對待一個如此可愛的女人，真叫她感到可憎。她經常在書裡看到這種人物，艾倫先生說這些人物很不自然，寫過了頭，但這裏卻是個確鑿的反證。

她剛剛想妥這個問題，不覺來到小徑盡頭，馬上和將軍碰上了頭。她儘管義憤填膺，但是又不得不和他走在一起，聽他說話，甚至也跟著他笑。然而，她再也不能從周圍的景色中獲得樂趣了，腳步頓時變得懶散起來。將軍覺察了這一點，爲了關心客人的健康，就催促凱薩琳和他女兒趕快回屋，他這樣關切似乎在責備凱薩琳不該對他懷有那種看法。將軍在一刻鐘後也跟著回去。他們又分手了。但是半分鐘後，他又把艾麗諾叫回去，嚴厲地責成說：在他回來之前，決不准她帶著朋友在寺院裏亂轉。他再一次迫不及待地拖延了凱薩琳眼巴巴想幹的事情，讓她覺得實在奇怪。

第二十三章

一個鐘頭過去了，將軍還沒回來。這其間，他的年輕客人左思右想，對他的人格著實沒有個好印象。

「拖拖拉拉地說到不到，獨自一個人逛來逛去，這說明他心神不寧，或者良心不安。」最後他終於出現了。不管他的思緒多麼鬱悶，他依然能夠面帶笑容。蒂爾尼小姐多少了解一點她朋友的好奇心理，知道她想看看這座房子，馬上重新提起了這件事。出乎凱薩琳的意料，將軍居然找不到還要拖延的任何藉口，只是停頓了五分鐘，爲他們回屋時要好了茶點，然後便準備陪她們去轉。

幾個人出發了。將軍氣派堂堂，步伐威嚴，雖然十分惹眼，但卻打消不了熟讀傳奇小說的凱薩琳對他的疑慮。他領頭穿過門廳，經過共用客廳和一間形同虛設的前廳，進入一間莊嚴宏大、陳設華麗的大屋子。

這是正式客廳，只用來接待要人貴客。客廳十分宏偉，十分富麗，十分迷人。凱薩琳只能說這麼幾句話，因爲她給搞得眼花撩亂，幾乎連緞子的顏色都分辨不清。一切細緻入微的讚語，一切意味深長的讚語，全都出自將軍之口。無論哪個房間，家具的豪華精緻對凱薩琳來說是微不足道的，她不稀罕晚於十五世紀的家具。將軍滿足了自己的好奇心，仔仔細細地查看了每一件熟悉的裝飾。接著，大家來到了書房。這間房子也同樣豪華，裡面擺著收集的圖書，謙恭的人見了或許會感到自豪呢！

凱薩琳帶著比先前更加眞摯的感情，聽著，讚美著，驚嘆著，盡量從這座知識寶庫裡多吸取些知識，瀏覽了半個書架的書名，然後便準備走了。但是她想著的那種套間並沒出現。這座樓房雖然很大，但她已經看過了大半。她聽說，她看過的六、七間屋子，加上廚房，環繞著院子的三面，但她簡直無法相信，無法消除心中的懷疑，總覺得還有不少密室。然而，使她感到欣慰的是，他們要回到共用的幾間屋子裡，穿過幾間不很顯要的房間，一間間的都對著院子，院裡偶爾有幾條錯綜曲折的通道，把幾側連結起來。

途中，她更爲欣慰地聽說，她腳踩著的地方從前是修道院的迴廊，主人把一些密室的陳跡指給她看，她還見到幾扇門，主人既沒打開，也沒向她解釋。她接連走進彈子房和將軍的私室，搞不清它們之間是怎麼溝通的，離開時還轉錯了方向。最後穿過一間昏暗的小屋，這是亨利的私室，屋裡亂七八糟地堆放著他的書籍、獵槍和大衣。

餐廳已經見過了，而且每到五點鐘都要看一次。可是將軍爲了讓莫蘭小姐知道得更清楚，還興致勃勃地用腳步量了量它的長度，殊不知凱薩琳對此既不懷疑，也不感興趣。他們抄近路來到了廚房。那是修道院的老廚房，既有昔日的厚牆和薰煙，又有現代化的爐灶和烤箱。將軍的修繕技能沒有在這裏虛晃過去。在這個廚師的廣闊天地裡，仍採用了一切現代化設備，來改善廚師的作業。凡是別人無能爲力的地方，他往往憑著自己的天資，把事情解決得盡善盡美。他僅只此處的貢獻，就可確保他在這座修道院的恩主之中，永遠成爲佼佼者。

寺院的全部古蹟到這廚房的四壁便終止了。四方院的第四面房子因爲瀕於坍塌，早被將軍的父親拆除了，蓋起了現在這房屋。一切古色古香的東西到此便絕了跡。新房子不僅僅是新，而且還要標榜其新。產品本來只打算用作下房，後面又圈著馬棚，也就沒考慮建築形式的一體化。凱薩琳眞要大發雷霆了，有人僅僅爲了節省家庭開支，居然毀掉了本該成爲全寺最有價值的古蹟。假若將軍許可的話，她寧可不到這殘遭破壞的地方來散步，免得心裡感到痛苦。但是，要說將軍有虛榮心的話，那就表現在他對下房的安排上。他相信，在莫蘭小姐這種人的心目中，能看看那些足以減輕下人勞動強度的舒適便利設施，總會感到十分高興的，因此他盡可領著她往前走，用不著向她表示歉意。他們把所有的設施略略看了一下，出乎凱薩琳的意料，這些設施是那樣衆多，那樣方便，給她留下了深刻的印象。

在富勒頓，有幾個不成樣子的食品櫃和一個不舒適的洗滌槽，也就解決問題了，但在這裏，這一切卻在幾間恰當的屋子裡進行，既方便又寬敞。僕人川流不息，人數之衆，與下房之多同樣使她感到驚訝。幾個人無論走到哪裡，都有穿著木跟套鞋的女僕停下施禮，穿著便服的男僕則偷偷溜走。然而，這是一座寺院啊！如此安排家務，這與她在書裏看到的差異之大，眞是無法形容：書裡的寺院和城堡雖說無疑地比諾桑覺寺來得還大，但是房內的一切雜活至多由兩個女傭來做，她們怎麼能做得完，這常使艾倫太太感到驚愕。可是當凱薩琳發現這裡需要這麼多人，她自己又感到驚愕起來。

他們回到門廳，以便好登上主樓梯，讓客人瞧瞧它那精美的木質和富麗的雕飾。到了樓梯頂，沒向凱薩琳臥房所在的走廊走去，而是轉了個相反的方向，很快進入另一條走廊。這條走廊的格局跟那一條的一樣，只是更長更寬。她在這裡接連看了三間大臥房，連同各自的化妝室，一間間陳設得極其完備，極其華麗。但凡金錢和情趣能給住房帶來的舒適和雅致，這裡是應有盡有。因為都是在近五年內裝飾起來的，一般人喜歡的東西倒完備無缺，凱薩琳感興趣的東西卻一無所有。

看完最後一個臥房時，將軍隨意列舉了幾位不時光臨的名人，然後笑逐顏開地轉向凱薩琳，大膽地希望：今後最早來這裡作客的人裡，能有「富勒頓的朋友」。凱薩琳不由得受寵若驚，覺得自己瞧不起對她如此親切、對她全家如此客氣的一個人，深感遺憾。

走廊的盡頭是一扇摺門，蒂爾尼小姐上前一下打開門，走了進去，裡邊又是一條長長的走廊，她似乎剛想闖進左邊的第一扇門，不料將軍走上前來，急忙把她叫住（凱薩琳覺得他好像很惱怒），問她要去哪裡？還有什麼要看的？凡是值得看的，莫蘭小姐不是都看過了嗎？前前後後跑了半天，她不覺得她的朋友可能想吃點點心嗎？

蒂爾尼小姐當即縮了回來，沉甸甸的摺門又關上了。

但是說時遲那時快，痛心的凱薩琳趕在關門的前頭，乘機向裡面瞥了一眼，見到一條狹窄的過道上開著無數的門，隱隱約約地還見到一條螺旋樓梯，相信自己終於來到了值得一看的地方了。她心灰意懶地順著走廊往回走時，覺得要是許可的話，她寧可看看房子這端，也不願意參觀那富麗堂皇的其他部分。將軍分明是不想讓她去看，這就越發激起了她的好奇心。這裡一定隱藏著什麼東西。她的想像最近雖然越了一、兩次軌，但是這回絕對錯不了。這裡到底隱藏著什麼呢？

兩人跟著將軍下樓時，蒂爾尼小姐見將軍離著她們比較遠，便乘機說道：「我本想帶你去我母親的房裡，也就是她臨終時待的那間——」這句話雖然很短，凱薩琳聽了卻覺得意味深長。難怪將軍不敢去看那間房子裡的東西。十有八九，自從那可怕的事情解脫了他妻子的痛苦，讓他承受良心的責備以來，他就從來沒有進過那間屋子。

凱薩琳抓住下一次和艾麗諾單獨在一起的機會，冒昧地表示希望能允許她看看那間屋子，以及房子那邊的其餘地方。艾麗諾答應方便時就帶她去。凱薩琳明白她的意思：要瞅準將軍不在家時，才能走進那間屋子。

「我想那屋子還保持著原樣吧？」她帶著傷感的語調說。

「是的，完全是原樣。」
「你母親去世多久了？」
「九年了。」
凱薩琳知道：一個受折磨的妻子，一般要在死後許多年，她的屋子才能收拾好；與一般情況相比，九年的時間還不算長。
「我想，你守著她直到臨終吧？」
「不，」蒂爾尼小姐嘆了口氣說。「不幸得很，我當時不在家。母親的病來得突然、短暫，還沒等我到家，一切都完了。」
凱薩琳聽了這話，心裡自然而然地冒出了一些可怕的聯想，不禁感到毛骨悚然。這可能嗎？亨利的父親難道會——然而多少先例證明，即使最壞的猜疑都是有道理的！晚上，凱薩琳和她的朋友一起做活計，見著將軍在客廳裡遲滯地踱著，垂著眼，鎖著眉，整整沉思了一個鐘頭，這時凱薩琳感到，她決不會冤枉他。這簡直是蒙特尼的神情和姿態！❶一個尚未完全喪盡人性的人，一想起過去的罪惡情景不免膽戰心驚，還有什麼比這更能表明其陰鬱的心理的！不幸的人兒！因為心情焦慮，便一而再再而三地把目光投向將軍，以至引起了蒂爾尼

---

❶ 蒙特尼：《尤多爾弗的奧秘》中一個非常凶殘的匪徒。

小姐的注意。

「我父親，」她小聲說道，「經常這樣在屋裡走來走去，這沒有什麼奇怪的。」

「這就更加不妙！」凱薩琳心想：他這不合時宜的踱步，與他早晨不合時宜的奇怪散步是一致的，決不是好徵兆。

晚上過得很枯燥，似乎也很漫長，這使凱薩琳特別認識到亨利在他們之間的重要性。後來，當她可以走時，她感到由衷的高興，儘管她無意中看到是將軍使眼色，讓他女兒去拉鈴的。不過，男管家剛想給主人點蠟燭，將軍卻擋住了他。原來，他還不準備馬上去休息。

「我要看完許多小冊子，」他對凱薩琳說道，「然後才能睡覺。也許在你入睡之後，我還要花幾個鐘頭來研究國家大事。我們兩人還有比這更恰當的分工嗎？我的眼睛爲了別人的利益都快累瞎了，可是你的眼睛卻在休息，休息好了好淘氣。」

但是，他說他要辦公也好，那絕妙的恭維也罷，都動搖不了凱薩琳心中的念頭，她認爲將軍長時間地推延正常的睡眠，一定另有一個大相逕庭的動機。家人入睡之後，讓一些無聊的小冊子攪得幾個鐘頭不能安歇，這是不大可能的。這裡面一定有個更加深奧的緣故：他準有什麼事情，非要等全家人入睡之後才能去幹。

凱薩琳接著必然會得出這樣的結論：蒂爾尼太太很可能還活著，不知什麼緣故給關了起來，每天晚上從她那無情無義的丈夫手裡，接過一點殘羹粗飯。這個念頭雖則駭人聽聞，但至少要比不義加速的死亡來得好些，因爲照自然趨勢來說，她不久定會得到釋放。聽說她當時是突然得病，她女兒又不在身邊，很可能另外兩個孩子也不在，這些情況都有助於說明，她被監禁的推測可能是對的。監禁的起因——或許是拈酸吃醋，或許是無端的殘忍行徑——還有待澄清。

凱薩琳一邊脫衣一邊尋思這些問題時，突然想到她早上說不定就從囚禁那不幸女人的地方走過，距離她在裡面殘喘度日的囚室不過幾步遠，因爲這裡還保留著修道院建築的痕跡，諾桑覺寺還有哪裡比這兒更適合監禁人呢？再說那條用石頭鋪砌的拱頂走廊，她已經心驚膽戰地在裡面走了一遭，對那一扇扇門還記憶猶新，儘管將軍沒作解釋。這一扇扇門，哪兒不能通呢？爲了證明她的推測不無道理，她還進而想到：蒂爾尼夫人住房所在的那段走廊被列爲了禁區，據她記憶斷定，這段走廊應該恰好位於那排可疑的密室上方。那些房間旁邊的那節樓梯，凱薩琳曾經倏忽地瞥過一眼，一定有密道與下面的密室相通，可能爲蒂爾尼將軍的殘暴行徑提供了方便。蒂爾尼夫人可能是被蓄意搞昏以後，給抬下樓的。

凱薩琳有時對自己的大膽推測感到吃驚，有時她希望自己想得太過火，同時又怕太過火。但是從表面上來看，這些推測又是那樣合乎情理，她又打消不了。

她相信，將軍的罪惡活動發生在四方院的那邊，恰好與她這邊迎面相對，因此她意識到：如果仔細觀察，將軍去囚室見他妻子時，他的燈光也許會從樓下窗口透出來，上床之前，她曾兩次悄悄溜出房間，走到走廊相應的窗口，瞧瞧有沒有燈光。可是外面一片黑暗，想必還為時過早。而且從一陣陣上樓梯的聲音來看，她相信傭人一定還沒睡覺。

午夜之前，她料想看不到什麼名堂，但是到了午夜，等時鐘敲了十二點，萬籟俱寂的時候，如果不讓黑暗嚇破膽的話，倒還想溜出去再看一次。但是，時鐘打十二點的時候，凱薩琳已經睡著半個鐘頭了。

第二十四章

凱薩琳想要看看那幾間神秘的屋子，可是第二天並沒有逮到機會。這天是星期日，早禱和晚禱之間的時間都讓將軍占去了，先是出去散步，後來又在家吃飯。凱薩琳儘管好奇心切，但是讓她在晚飯後六、七點鐘之間，藉著天空漸漸隱弱的光線去看那些房間，她還沒有那麼大的膽量；燈光雖然比較明亮，但是照到的地方有限，而且也不大可靠，因此也不敢藉著燈光去看。

於是，這天就沒出現讓她感興趣的事情，只在教堂的家族席前面，看到一塊十分精緻的蒂爾尼夫人的紀念碑。她一眼望見了這塊碑，注視了許久。讀著那篇寫得很不自然的碑文，她甚至感動得流淚。那個做丈夫的一定以某種方式毀了他的妻子，因為無可安慰，便把一切美德加到了她的身上。

將軍立起這樣一座紀念碑，而且能夠面對著它，這也許並不十分奇怪，然而他居然能夠如此鎮定自若地坐在它的面前，擺出一副如此道貌岸然的神態，無所畏懼地望來望去；不僅如此，他甚至居然敢走進這座教堂，這在凱薩琳看來卻是異乎尋常的。不過，像這樣犯了罪還無所謂的例子也並非少見。她能記起幾十個幹過這種罪惡勾當的人，他們一次又一次地犯罪，想殺誰就殺誰，沒有任何人性或悔恨之意，最後不是死於非命，就是皈依隱遁，如此了結這邪惡的一生。

她懷疑蒂爾尼夫人是不是眞的死了，豎立這麼一塊紀念碑，也絲毫不能打消她的懷疑。即使讓她下到大家認爲藏著蒂爾尼夫人骨灰的墓窖裡，讓她親眼瞧見據說盛著她的遺體的棺材，但這又有什麼用呢？凱薩琳看過許多書，完全了解在棺材裡放一個蠟人，然後辦一場假喪事有多容易。

第二天早晨，事情有了幾分指望。將軍的早間散步雖說從別的角度來看不合時宜，但是在這一點上卻很有利。

凱薩琳知道將軍離開家時，馬上向蒂爾尼小姐提出，要她實踐自己的許諾。艾麗諾立刻答應了她的要求。兩人動身前往時，凱薩琳提醒她別忘了還有一項許諾，於是她們決定先去蒂爾尼小姐房裡看畫像。像上畫著一個十分可愛的女人，她面容淑靜憂鬱，這都證實了這位初來看像的人原先預料的不錯。但是，畫像並非在各方面都與她預料的相吻合，因爲她一心指望見到這樣一個女人，她的容貌、神情、面色如果不與亨利相酷似，也應與艾麗諾一模一樣。她心目中經常想到的幾幅畫像，總是顯示了母親與子女的極度相似。一副面孔一旦畫出來，便能顯現幾代人的特徵。可是在這裡，她不得不仔細打量，認眞思索，來尋找一點相似之處。然而，儘管存在這個欠缺，她還是滿懷深情地注視著畫像，若不是因爲還有更感興趣的事情，她眞要有點戀戀不捨了。

兩人走進大走廊時，凱薩琳激動得話都說不出來了，只能默默地望著她的伙伴。艾麗諾面色憂鬱而鎮靜。這種鎮靜自若的神情表明，她對她們正在接近的那些悽慘景象，已經習以爲常了。她再次穿過摺門，兩次抓住了那個大鎖。凱薩琳緊張得幾乎連氣都透不過來，她戰戰兢兢、小心翼翼地轉身去關摺門。

恰在這時，一個身影，將軍那可怕的身影，出現在走廊的盡頭，立在她的面前！在這同時，將軍聲嘶力竭地喊了一聲「艾麗諾！」響徹了整座樓房，他女兒聽到喊聲才知道父親來了，凱薩琳則給嚇得心驚膽戰。她一看見將軍，本能地本想躲一躲，然而又明知躲不過他的眼睛。等到她的朋友帶著歉然的神情，打她旁邊匆匆地跑過去，隨著將軍走不見了，她才連忙跑回自己房裡，鎖上門躲了起來，心想她決沒有勇氣再下樓了。她在房裡至少待了一個鐘頭，心裡極度不安，深切憐憫她那可憐的朋友，不知她處境如何，等待著盛怒的將軍傳喚自己去他房裡。然而，並沒來人叫她。

最後，眼見一輛馬車駛到寺院前，她壯起膽來走下樓，仗著客人的遮掩去見將軍。客人一到，早餐廳裡變得熱鬧起來。將軍向客人介紹說，莫蘭小姐是他女兒的朋友，一副恭恭敬敬的神態，把他那滿腹怒火掩飾得分毫不露，凱薩琳覺得自己的性命至少在眼前是保險的。

艾麗諾爲了維護父親的人格，極力保護鎮定。她一得到機會，便對凱薩琳說：「我父親只是叫我回來答覆一張便條。」這時，凱薩琳開始希望：將軍或者眞沒看見她，或者從某種策略上考慮，讓她自己去這樣認爲。基於這樣的信念，等客人告辭之後，她還依然敢於留在將軍面前，而且也沒再發生什麼枝節。

這天上午，經過考慮，凱薩琳決定下次單獨去闖那道禁門。從各方面看，事情最好不要叫艾麗諾知道。讓她捲入被再次發現的危險，誘使她走進一間讓她心酸的屋子，這可不夠朋友的情分。將軍對她再怎麼惱怒，總不能像對他女兒一樣。再說，要是沒人陪著，探查起來想必會更稱心一些。她不可能向艾麗諾道明她的猜疑，因爲對方可能僥倖地直到今天也沒有起過這種念頭。況且，她也不能當著她的面，去搜尋將軍殘酷無情的證據，這種證據雖然可能尚未被人發現，但她完全有信心在什麼地方找到一本日記，斷斷續續地直寫到生命的最後一刻。她現在已經熟悉去那間屋子的路了。她知道亨利明天要回來，而她又希望趕在亨利回來之前了結這件事，因此不再耽擱時間了。今天天氣晴朗，她也渾身是膽。四點鐘的時候離太陽下山還有兩個鐘頭，她現在就走，別人還會以爲她只是比平時早半個鐘頭去換裝。

她說幹就幹，鐘還沒敲完便孤身一人來到了走廊。現在不是思索的時候，她匆匆往前走去，穿過摺門時盡量不出動靜。接著，也顧不得停下來望一望，或是喘口氣，便朝那扇門衝過去。她手一擰，鎖打開了，而且很僥倖，沒有發出可以驚動人的可怕聲音。她踮起腳尖走了進去，整個屋子呈現在她面前。

但是，她有好一會兒工夫一步也邁不動了。她看見的情景把她定住了，整個面孔都驚傻了。她見到一間又大又勻稱的屋子，一張華麗的床上掛著提花幔帳，鋪著提花被子，女僕悉心地把床鋪得像是沒人用過一樣。一個亮閃閃的巴斯火爐，幾個桃花木衣櫥，幾把油漆得很光潔的椅子，夕陽和煦的光線射進兩扇窗子，歡愉地照在椅子上。

凱薩琳早就料到要引起情緒的激動，現在果然激動起來。她先是感到驚訝與懷疑，接著，照常理一想，又感到幾分苦澀與羞愧。她不可能走錯屋子，但是其餘的一切都大錯特錯了，既誤解了蒂爾尼小姐的意思，又作出了錯誤的估計！她原以為這間屋子年代那麼久遠，經歷那麼可怕，到頭來卻是將軍的父親所修建的房子的一端。房裡還有兩道門，大概是通向化妝室的，但是她哪個門也不想打開。既然別的管道都給堵絕了，蒂爾尼夫人最後散步時所戴的面紗，或者最後閱讀的書籍，會不會留下來提供點線索呢？不，無論將軍犯下了何等罪行，他老奸巨滑得決不會露出破綻。

凱薩琳探索膩了，只想安然地待在自己房裡，唯有她自己知道她做的這些蠢事。她剛要像進來時那樣輕手輕腳地走出去，不知道從哪裡傳來一陣腳步聲，嚇得她抖抖簌簌地停了下來。讓人看見她在這兒，即使是讓一個傭人看見了，也將是很沒趣的事；而若是讓將軍看見了（他總在最不需要他的時候出現在面前），那就更糟糕了。她留神聽了聽，腳步聲停止了。她決定一刻也不耽擱，走出門去，順手關上門。

恰在此刻，樓下傳來急驟開門的聲音，有人似乎在疾步登上樓梯，而凱薩琳偏偏還要經過這個樓梯口，才能到達走廊那裡。她無力往前走了，帶著一種不可名狀的恐懼，將目光直溜溜地盯著樓梯，過不多久，亨利出現在她面前。「蒂爾尼先生？」她帶著異常驚訝的口氣喊道。蒂爾尼先生看樣子也很驚訝。「天啊！」凱薩琳繼續說道，沒留意對方向她打招呼，「你怎麼到這兒來了？你怎麼從這道樓梯上來了？」

「我怎麼從這道樓梯上來了？」亨利十分驚奇地回道，「因為從馬廄到我房裡，就數這條路最近。我為什麼不從這兒上來呢？」

凱薩琳鎮靜了一下，不覺羞得滿臉通紅，再也說不出話來了。亨利似乎在瞅著她，想從她臉上找到她嘴裡不肯提供的解釋。凱薩琳朝走廊走去。「現在是否輪到我，」亨利說道，順手推開摺門，「問問你怎麼到這兒來了？從早餐廳去你房裡，這至少是一條異乎尋常的通道，就像從馬廄去我房裡，這道樓梯也很異乎尋常一樣。」

「我是來，」凱薩琳垂下眼睛說道，「看看你母親的房間。」

「我母親的房間！那裡有什麼異乎尋常的東西好看嗎？」

「沒有，什麼也沒有。我原以為你明天才會回來。」

「我離開時，沒想到能早點回來。可是三個鐘頭以前，我高興地發現沒事了，不必逗留了。你臉色蒼白，恐怕是我上樓跑得太快，讓你受驚了。也許你不了解——你不知道這條樓梯是從共用下房那兒通上來的？」

「是的，我不知道。你今天騎馬走路，天氣很好吧？」

「是很好。艾麗諾是不是不管你，讓你自己到各個屋裡去看看！」

「哦，不！星期六那天她領著我把大部分屋子都看過了，我們正走到這些屋子這兒，只是，」她（壓低了聲音）——「你父親跟我們在一起。」

「因此，妨礙了你，」亨利懇切地打量著她，「你看過這條過道裡的所有屋子沒有？」

「沒有。我只想看看——時候不早了吧？我得去換衣服了。」

「才四點一刻。」（拿出懷錶給她看）——「你現在不是在巴斯，不必像去戲院或去聚會廳那樣打扮。在諾桑覺寺，有半個鐘頭就足夠了。」

凱薩琳無法反駁，只好硬著頭皮不走了。不過，因爲害怕亨利再追問，這是她在他們結交以來，第一次想要離開他。他們順著走廊緩緩走去。「我走了以後，你有沒有接到巴斯的來信？」

「沒有，我感到很奇怪。伊莎貝拉曾忠實地許諾要馬上寫信。」

「忠實地許諾！忠實地許諾！這就叫我疑惑不解了。我聽說過忠實的行爲，但卻沒有聽說過忠實的諾言——忠實地許諾！不過這是一種不值得知曉的能力，因爲它會使你上當，給你帶來痛苦。我母親的房間十分寬敞吧？看上去又大又舒暢，化妝室布置得非常考究。我總覺得，這是全樓最舒適的房間。我很奇怪，艾麗諾為什麼不住進去，是她讓你來看的吧？」

「不。」

「這全是你自己的主意啦？」

凱薩琳沒有作聲。稍許沉默了一會，亨利仔細地審視著她，然後接著說道：「既然屋子裡沒有什麼可以引起好奇的東西，你的舉動一定是出自對我母親的賢德的敬慕之情。艾麗諾向你講述過她的賢德，眞是讓人想起來就感到敬佩。我相信，世界上從未見過比她更賢慧的女人了。但是美德不是經常能引起這種興趣的。一個沒沒無聞的女人，在家裡表現出一些樸實的美德，並非常常能激起這種熱烈的崇敬之情，以至於促使別人像你這樣去看她的屋子。我想，艾麗諾談過很多關於我母親的情況吧？」

「是的，談過很多。那就是說——不，不很多。不過她談到的事情都很有趣。她死得太突然，」（這話說得很緩慢，而且有些吞吞吐吐）——「你們……你們一個也不在家。我想，你父親也許不很喜歡你母親。」

「從這些情況出發，」亨利答道，一面用敏銳的目光盯住她的眼睛，「你也許推斷八成有點什麼過失——有點……」（凱薩琳不由自主地搖搖頭）——「或者，也許是一種更加不可寬恕的罪過。」凱薩琳朝他抬起眼睛，從來沒瞪得這麼圓過。「我母親的病，」亨利繼續說道，「置她於死地的那次發作，的確很突然。這病本身倒是她常患的一種病：膽熱。因此，病因與體質有關。簡單說吧，到了第三天，把她說服了以後，就請來個醫生護理她。那是個非常體面的人，我母親一向十分信任他。遵照他對我母親病情危險的看法，第二天又請來了兩個人，幾乎晝夜不停地護理了二十四小時，第五天，她去世了。在她患病期間，我和弗雷德里克都在家，不斷地去看望她。據我們親眼所見，可以證明我母親受到了周圍人們充滿深情的多方關照，或者說，受到了她的社會地位所得到的一切照料。可憐的艾麗諾，的確不在家，她離家太遠了，趕回來時母親已經入殮了。」

「可是你父親，」凱薩琳說，「他感到悲痛嗎？」

「他一度十分悲痛。你錯誤地以爲他不疼愛我母親。我相信，他是盡他的可能愛著我母親。你知道，人的性情並非一樣溫柔體貼，我不敢冒稱我母親在世時用不著經常忍氣吞聲。不過，雖然我父親的脾氣惹她傷心，可是他從未屈枉過她。他眞心實意地器重她。他確實爲她的死感到悲傷，雖說不夠持久。」

「我聽了很高興，」凱薩琳說道。「要不然，那就太可怕了。」

「如果我猜測的不錯的話，你臆測到一種不可言狀的恐怖。親愛的莫蘭小姐，請想想你疑神疑鬼得多麼令人可怕。你是憑什麼來判斷的？請記住我們生活的國度和時代。請記住我們是英國人，是基督徒。請你用腦子分析一下，想想可不可能，看看周圍的實際情況。我們受的教養允許我們犯下這種暴行嗎？我們的法律能容忍這樣的暴行嗎？在我們這個社會文化交流如此發達的國家裡，每個人周圍都有自動監視他的人，公衆和報紙將一切事情都公諸於世，犯下這種暴行怎麼能不宣揚出去呢？親愛的莫蘭小姐，你這是動的什麼念頭啊？」

他們來到了走廊盡頭，凱薩琳含著羞愧的淚水，跑回自己的房裡。

第二十五章

傳奇的夢幻破滅了。凱薩琳完全清醒了。亨利的話語雖然簡短，卻比幾次挫折更有力量，使她徹底認識到自己近來想像之荒誕。她羞愧得無地自容，痛哭得無比傷心。她不僅自己覺得丟臉，還會讓亨利看不起她。她的蠢行現在看來簡直是犯罪行爲，結果全讓他知道了，他一定再也瞧不起她了。她竟敢放肆地把他父親的人格想像得這麼壞，他還會饒恕她嗎？她那荒唐的好奇與憂慮，他還會忘記嗎？她說不出多麼憎恨自己。在這壞事的早晨之前，亨利曾經——她覺得他曾經有一、兩次表示過對她好像挺親熱。

可是現在——總而言之，她盡量把自己折磨了大約半個鐘頭，到五點鐘時才心碎欲裂地走下樓去，艾麗諾問她身體可好的時候，她連話都說不清楚了。進屋後不久，可怕的亨利也接踵而到，他態度上的唯一變化，就是對她比平常更加殷勤。現在凱薩琳最需要有人安慰，他好像也意識到了這一點。

夜晚慢慢過去了，亨利一直保持著這種讓人寬慰、溫文有禮的態度，凱薩琳的情緒總算漸漸平靜下來。但她不會因此而忘記過去，也不會爲過去進行辯解，她只希望千萬別再聲張出去，別使她完全失去亨利對她的好感。她仍在聚精會神地思索她懷著無端恐懼所產生的感覺所做出來的事情，所以很快就明白了，這完全是她想入非非、主觀臆斷的結果。因爲決計想要嘗嘗心驚肉跳的滋味，芝麻大的小事也想像得了不得，心裡認準一個目標，所有的事便都硬往這上面牽扯。其實，沒來寺院之前，她就一直渴望著要歷歷風險。她回憶起當初準備了解諾桑覺寺時，自己懷著什麼心情。她發現，早在她離開巴斯之前，她心裡就著了迷，紮下了禍根。追本溯源，這一切似乎都是因爲受了她在巴斯讀的那種小說的影響。

雖然拉德克利夫夫人的作品很引人入勝，甚至她的摹仿者的作品也很引人入勝，但是這些書裡也許見不到人性，至少見不到英格蘭中部幾郡的人所具有的人性。這些作品對阿爾卑斯山、庇里牛斯山及其松林裡發生的種種罪惡活動的描寫，可能是忠實的；在意大利、瑞士和法國南部，也可能像書上描繪的那樣，充滿了恐怖活動。凱薩琳不敢懷疑本國以外的事情，即使本國的事情，如果問得緊，她也會承認，在極北部和極西部也可能有這種事情。可是在英格蘭中部，即使一個不受寵愛的妻子，因爲有國家的法律和時代的風尚作保證，也必定能確保她有一定的安全感。殺人是不被容許的，僕人不是奴隸，而且毒藥和安眠藥不像大黃，不是從每個藥鋪都買得著。在阿爾卑斯山和庇里牛斯山，也許沒有雙重性格的人，凡是不像天使一樣潔白無瑕的人，他的性情就會像魔鬼一樣。

但在英國就不是這樣。她相信，英國人的心地和習性一般都是善惡混雜的，雖然善惡的成分不是對等的。基於這一信念，將來即使發現亨利和艾麗諾身上有些微小的缺陷，她也不會感到吃驚。同樣基於這一信念，她也不必害怕承認他們父親的性格上有些真正的缺點。她以前對他滋生過的懷疑是對他的莫大侮辱，將使她羞愧終生。現在，懷疑雖然澄清了，但是仔細一想，她覺得將軍委實不是個十分和藹可親的人。

凱薩琳把這幾點想清楚之後，便下定決心：以後無論判斷什麼還是做什麼，全都要十分理智。隨後她便無事可做，只好饒恕自己，設法比以前更加高興。憐憫的時光幫了她很大的忙，使她第二天不知不覺地漸漸消除了痛苦。亨利為人極其寬懷大度，對過往之事始終隻字不提，這給了凱薩琳極大的幫助。她剛開始苦惱，正覺得無可解脫時，卻全然變得愉快起來，而且能和以往一樣，越聽亨利說話心裡就越痛快。但是她相信，還有幾樣東西的確不能提，比如箱子和立櫃，一提她心裡就要打顫。她還討厭見到任何形狀的漆器，不過連她自己也承認，偶爾想想過去做的傻事，雖說是痛苦的，但也不無益處。

不久，日常生活的憂慮取代了傳奇的恐懼。她一天急似一天地巴望著伊莎貝拉來信。她迫不及待地想知道巴斯的動態和聚會廳裡遊客的情況。她特別想聽說她們分別時，她一心想讓伊莎貝拉配的細綢子線已經配好了，聽說伊莎貝拉與詹姆斯依然十分要好。她現在唯一的消息來源就靠伊莎貝拉。詹姆斯明言說過，回到牛津之前，決定不再給她寫信。艾倫太太在回到富勒頓之前，也不可能指望來信。可是伊莎貝拉卻一次又一次地答應了；而凡是她答應的事，她總要認眞辦到的，所以這就更奇怪了！接連九個上午，凱薩琳卻大失所望，而且失望的程度一次比一次嚴重。但是第十天早晨，她一走進早餐廳，亨利馬上欣然遞給她一封信。她由衷地向他表示感謝，彷彿這信就是他寫的似的。她看了看姓名地址：「不過這只是詹姆斯的信。」

她把信拆開，信是從牛津寄來的，內容如下——

親愛的凱薩琳：天曉得，雖然不想寫信，但我覺得有責任告訴你，我和索普小姐徹底吹了。昨天我離開了她，離開了巴斯，永遠不想再見到此人、此地。我不想對你細說，說了只會使你更加痛苦。你很快就會從另一方面聽到足夠的情況，知道過錯在哪兒。我希望你會發現，你的哥哥除了傻裡傻氣地過於輕信她的一片痴情能得到回報之外，在別的方面並沒有過錯。

謝天謝地！我總算及時醒悟了！不過打擊是沈重的！父親已經仁慈地同意了我們的婚事——但是不必再說了。她害得我終身不得快活！快點來信，親愛的凱薩琳，你是我唯一的朋友，我只有指望你的愛啦。希望你能在蒂爾尼上尉宣布訂婚之前，結束你對諾桑覺寺的訪問，否則你將處於一個非常難堪的境地。可憐的索普就在城裡，我害怕見到他，這個厚道人一定很難過。我已經給他和父親寫過信。她的口是心非最使我痛心。直到最後，我一和她評理，她就當即宣稱她還和以往一樣愛我，還嘲笑我憂慮重重。

我沒臉去想我對此姑息了多久。不過，要是有誰確信自己被愛過的話，那就是我。直到現在，我還不明白她在搞什麼名堂，即使想把蒂爾尼搞到手，也犯不著耍弄我呀。最後我們兩人同意分手了。但願我們不曾相識！我永遠不想再遇見這號女人！

最親愛的凱薩琳，當心別愛錯了人。——請相信我……

凱薩琳還沒讀上三行，臉色便劇地變了，悲哀地發出一聲聲短促的驚嘆，表明她接到了不愉快的消息。亨利直盯盯地望著她讀完了信，明顯看出信的結尾並不比開頭好些。不過他一點也沒露出驚奇的樣子，因爲他父親走了進來。他們立刻去進早餐，可是凱薩琳幾乎什麼也吃不下去。她兩眼飽含淚水，坐著坐著，淚水甚至沿著臉蛋簌簌往下滾落。她把信一會兒拿在手裡，一會兒放在腿上，一會兒又塞進口袋，看樣子不知道自己在幹什麼。將軍一邊看報一邊喝可可，幸好沒有閒暇注意她。可是那兄妹倆卻把她的痛苦看在了眼裡。

一到可以退席的時候，她就急忙跑到自己房裡。但是女僕正在裡面忙著收拾，她只好又回到樓下。她拐進客廳想清靜清靜，不料亨利和艾麗諾也躲在這兒，正在專心地商量她的事。她說了聲對不起便往後退，卻被他倆輕輕地拉了回來。艾麗諾親切地表示，希望能幫她點忙，安慰安慰她，說罷兩人就出去了。

凱薩琳無拘無束地盡情憂傷著、沈思著，過了半個鐘頭工夫，她覺得自己可以見見她的朋友了；但是要不要把自己的苦惱告訴他們，卻還要考慮考慮。他們要是特意問起，她也許可以只說個大概——只隱隱約約地暗示一下，然而不能多說。揭一個朋友的老底，揭一個像伊莎貝拉這樣與她要好的朋友的老底！而且這件事與這兄妹倆的哥哥還有如此密切的牽連！她覺得她乾脆什麼也不該說。早餐廳裡只有亨利和艾麗諾兩個人。她進去的時候，兩人都急切地望著她。凱薩琳在桌旁坐下，沈默了一會以後，艾麗諾說道：

「但願沒收到來自富勒頓的壞消息吧？莫蘭先生，莫蘭太太，還有你的兄弟姊妹，但願他們都沒生病吧？」

「沒有，謝謝你，」（說著嘆了口氣）——「哎！他們全都很好。那信是我哥哥從牛津寄來的。」

大家沈默了幾分鐘，然後她淚汪汪地接著說：「我想永遠也不希望再收到信了！」

「真對不起，」亨利說道，一邊合上剛剛打開的書。「我要是料到信裡有什麼不愉快的消息的話，就會帶著另一種心情把信遞給你的。」

「信裡的消息誰也想像不出有多可怕！可憐的詹姆斯太不幸了！你們不久就會知道是什麼緣故了。」

「有這樣一個如此寬厚、如此親切的妹妹，」亨利感慨地回道，「遇到任何苦惱，對他都是個莫大的安慰。」

「我求你們一件事，」過了不久，凱薩琳局促不安地說，「你們的哥哥若是要到這兒來的話，請告訴我一聲，我好走開。」

「我們的哥哥！弗雷德里克！」

「是的。我實在不願意這麼快就離開你們，但是出了這件事，搞得我眞怕和蒂爾尼上尉待在同一座房子裡。」

艾麗諾越來越驚訝地凝視著，連手裡的活計都停住了。但是亨利開始猜出了點名堂，便說了句什麼話，話裡夾著索普小姐的名字。

「你腦子轉得眞快！」凱薩琳嚷道。「眞讓你猜對了！可是我們在巴斯談論這件事時，你壓根兒沒有想到會有這個結局。伊莎貝拉——難怪直到現在我也沒收到她的信——伊莎貝拉拋棄了我哥哥，要嫁給你們的哥哥了！世界上居然有這種朝三暮四、反覆無常，有這種形形色色的壞事，你們能相信嗎？」

「我希望，你有關我哥哥的消息是不確切的。我希望莫蘭先生的失戀與他沒有多大關係。他不可能娶索普小姐。我想你一定搞錯了。我眞替莫蘭先生難過，替你親愛的人遭遇不幸感到難過。但是這件事最使我驚訝的是，弗雷德里克要娶索普小姐。」

「不過這確是事實，你可以親自讀讀詹姆斯的信。等一等，有一段，」——想起最後一行話，不覺臉紅起來。

「是不是請你把有關我哥哥的那些段落，念給我們聽聽好了？」

「不，你自己看吧，」凱薩琳嚷道，經過仔細一想，心裡變明白了些。「我也不知道自己在想什麼，」（想起剛才臉紅的事，不覺臉又紅了）——「詹姆斯只不過給我個忠告。」

亨利欣然接過信，仔仔細細地看了一遍，然後把信還回去，說：「如果事實如此，我只能說我很抱歉。弗雷德里克選擇妻子這麼不理智，眞出乎家裡人的意料，不過這種人也不止是他一個。我可不羡慕他的地位，做那樣的情人和兒子。」

凱薩琳又請蒂爾尼小姐把信看了一遍。蒂爾尼小姐也表示憂慮和驚訝，然後便問起索普小姐的家庭關係和財產。

「她母親是個很好的女人。」凱薩琳答道。

「她父親是幹什麼的？」

「我想是個律師。他們住在普特尼。」

「他們家很有錢嗎？」

「不，不很有錢。伊莎貝拉恐怕一點財產也沒有。不過你們家不在乎這個。你父親多慷慨啊！他那天跟我說，他之所以重視錢，就在於錢能幫他促進他孩子們的幸福。」

兄妹倆你看看我，我瞧瞧你。

「可是，」艾麗諾過了一會說道，「讓他娶這麼一個姑娘能促進他的幸福嗎？她準是個沒節操的東西，不然她不會那樣對待你哥哥。眞奇怪，弗雷德里克怎麼會迷上這種人！他親眼看到這個姑娘毀掉了她跟另一個男人自覺自願訂下的婚約！亨利，這不是讓人難以置信嗎？還有弗雷德里克，他一向心比天高，覺得哪個女人也不配他愛！」

「這情況再糟不過了，別人不會對他有好看法的。想起他過去說的話，我就認爲他沒救了。此外，我覺得索普小姐會謹愼從事的，不至於在沒有把握得到另一個男人之前，就急忙甩掉自己的情人。弗雷德里克的確是徹底完了！他完蛋了，一點理智也沒有了。艾麗諾，準備迎接你的嫂子吧，你一定喜歡這樣一個嫂子的，她爲人坦率、耿直、天眞、誠實、富有感情，而且單純、不自負、不作假。」

艾麗諾莞爾一笑，說道：「亨利，這樣的嫂子我倒眞喜歡。」

「不過，」凱薩琳說，「她儘管待我們家不好，對你們家也許會好些。她既然找到了自己眞正愛的人，也許會忠貞不渝的。」

「的確，恐怕她會的，」亨利答道。「恐怕她會忠貞不渝，除非再碰上一位從男爵。這是弗雷德里克唯一的希望所在。我要找份巴斯的報紙，看看最近都來了些什麼人。」

「那麼你認爲這都是爲了名利嗎？是的，有幾件事的確很像。我記得，當她第一次聽說我父親會給他們多少財產時，她似乎大失所望，嫌太少了。有生以來，我還從沒像這樣被任何人的人格給矇蔽過。」

「你從未被你熟悉和研究過的形形色色的人物給矇蔽過。」

「我對她的失望和懷戀已經夠厲害了。可憐的詹姆斯恐怕永遠也振作不起來了。」

「目前你哥哥的確很值得同情。但是我們不能光顧得關心他的痛苦，而少看了你的痛苦。我想，你失去伊莎貝拉，就覺得像丟了魂一樣。你覺得自己心靈空虛，任憑什麼東西也塡補不了。跟人來往就覺得厭倦，一想起沒有她，就連過去你們兩人常在巴斯一起分享的那些消遣，也變得討厭了。比方說，你現在說什麼也不想參加舞會了。你覺得連一個可以暢所欲言的朋友都沒有了。你覺得自己無依無靠，無人關心，有了困難也無人商量。你有沒有這些感覺？」

「沒有，」凱薩琳沈思了一下，說，「我沒有——我應該有嗎？說實話，我雖然因爲不能再愛她、不能再收到她的信，也許永遠不會再見她的面而感到傷心、難過。可是我覺得我並不像大家想像的那麼痛苦。」

「你的感情總是最合乎人情的。這種感情應該細查一查，看看究竟是怎麼回事。」

凱薩琳也不知怎麼搞的，突然發現這番談話使她心情大爲輕鬆。眞是不可思議，她怎麼說著說著就把事情講了出去，不過講了也不後悔。

第二十六章

自此以後，三個年輕人時常談論這件事。凱薩琳驚奇地發現，她的兩位年輕朋友一致認爲：伊莎貝拉既沒地位，又沒資產，使她很難嫁給他們的哥哥。他們認爲，且不說她的人格，僅憑這一條原因，將軍就要反對這門婚事。凱薩琳聽了，不由得替自己驚慌起來。她像伊莎貝拉一樣微不足道，也許還像她一樣沒有財產。如果蒂爾尼家族的財產繼承人還嫌自己不夠威武，不夠富足，那麼他的弟弟要價該有多高啊！這樣一想，她覺得十分痛苦。她唯一能夠感到寬慰的是，將軍對她的偏愛可能會幫她的忙。另外，將軍對金錢的態度也使她感到寬慰。她不止一次聽他說，他對金錢是慷慨無私的。回想起這些話，她覺得他對這些事的態度，一定被他的孩子誤解了。

不過，他們都深信，他們的哥哥不敢親自來請求他父親的同意。他們一再向她擔保，他們的哥哥目前最不可能回到諾桑覺寺，這樣她才算安下心，不必再去想著要突然離去。不過她又想，蒂爾尼上尉將來徵求他父親同意時，總不會把伊莎貝拉的行爲如實地說出來，所以最好讓亨利把整個事情原原本本地告訴將軍，這樣他就可以有個冷靜公正的看法，準備一個正大光明的理由來拒絕他，別只說門不當戶不對。於是她把這話對亨利說了，不料亨利對這主意並不像她期望的那麼熱中。

「不，」亨利說，「我父親那兒用不著火上加油啦，弗雷德里克幹的傻事用不著別人先去說，他應該自己去說。」

「可他只會說一半。」

「四分之一就足夠了。」

經過了一、兩天，蒂爾尼上尉還是沒有消息。他弟弟妹妹也不知道這是怎麼回事。有時他們覺得他沒音訊是那疑已訂婚的自然結果，可是有時又覺得與那件事毫不相干。其間，將軍雖然每天早晨都為弗雷德里克懶得寫信感到生氣，但他並不眞正爲他著急。他迫切關心的，倒是如何使莫蘭小姐在諾桑覺寺過得快活。他時常對這方面表示不安，擔心家裡天天就這麼幾個人，事情又那麼簡單，會讓她厭倦這個地方，希望弗雷澤斯夫人都在鄉下。他還不時說起要舉辦大宴會，有一、兩次甚至統計過附近有多少能跳舞的青年。可惜眼前正是淡季，野禽獵物都沒有，弗雷澤斯夫人也不在鄉下。最後，他終於想出了個法子，一天早晨對亨利說，他下次再去伍德斯頓時，他們哪天來個出其不意，到他那兒一起吃頓飯。亨利感到非常榮幸，非常快活，凱薩琳也很喜歡這個主意。「爸爸，你看我幾時可以期待你的光臨？我星期一必須回伍德斯頓參加教區會議，大概得待兩、三天。」

「好吧，就趁著這幾天吧，時間不必說定，你也不用添麻煩，家裡有什麼就吃什麼。我想我可以擔保，姑娘們不會挑剔光棍的飯。讓我想想：星期一你很忙，我們就不去了；星期二我沒空，上午我的檢查員要從布羅克翰帶著報告來見我，然後爲了面子，我要到俱樂部去一趟。我要是現在走掉，以後就眞的沒臉見朋友了，因爲大家都知道我在鄉下，走掉會惹人見怪的。莫蘭小姐，我有個規矩，只要犧牲點時間、花費點精力能避免的事，我決不得罪任何鄰居。他們都是很體面的人。諾桑覺寺每年有兩次要賞給他們半隻鹿，我一有空就跟他們吃吃飯。所以說，星期二是去不成的。不過，亨利，我想你可以在星期三那天等我們。我們一早就到你那兒，以便有空四處看看。我想我們只要兩個鐘頭零三刻就能趕到伍德斯頓。我們十點上車，這樣，你星期三那天，大約一點差一刻等我們就行了。」

凱薩琳非常想看看伍德斯頓，覺得辦舞會也不如這趟旅行有意思。約莫一個鐘頭以後，亨利進來的時候，她的心還高興得撲撲直跳。亨利穿著靴子大衣，走進她和艾麗諾坐著的那間屋子，說道：「年輕小姐們，我是來進行說教的。我要說，在這個世界上，我們要得到快樂總要付出代價，時常要吃很大的虧，犧牲馬上就可以兌現的眞正幸福，來換取一張未來的支票，也許是張不能兌現的支票。請看我現在，因爲我想星期三在伍德斯頓見到你們，所以必須立刻動身，比原定計劃早兩天，殊不知要是碰上天氣不好，或是其他種種原因，你們就可能來不了。」

「你要走，」凱薩琳拉長了面孔說，「爲什麼？」

「爲什麼？這還用問嗎？因爲我馬上要把我的老管家嚇得個魂不附體，因爲我當然要去給你們準備一些吃的呀！」

「哦！不是當眞的！」

「是當眞的，而且還很傷心，因爲我實在不想走。」

「可是將軍有話在先，你怎麼還想這麼做呢？他特別希望你不要給自己添麻煩，因爲吃什麼都可以。」

亨利只是笑了笑。

「你千萬不必爲你妹妹和我準備什麼，這點你一定知道。將軍極力堅持不讓你特別準備什麼。再說，即使他沒有這麼明說，他在家總一直吃好的，偶爾一天吃得差些也沒關係。」

「但願我能像你這樣想，這對他對我都有好處。再見。明天是星期天，艾麗諾，我不回來了。」

他走了。無論什麼時候，要讓凱薩琳懷疑自己的見解，總比讓她懷疑亨利的見解容易得多；因此，她儘管不願意讓他走，但她很快便不得不相信，他這樣做是對的。不過，她心裡老是想著將軍這種令人費解的行爲。她經過獨立觀察，早就發現將軍吃東西特別講究。可是他爲什麼總是嘴裡說得如此肯定，心裡卻是另一套呢？眞是令人莫名其妙！照這樣下去，怎麼才能去理解一個人呢？除了亨利，誰還能明白他父親的用意呢？

無論如何，從星期六到下星期三，她們是見不到亨利了。凱薩琳不管想什麼，最後總要歸結到這件令人傷心的事情上。亨利走後，蒂爾尼上尉準會來信。她敢擔保，星期三一定要下雨。過去、現在和未來全都籠罩在陰影裡。她哥哥如此不幸，她自己又為失掉伊莎貝拉而感到如此沈痛。亨利一走，總要影響艾麗諾的情緒！還有什麼可以引起她的興趣和樂趣呢？樹林和灌木叢總是那麼平整、那麼乾燥，她早就看膩味了。寺院本身現在對她來說，也跟別的房子沒有什麼區別。想起這座房子曾經助長她、成全她去做傻事，她只能感到痛苦。她思想上起了多大的變化啊！她以前一心渴望要到寺院來，可現在卻好，在她的想像裡，什麼東西也比不上一座樸實舒適、聯繫廣泛的牧師住宅更令人神往，就像富勒頓的那樣，不過要更好一些。富勒頓還有缺陷，伍德斯頓可能就沒有。但願星期三快點到來！

星期三到來了，而且正如合理期待的那樣。這天天氣晴朗，凱薩琳高興得像駕雲似的。十點鐘光景，那輛駟馬馬車載著她們兩人駛出寺院，經過將近二十英里的愉快旅程之後，進入一個環境優美、人口稠密的大村子，這就是伍德斯頓。可是凱薩琳又不好意思說她覺得這地方很美，因為將軍似乎認為要對這裡地勢的平坦和村子的大小表示歉意。不過她從心眼裡覺得這兒比她到過的任何地方都好，讚羨不已地看著那些比農舍高一級的整潔住宅，和路過的一家家小雜貨鋪。牧師住宅位於村子盡頭，與其他房子有點距離。

這是一座新蓋的、牢固的石頭房子，還有一條半圓形的通路和綠色的大門。當馬車駛到門口的時候，亨利帶著他獨居的伙伴，一隻個子很大的紐芬蘭狗和兩、三隻㹴，正等著歡迎和好好款待他們。

凱薩琳走進屋時，心裡思緒萬端，顧不上多注視、多說話，直到將軍徵求她對這房子的意見時，她還不知道自己坐在裡面的房間是什麼樣子。她向四周環顧了一下之後，便立即發現這裡是天底下最舒適的一間屋子。不過她很謹慎，沒把這個看法說出來，只是冷漠地稱讚了兩句，使得將軍很失望。

「這不算是一座好房子，」將軍說道。「它不能與富勒頓和諾桑覺寺相比。我們只是把它當作一座牧師住宅來看，房子小，不寬綽，這點我們承認，但是或許還算體面，還能住人，總的來說不比一般房子差。換句話說，我相信，英格蘭沒有幾座鄉下牧師住宅能及得上它一半好。不過，這房子也許還可以改進。我決沒有不要改進的意思，只要改得合理——比如說補個凸肚窗——不過我跟你私下說，我頂討厭的就是補上去的凸肚窗。」

這席話凱薩琳並沒全聽見，所以既沒搞懂它的意思，也沒被它傷了感情。亨利故意說起了別的事情，並且一直說下去，同時僕人又端進滿滿的一盤點心，將軍馬上又恢復了自鳴得意的樣子，凱薩琳也和平常一樣暢快起來。這間屋子是個相當寬敞、布局勻稱、裝飾華麗的餐廳。出了餐廳去遊覽庭院時，凱薩琳首先被帶去參觀一間較小的屋子，這是房主人自己的房間，這回給收拾得特別整潔。隨後，大家走進未來的客廳，雖說還沒裝飾，凱薩琳卻很喜歡它那樣子，這叫將軍也爲之感到滿意。這是一間形狀別緻的屋子，窗戶一直落到地上，窗外雖然只有一片綠草地，看上去卻很賞心悅目。凱薩琳很羨慕這間房子，於是便直言不諱地表示了自己的艷羨之情。「哦！你爲什麼不把這間屋子裝飾一下，蒂爾尼先生？不裝飾一下有多可惜啊！我從沒見過這麼漂亮的屋子，眞是世界上最漂亮的屋子！」

「我相信，」將軍無比滿意地笑笑說，「很快就會裝飾起來的，就等著看它的主婦喜歡什麼格調了。」

「唔，假如這是我的屋子，我決不坐到別的地方。哦，樹林裡的那間小屋有多可愛，而且還有蘋果樹！這間小屋美極了——」

「你喜歡它，願意留它作窗景，這就行了。亨利，記住跟魯賓遜說一聲：咱們那間小屋不拆了。」

將軍的這番恭維弄得凱薩琳非常局促，她頓時又一聲不響了。雖然將軍特意問她最喜歡什麼顏色的牆紙和帷幔，她就是不肯說出自己的意見。但是，新鮮景物和新鮮空氣幫了她的大忙，沖散了那些讓人難爲情的聯想。來到房子四周的裝飾場地時，凱薩琳又恢復了平靜。這裡有一塊環繞著小路的草地，大約半年前亨利開始了天才的修整，雖然草坪上的矮樹叢還沒有椅角上的綠椅子高，可是凱薩琳卻覺得她從未見過這麼漂亮的娛樂場地。

他們又走進其他草地，在村子裡局部轉了轉，來到了馬廄，看了看某些修繕，還和一窩非常有趣的、剛會打滾的小狗逗了一陣，不知不覺就晃到了四點，凱薩琳還以爲不到三點呢。他們準備四點鐘吃飯，六點鐘動身回家。沒有哪一天過得這麼快過！

凱薩琳不能不注意到，將軍對這頓豐富的晚餐似乎絲毫也不感到驚訝。不僅如此，他還眼望著旁邊桌上找凍肉，結果沒有找到。他的兒子和女兒看到的情況就不一樣。他們發現，將軍除了在自己家以外，很少有吃得這麼痛快的時候。他們從沒見他對塗滿黃油的酥融奶酪這樣滿不在乎。

六點鐘，將軍喝完咖啡，馬車又來接他們。整個拜訪過程中，他的舉動大體上十分令人愉快，他心裡的希望凱薩琳知道得十分清楚，如果對他兒子的希望也能如此有把握的話，她離別的時候，就不至於憂慮以後如何或是何時才能重返伍德斯頓了。

第二十七章

第二天早晨，凱薩琳十分意外地收到伊莎貝拉的一封來信，信文如下——

巴斯，四月——

最親愛的凱薩琳——很高興收到你的兩封來信，萬分抱歉沒有及早回信。我眞爲自己的懶惰感到慚愧，不過在這令人厭惡的地方，幹什麼都沒工夫。自從你離開巴斯以後，我幾乎每天都要拿起筆來準備給你寫信，但總是被種種無聊的瑣事攪得不能如願。請你馬上給我來信，寄到我的家中。

謝天謝地！我們明天就要離開這令人討厭的地方了。

自你走後，我在這裏沒有快活過。到處都是塵土，喜愛的人全都走了。我相信，假若能見到你，其給的一切我都可以置之度外，因爲誰也想像不到你對我有多親。我對你親愛的哥哥感到十分不安，自他去牛津以後，一直沒收到他的音信。我擔心發生了什麼誤會。務請你從中斡旋，使得一切誤會冰釋。你哥哥是我唯一愛過、唯一愛得上的男人，我相信你會讓他心服口服的。春裝已經部分上市，那些帽子眞是要多難看有多難看。我希望你過得愉快，但是你恐怕一點都不牽掛我。我不想多說和你在一起的那家人的壞話，因爲我不願意顯得器量很小，或者讓你厭惡你所器重的人。但是，你很難知道究竟哪個人是靠得住的，青年人的思想過兩天就要變卦。我十分高興地告訴你，我最最討厭的那個青年人已經離開了巴斯。你從我的形容可以得知，我指的一定是蒂爾尼上尉。你可能記得，就是他，在你沒走之前，總在痴心妄想地追逐我、逗引我。後來他更變本加厲，簡直成了我的影子。許多女孩子都會上他的當，因爲你從沒見過這麼會獻殷勤的人。不過我太了解男人的三心二意了。他兩天前歸隊了。我相信他也不會再來跟我胡攪了。他是我見過最典型的花花公子，令人討厭透頂。最後兩天他又纏上了夏洛特·戴維斯，我可憐他的眼力，但是並沒理會他。我最後一次遇見他是在巴斯街，我當即鑽進一家商店，免得跟他說話。我連看都不願看他。後來他走進礦泉廳，我說什麼也不願意跟著進去。他和你哥哥眞是天壤之別！請來信介紹點你哥哥的情況。我爲他感到十分難過，他走的時候似乎很不舒服，不是身上著了涼，就是情緒受了點影響。我本想親自給他寫信，可是不知道把他的地址丟到哪裏去了。

再說，我前面提到過，恐怕他對我的行爲發生了誤會。請把這一切給他作個滿意的解釋。如果還有疑問，請他直接給我寫信，或者下次進城時到普特尼來一趟，一切都會解釋明白。我好久沒去聚會廳了，也沒看過戲，只在昨天晚上陪霍奇斯家去看了一場半票的鬧劇。這是他們逗引我去的，我也決不想讓他們說蒂爾尼一走我連門都不出了。

我們湊巧坐在米契爾一家旁邊，他們見我出了門，假裝十分驚訝。我知道他們不懷好意：他們一度對我很不客氣，現在居然友好極了。但我不是傻瓜，決不會上他們的當。你知道我是很有頭腦的。安妮·米契爾見我上星期在音樂廳戴著一塊頭巾，也找來這麼一塊戴上了，沒想到難看得要命。我相信，那塊頭巾恰好適合我這張古怪的面龐。至少蒂爾尼當時是這麼對我說的，他還說所有的目光都在投向我。不過，我最不相信他的話。我現在只穿紫的了，我知道我穿紫的很難看，但是沒有關係，這是你親愛的哥哥最喜歡的顏色。我最親愛、最甜蜜的凱薩琳，請立即給你哥哥和我寫信。

永遠忠於你的……

這等拙劣的把戲，連凱薩琳都騙不了。她從一開始就覺得這封信前後矛盾，假話連篇。她為伊莎貝拉感到羞恥，為自己曾經愛過她感到羞恥。她那些親熱的表白現在聽了真叫人噁心，還有她的托詞是那樣空洞，要求是那樣無恥。「替她給詹姆斯寫信！休想！我決不會再在詹姆斯面前提起伊莎貝拉的名字。」

亨利從伍德斯頓一回來，她就把弗雷德里克安然無恙的消息告訴了他和艾麗諾，眞心實意地向他們表示祝賀，並且憤憤然地把信最要害的幾段話高聲唸了一遍。唸完之後，便接著嚷道：「算了吧，伊莎貝拉，我們的友愛到此結束了！她一定以爲我是個白痴，否則就不會給我寫這樣的信。不過，這封信也許有助於我看透她的爲人，而她卻沒有認準我是怎樣一個人。我明白她用心何在。她是個愛慕虛榮的風騷貨，可惜技倆沒有得逞。我相信她從沒把詹姆斯和我放在心上，我只怪自己不該認識她。」

「你很快就會像是沒認識她似的。」亨利說。

「只有一件事我搞不明白。我知道她想勾搭蒂爾尼上尉沒有得逞，可我不曉得蒂爾尼上尉一向用意何在。他既然那樣追求她，讓她和我哥哥鬧翻了，爲什麼又要突然溜走呢？」

「我也說不上弗雷德里克用心何在，只能猜測而已。他和索普小姐一樣愛慕虛榮，但是兩人的主要區別在於，弗雷德里克頭腦比較清醒，因而他還沒有深受其害。如果你覺得他這樣做的結果已經證明他不對了，我們最好就不必追究其原因了。」

「那麼你認爲他對索普小姐一直無動於衷嗎？」

「我相信是這樣。」

「他假裝喜歡她僅僅是爲了搗亂？」

亨利點頭表示同意。

「那麼我必須告訴你，我一點也不喜歡他。雖然事情的結局還不壞，我還是一點也不喜歡他。的確，這次沒有造成很大的危害，因爲我相信伊莎貝拉是不會傾心相愛的。可是，假定弗雷德里克使她眞正愛上他了呢？」

「不過，我們必須首先假定伊莎貝拉會傾心相愛，因而是一個截然不同的人。那樣的話，她也不會遭到這樣的待遇。」

「理所當然，你應該站在你哥哥那邊。」

「如果你能站在你哥哥那邊，你就不會爲索普小姐的失望感到痛苦。但是你心裏早就形成了一條人人應該誠實的定見，因此你就無法接受自家人應該互相庇護的冷漠道理，也不可能產生報復的欲念。」

凱薩琳聽了這番恭維，也就打消了心中的怨艾。亨利既然如此和藹可親，弗雷德里克不可能犯下不可寬恕的罪行。她決定不給伊莎貝拉回信，而且也不再去想這件事。

第二十八章

此後不久，將軍因爲有事不得不去倫敦一個星期。臨走的時候，他情懇意切地表示：哪怕只要離開莫蘭小姐一個鐘頭，他也要深感遺憾。他還殷切地囑託他的孩子們，要他們在他走後，把照料莫蘭小姐的舒適和娛樂當作主要任務。他的離別使凱薩琳第一次體驗到這樣一個信念：事情有時有失也有得。

現在，他們的時間過得十分快活，無論做什麼事都是自覺自願的，每逢想笑就縱情大笑，每次吃飯都很輕鬆愉快，想到哪兒散步隨時都可以去，自己掌握著自己的時間、快樂和疲倦，因此她徹底認識到將軍在家時束縛了他們，無比欣慰地感到現在得到了解脫。這些安適和樂趣使她一天比一天喜歡這個地方，喜歡這裏的人們。要不是因爲發愁不久就要離開艾麗諾，要不是因爲擔心亨利不像自己愛他那樣愛自己，她每天都會時時刻刻感到萬分幸福。但是現在已是她來作客的第四週了。不等將軍回來，這第四週就要過去了，若是繼續待下去，豈不像是賴著不走。每次想到這兒，她就感到很痛苦。因爲一心急著想甩掉這個精神負擔，便打定主意馬上跟艾麗諾談談這件事，先提出來要走，探探她的口氣再見機行事。

她知道這種不愉快的事情拖得越久就越難開口，於是抓住第一次突然和艾麗諾單獨在一起的機會，趁艾麗諾講別的事情正講到一半的時候，啓口說她不久就要回去了。艾麗諾臉上和嘴上都表示十分關切。她本來希望凱薩琳和她在一起待得長久一些——也許因爲心裏有這樣的願望，她便誤以爲凱薩琳答應要多住些日子。艾麗諾相信，莫蘭夫婦要是知道女兒住在這裏給她帶來多大快樂的話，必定會十分慷慨，並不急著催女兒回去。凱薩琳如此解釋——

「哦，這個嘛，爸爸媽媽倒是並不著急。只要我能快樂，他們總會放心的。」

「那我要問了，你自己爲什麼這樣急著走呢？」

「哦！因爲我在這兒住得太久了。」

「得了，你要是說出這樣的話，我就不能再強留了。你要是覺得已經待得太久——」

「哦，不！我決沒有、也不是這個意思。要是光顧得自己快活，我眞可以和你一起再住四個星期。」

兩人當下商定，凱薩琳要是不再住滿四個星期，走的事連想也不要想。高高興興地鏟除了不安的根源，另外一件事也就不那麼讓她擔心了。艾麗諾挽留她的時候，態度和善而誠懇，亨利一聽說她決定不走了，臉上頓時喜形於色，這都說明他們非常器重她，這使她心裏僅僅剩下了一點點憂慮，而缺了這一點點憂慮，人的心裏還會感到不舒服呢。她幾乎總是相信亨利愛她，而且總是相信他的父親和妹妹也很愛她，甚至希望她成爲她們家的人。既然有這樣的信念，再去懷疑和不安就只能是無事生憂。

亨利無法遵從父親的命令，在他去倫敦期間，始終待在諾桑覺寺，以便照顧兩位小姐。原來，他在伍德斯頓的副牧師找他有事，不得不離開兩天，便於星期六走了。現在缺了他、跟將軍在家時缺了他可不一樣，兩位小姐雖說少了幾分樂趣，但卻仍然感到十分安適。兩人愛好一致，越來越親密，覺得暫時只有她們兩個也很好了。亨利走的那天，她們直到十一點才離開晚餐廳，這在諾桑覺寺算是相當晚了。她們剛剛走到樓梯頂上，似乎隔著厚厚的牆壁聽見有馬車駛到門口的聲音，轉眼間又傳來響亮的門鈴聲，證實她們沒有聽錯。艾麗諾惶恐不安地喊了聲：「天哪！出了什麼事？」之後，立刻斷定來人是她大哥。他雖說沒有這麼晚回來過，但常常十分突然。因此，艾麗諾連忙下樓去接他。

凱薩琳朝自己的臥房走去，好不容易才下定決心，要進一步結識蒂爾尼上尉。她因為對蒂爾尼上尉的所作所為印象不好，同時覺得像他這樣時髦的紳士是瞧不起她的。但是，使她聊以自慰的是，他們相見時那些會使她感到萬分痛苦的情況，至少已不復存在。她相信他決不會提到索普小姐，再說蒂爾尼上尉現在對自己過去扮演的角色一定會感到很慚愧，因此這種危險肯定是不會有的。她覺得只要避而不提巴斯的情景，她就能對他客客氣氣的。時間就在這般思索中過去了。艾麗諾如此高興地去見她大哥，有這麼多話跟他說，一定是很喜歡他，因為他已經來了快半個鐘頭，還不見艾麗諾上樓。

正在此刻，凱薩琳覺得自己聽見走廊裏有艾麗諾的腳步聲，她仔細聽下去，不料又闃然無聲了。她剛想斷定是自己的錯覺，忽聽得有什麼東西向她門口移近，把她嚇了一跳。似乎有人在摸她的門，轉瞬間，門鎖輕輕動了一動，證明有人想把它打開。一想到有人偷偷摸摸地走來，她眞有點不寒而慄。但是她決意不再讓那些區區小事嚇倒，也不再受想入非非的驅使，她悄悄走上前去，一把將門打開。

艾麗諾，而且只有艾麗諾，站在那兒。但是凱薩琳僅僅平靜了一剎那，因爲艾麗諾雙頰蒼白，神情局促不安。她分明想進來，但似乎又很費勁，進門以後，說起話來似乎更加費勁。凱薩琳以爲她是爲了蒂爾尼上尉而感到有些不安，所以只能默默然地對她表示關注。她逼著她坐下來，用薰衣草香水擦著她的鬢角，帶著親切關注的神情俯身望著她。「親愛的凱薩琳，你不必——你的確不必——」艾麗諾這才連著說出幾個字來。「我很好。你這樣體貼我，眞叫我心亂。我受不了啦。我來找你沒有好事。」

「有事！找我！」

「我怎麼跟你說呢？唉！我怎麼跟你說呢？」

凱薩琳腦子裏突然生起一個新的念頭，她涮的一下，臉色變得和她朋友的一樣蒼白，然後喊道：「是伍德斯頓有人送信來了！」

「這你可說錯了，」艾麗諾答道，一面帶著無限同情的目光望著她。「不是伍德斯頓來人了，而是我父親回來了。」她提到她父親的名字時，聲音忍不住顫抖著，眼睛垂視著地面。他的突然回來本身已經夠使凱薩琳頹喪的了，有好半晌，幾乎認爲不可能還有比這更糟糕的消息。

她沒有作聲。艾麗諾盡力鎭靜了一下，以便把話說得堅決一些。不久她又繼續說下去，眼睛仍然垂視著。「我知道你是個厚道人，不會因爲我迫不得已幹這樣的事而瞧不起我。我實在不願意做這樣的傳聲筒。我們最近才商量過，而且已經談妥，你將像我希望的那樣在這兒多住幾個星期，這使我多麼高興、多麼慶幸啊！我怎麼能跟你說有人不能接受你的好意？你和我們在一起給我們帶來了那麼多快樂，不料得到的報答卻是……可是我實在說不出口。親愛的凱薩琳，我們要分手了。我父親想起一個約會，星期一我們全家都要走。我們要到赫里福德附近的朗敦勛爵家住兩個星期。這件事沒法向你解釋和道歉，我也不能這麼做。」

「親愛的艾麗諾，」凱薩琳嚷道，竭力抑制住自己的感情，「別這麼難過。約會嘛，後訂的應該服從先訂的。當然，我們這樣快、這樣突然地就要分手，這使我感到非常難過。但是我並不生氣，眞不生氣。你知道我隨時都可以離開這裏。我希望你能去我家。你從這位勛爵家回來以後，能到富勒頓來嗎？」

「這由不得我，凱薩琳。」

「那你什麼時候能來就來吧。」

艾麗諾沒有回答。凱薩琳想起自己更加直接感興趣的事情，便自言自語地說道：「星期一，這麼快，你們全走！那麼，我相信——不過，我還能趕得上告別。你知道，我可以只比你們早走一步。別難過，艾麗諾，我完全可以星期一走。我父母親事先不知道我要回去也沒關係，將軍一定會派僕人把我送到半路的。我很快就會到達索爾茲伯里，從那兒到家只要九英里。」

「唉，凱薩琳！假若眞是這麼定的，倒還多少說得過去一點，雖然對你照顧不周，使你受到了虧待。可是，我怎麼跟你說呢？已經決定讓你明天早晨離開我們，就連鐘點都不由你選擇。馬車已經訂好了，七點鐘就到這兒，而且也不派僕人送你。」

凱薩琳給驚呆了，默默無語地坐下來。

「剛才聽到這項決定，我簡直不敢相信自己的耳朵。不管你此刻理所當然地有多麼不高興，多麼氣憤，你也不可能比我——不過我不該談論我的感情。哦，但願我能爲你提出點情有可原的飾詞！天哪！你父親會怎麼說呢？是我們讓你離開眞正的朋友的關照，結果落到這步田地，離家幾乎比原來遠一倍，還要不近人情、不顧禮貌地把你趕出去！親愛的，親愛的凱薩琳，我傳達了這個命令，覺得就像是我自己侮辱了你。然而我相信你會原諒我的，因爲你在我們家住了不少時候，能看出我只不過是名義上的主婦，壓根兒沒有實權。」

「我是不是惹將軍生氣了？」凱薩琳聲音顫抖地說。

「哎！我憑著做女兒的感情可以知道，可以擔保，他沒有正當的理由生你的氣。他當然是極端地心煩意亂，我很少見他有比現在更煩躁的。他脾氣不好，現在又出了件事把他氣惱到如此少見的地步。他有點失望，有點煩惱，他眼前似乎把這事看得很重。但是我怎麼也想像不出這與你有什麼關係，因爲這怎麼可能呢？」

凱薩琳痛苦得很難說話了，只是看在艾麗諾的份上，她才勉強說了幾句。「眞的，」她說，「假若我冒犯了他，我將感到十分抱歉。我決不會有意這樣做的。不過你別難過，艾麗諾，你知道，既然約好了就應該去的。唯一遺憾的是沒早點想起這件事，否則我可以給家裏寫封信。不過這也沒有多大關係。」

「我希望，我誠摯地希望這影響不到你的人身安全。但是在其他各個方面，諸如舒適、面子和禮儀方面，你的家人和世人方面，卻有極大關係。假如你的朋友艾倫夫婦仍然待在巴斯，你去找他們還比較容易些，幾個鐘頭就能到了。可是你要坐著驛車走七十英里啊，這麼小的年紀，還孤零零地沒人陪著！」

「哦！這點路算不了什麼。別爲這個傷腦筋了。再說我們反正要分手，早幾個鐘頭晚幾個鐘頭不是一樣嗎？我能在七點以前準備好。準時叫我吧。」艾麗諾看出她想一個人清靜一會。她相信再談下去對兩人都沒好處，便說了聲「明天早晨見」，走出了房去。

凱薩琳滿肚子的委屈需要發洩。艾麗諾在的時候，友誼和自尊遏制住了她的淚水，但是艾麗諾一走，她的眼淚便像泉水似地湧了出來。讓人家給趕出來了，而且以這種方式！用這樣急促、這樣粗暴、甚至這樣蠻橫的態度對待她，沒有任何正當理由，也不表示任何歉意。亨利遠在別處，甚至都不能跟他告個別。對他的一切希望、一切期待，至少要暫時擱置起來，誰知道要擱置多久呢？誰知道他們什麼時候才能再見面呢？

蒂爾尼將軍本來是那樣彬彬有禮，那樣教養有素，一直是那樣寵愛她，誰想到他會幹出這種事！眞是讓人既傷心，又無法理解。事情究竟是怎麼引起來的，結果又會怎麼樣，這兩個問題眞讓人困惑和害怕。這件事做得實在太不客氣，既不考慮她的方便，也不給她面子讓她自己選擇旅行的時間和方式，就匆匆忙忙地攆她走。本來有兩天的時間，偏偏給她定了第一天，而且又定了個一大早，好像決意讓她在將起身以前離開，省得再與她見面。這樣做是什麼意思，不是存心要侮辱她嗎？也不知道爲什麼，她一定是不幸地得罪了他。艾麗諾不願讓她產生如此痛苦的念頭，可是凱薩琳認爲，將軍不管遇到什麼煩惱和不幸，假如事情與她沒有關係，或是別人認爲與她沒有關係，那將軍也不會如此遷怒於她呀！

這一夜眞難熬。睡眠，或者稱得上是睡眠的休息，是不可能了。剛來的時候，她在這屋裏因爲胡思亂想而受盡了折磨，現在她又在這屋裏忐忑不安地輾轉反側。然而，這次不安的原因與當初是大不相同的，無論在現實還是在實質上，這次都比上次更令人傷心！她的不安是有事實根據的，她的憂慮也是建立在可能的基礎上。她因爲滿腦子都在想著這些眞實而自然的惡劣行徑，所以對她那孤單的處境，對那漆黑的屋子，和那古老的建築，也就完全無動於衷了。雖然風很大，刮得樓裏常常發出些奇怪而意外的聲響，然而她聽見這些聲響並不感到好奇或害怕，她只是清醒地躺在那兒，一個鐘頭一個鐘頭地挨下去……

剛過六點鐘，艾麗諾便來到她房裏，急切地想表示表示關心，如有必要還可幫幫忙。可惜要做的事情已經不多了。凱薩琳沒有偷閒，她差不多已經穿著好了，東西也快打點完了。艾麗諾進屋的時候，她突然想到將軍可能是派她來和解的。人的火氣一過，接著就要後悔，還有什麼比這更自然的？她只想知道，發生了這些不虞之後，她要怎樣接受對方的道歉才能不失尊嚴。但是她即使有了這種知識，在這裏也沒有用，而且也不需要。她既不能表示寬懷大度，又不能顯示尊嚴。

原來，艾麗諾不是來傳話的。兩人見面後沒說什麼話。雙方都覺得不開口最保險，因此在樓上只說了幾句無關緊要的話。凱薩琳急急忙忙地穿好衣服，艾麗諾雖然沒有經驗，但是出於一番好意，正在專心致志地裝箱子。

一切整頓好之後，兩人便走出屋子，凱薩琳只比她的朋友晚出來半分鐘，把自己所熟悉、所喜歡的東西最後又看了一眼，隨即下樓來到早餐廳，早飯已經準備好了。她勉強吃著飯，一方面省得痛苦地聽別人勸她，另方面也好安慰一下她的朋友。無奈她又吃不下，總共沒有嚥下幾口。拿今天和昨天她在這屋裏所吃的兩頓早飯一對比，不覺又給她帶來了新的痛苦，使她越發厭惡眼前的一切。上次在這裏吃早飯過了還不到二十四小時，可是情形是多麼迥然不同！當時她心裏多麼快活，多麼坦然，多麼幸福，多麼保險（儘管這是虛假的保險）！眼睛望著四周，眞是看見什麼喜歡什麼，除了亨利要到伍德斯頓去一天之外，她對未來無憂無慮！多麼愉快的早餐啊！因爲當時亨利也在場，坐在她旁邊，還給她夾過菜。

她久久地沈緬於這些回憶之中，一直沒有受到同伴的打擾，因爲艾麗諾像她一樣，也一言不發地坐在那兒沈思。馬車來的時候，才把她們驚醒，使她們回到了現實中來。凱薩琳一看見馬車，頓時脹紅了臉。她所受的侮辱此刻眞使她心如刀割，一時之間她只感到十分氣忿。看來，艾麗諾現在實在迫不得已，下定決心要說話了。

「你一定要給我寫信，凱薩琳，」她喊道。「你一定要盡快給我來封信。不接到你平安到家的消息，我一時一刻也放不下心。我求你無論如何也要來一封信。讓我高興地知道，你已經平安回到富勒頓，發現家裏人都好。我會要求和你通信的，在獲許之前我只期望你來一封信，把信寄到朗敦勛爵家，務請寫上艾麗諾收。」

「不，艾麗諾，如果不許你收我的信，我想我還是不寫爲好。我一定會平安到家的。」

艾麗諾只是答道：「你的心情我並不奇怪，我也不便強求你。當我遠離著你時，我相信你會發發善心的。」不料就這幾句話，以及說話者的那副憂傷神情，使得凱薩琳的傲慢心腸頓時軟了下來，只聽她馬上說道：「唉！艾麗諾，我一定給你寫信。」

蒂爾尼小姐還有一件事急於解決，雖然有點不好意思開口。她想凱薩琳離家這麼久了，身上的錢可能不夠路上花的，於是便提醒了她一句，並且十分親切地要借錢給她，結果事情正和她料想的一樣。

直到此刻，凱薩琳始終沒有想過這個問題，現在一查錢包，發現若不是朋友好意關照，她被趕出去以後連回家的錢都沒有了。臨別前，她們幾乎沒再多說一句話，兩人心裏只在想著假若路上沒錢可能遇到什麼麻煩。不過，這段時間好在很短。僕人馬上報告說，馬車備好了。凱薩琳當即立起身，兩人用長時間的熱烈擁抱，代替了告別的話語。

她們走進門廳的時候，凱薩琳覺得她們兩人還一直沒有說起一個人的名字，她不能一聲不提就走了，於是便停下腳步，嘴裏哆哆嗦嗦地、讓人勉強能聽得懂地說道：請她「代向不在家的朋友問好」。不料還沒提及他的名字，她再也壓抑不住自己的感情了。她使勁用手絹蒙住臉，一溜煙地穿過門廳，跳進馬車，馬車轉眼便駛出了大門。

第二十九章

凱薩琳因爲過於傷心，也顧不得害怕了。旅行本身倒沒有什麼可怕的，她起程的時候，既不畏懼路程的遙遠，也不感到旅途的孤寂。她靠在馬車的一個角落上，淚如泉湧，直到馬車駛出寺院好幾英里，才抬起頭來；直到寺園裏的最高點差不多被遮住了，才能回過臉朝它望去？不幸的是，她現在所走的這條路，恰好是她十天前興高采烈地往返伍德斯頓時所走的那條。沿途十四英里，上次帶著迥然不同的心情目睹過的那些景物，這次再看上去，使她心裏感到越發難受。她每走近伍德斯頓一英里，心裏的痛苦就加重一分。

當她經過離伍德斯頓只有五英里的那個叉路口時，一想到亨利就在附近，可是他又被蒙在鼓裏，眞使她焦灼萬分，悲傷至極。

她在伍德斯頓度過的那天，是她這一生中最快活的一天。就在那裏，就在那天，將軍說及亨利和她的時候，用了那樣的字眼，連話帶神情都使她百分之百地確信，將軍確實希望他們能結成姻緣。是的，僅僅十天前，他那顯而易見的好感還使她爲之歡欣鼓舞呢——他還用那句意味深長的暗示搞得她心慌意亂！

而現在，她究竟做了什麼事，或者漏做了什麼事，才惹得他變了態度呢？她覺得自己只冒犯了將軍一次，但是這事不大可能傳進他的耳朵。她對他的那些駭人聽聞的疑神疑鬼，只有亨利和她自己知道，她相信亨利會像她自己一樣嚴守秘密。至少，亨利不會有意出賣她。假若出現奇怪的不幸，將軍當眞得知她那些斗膽的想像和搜索，得知她那些無稽的幻想和有傷體面的檢查，任憑他再怎麼發怒，凱薩琳也不會感到驚奇。假若將軍得知她曾把他看成殺人兇手，他即使把她驅逐出門，她也不會感到詫異。但是她相信，這件使她十分痛苦的事情，將軍是不會知道的。

她雖然心急火燎地在這上面猜來猜去，但是她考慮得最多的，還不是這件事。她還有個更密切的思想，一個更急迫、更強烈的念頭。亨利明天回到諾桑覺寺聽說她走了之後，他會產生什麼想法，什麼感覺，什麼表情，這是個強有力而又頗有趣的問題，比其他一切問題都重要，一直縈繞在她的腦際，使她時而感到煩惱，時而為之寬慰。有時她害怕他會不聲不響地表示默認，有時又美滋滋地相信他一定會感到悔恨和氣憤。當然，他不敢責備將軍，但是對艾麗諾，有關她凱薩琳的事情有什麼不能跟艾麗諾說的呢？

她心裏疑疑惑惑的，反覆不停地詢問自己，可是哪個問題也不能給她帶來片刻的安寧。時間就這麼過去了，她沒想到一路上會走得這麼快。馬車駛過伍德斯頓附近以後，滿腦子的焦慮懸念使她顧不得去觀看眼前的景物，也省得她去注視旅途的進程。路旁的景物雖說引不起她片刻的注意，但她終始也不覺得厭倦。她之所以無此感覺，還有另外一個原因：她並不急於到達目的地，因爲她雖說離家已有十一個星期之久，但是這樣回到富勒頓，根本不可能感到與家人團聚的歡樂。她說什麼話能不使自己丟臉，不讓家人痛苦？她只要照實一說，便會感到更加悲傷，無謂地擴大怨恨，也許還會不分清紅皂白地把有過無過的人糾纏在一起。她永遠道不盡亨利和艾麗諾對她的好處：她對此感受之深，簡直無法用言語加以形容。假若有人因爲他們父親的緣故而討厭他們、憎惡他們，那可要叫她傷透了心。

由於有這樣的心情，她並不期望看見那個表示她離家只有二十英里的塔尖，相反，她生怕見到它。她原先只知道，自己出了諾桑覺寺以後，下面便是索爾茲伯里，但是第一段旅程走完後，多虧驛站長告訴了她一個個地名，她才知道怎麼通向索爾茲伯里。不過她沒有遇到什麼麻煩和恐懼。她年紀輕輕，待人客氣，出手大方，因而贏得了像她這樣一個旅客一路上必不可少的種種照顧。車子除了換馬以外，一直沒有停下來，接連走了十一個鐘頭，也沒發生意外或驚險。傍晚六、七點鐘左右，便駛進了富勒頓。

寫書人總喜歡這樣詳細描述故事的結局：女主角快結束自己的生涯時，勝利地挽回了聲譽，滿載著伯爵夫人的體面尊嚴回到了鄉里，後面跟著一串的貴族親戚，分坐在好幾輛四輪敞篷馬車裏，還有一輛四匹馬拉的旅行馬車，裏面坐著三位侍女。的確，這種寫法給故事的結局增添了光彩，寫書人如此慷慨落筆，自己也一定沾光不少。但是我的故事卻大不相同。我讓我的女主角孤孤單單、面目無光地回到家鄉，因此我也提不起精神來詳細敘述了。讓女主角坐在出租驛車上，實在有煞風景，再怎麼描寫壯觀或是悲愴場面，也是挽回不了的。

因此，車夫要把車子趕得飛快，在星期日一群群人的衆目睽睽之下，一溜煙似地駛過村莊，女主角也飛快地跳下馬車。凱薩琳就這樣向牧師住宅前進時，不管她心裏有多麼痛苦，不管她的作傳人敘述起來有多慚愧，她卻在給家裏人準備著非比尋常的喜悅：先是出現馬車，繼而出現她本人。旅行馬車在富勒頓是不常見的，全家人立刻跑到窗口張望。看見馬車停在大門口，個個都喜形於色，腦子裏也在想入非非。除了兩個小傢伙以外，誰也沒料到會有這等喜事，而那兩個小傢伙呢，一個男孩六歲，一個女孩四歲，每次看見馬車都盼望是哥哥姊姊回來了。頭一個發現凱薩琳的有多高興啊！報告這一發現的聲音有多興奮啊！但是這個快活究竟屬於喬治還是屬於哈里特，卻是無從得知了。

凱薩琳的父親、母親、莎拉、喬治和哈里特，統統聚在門口，親切而熱烈地歡迎她，凱薩琳見此情景心裏感到由衷的高興。她跨下馬車，把每個人都擁抱了一遍，沒想到自己會覺得這麼輕鬆。大家圍著她，撫慰她，甚至使她感到幸福！頃刻間，因爲沉浸在親人團聚的喜悅之中，一切悲傷都被暫時壓抑下去。大家一見凱薩琳都很高興，也顧不得平心靜氣地加以盤問，便圍著茶桌坐下來。莫蘭太太急急忙忙地砌好茶，以便讓那遠道而歸的可憐人兒解解渴。不料沒過多久，還沒等有人直截了當地向凱薩琳提出任何需要明確作答的問題，做母親的便注意到，女兒臉色蒼白，神情疲憊。

凱薩琳勉勉強強、吞吞吐吐地開口了，她的聽衆聽了半個鐘頭以後，出於客氣，也許可能管這些話稱作解釋。可是在這其間，他們壓根兒聽不明白她究竟爲何原因突然回來，也搞不清事情的詳情細節。他們這家子決不是愛動肝火的人，即使受人侮辱，反應也很遲鈍，更不會恨之入骨。但是，凱薩琳把整個事情說明以後，他們覺得這樣的侮辱不容忽視，而且在頭半個鐘頭裏還覺得不能輕易寬恕。

莫蘭夫婦想到女兒這趟漫長孤單的旅行時，雖然沒有因爲胡思亂想而擔驚受怕，但是也不由得感到這會給女兒帶來很多不快，他們自己決不會情願去受這種罪。蒂爾尼將軍把女兒逼到這步田地，實在太不光彩、太沒心腸，既不像個有教養的人，也不像個有兒有女的人。他爲什麼要這樣做，什麼事情惹得他如此怠慢客人，他原來十分寵愛他們的女兒，爲什麼突然變得這麼反感，這些問題他們至少像凱薩琳一樣莫名其妙。不過他們並沒爲此而苦惱多久，胡亂猜測了一陣之後，便這樣說道：「眞是件怪事，他一定是個怪人。」這句話也足以表達出他們全部的氣憤和驚訝。不過莎拉仍然沉浸在甜蜜的莫名其妙之中，只管帶著年輕人的熱情，大聲地驚叫著，猜測著。「乖孩子，你不必去自尋那麼多煩惱，」她母親最後說道。「放心吧，這件事壓根兒不值得傷腦筋。」

「他想起了那個約會就想讓凱薩琳走，這點是可以諒解的，」莎拉說。「但他為什麼不做得客氣一些呢？」

「我替那兩個青年人感到難過，」莫蘭太太應道。「他們一定很傷心。至於別的事情，現在不必管了。凱薩琳已經平安到家，我們的安適又不靠蒂爾尼將軍來決定。」凱薩琳嘆了口氣。「唔，」她那位豁達的母親說道，「幸虧我當時不知道你走在路上。不過事情都過去了，也許沒有什麼多大的壞處。讓青年人自己去闖闖總是有好處的。你知道，我的好凱薩琳，你一向是個浮浮躁躁的小可憐蟲，可是這回在路上換了那麼多次車呀什麼的，你就不得不變得機靈一些。我希望你千萬別把什麼東西掉在車上呢！」

凱薩琳也希望如此，並且試圖對自己的長進感點興趣，不料她已經完全精疲力竭了。不久，她心裏唯一的希望是想獨自清靜一下，當母親勸她早些休息的時候，她立刻答應了。她父母認為，她的面容憔悴和心情不安只不過是心裏感到屈辱的必然結果，也是旅途過分勞頓的必然結果，因此臨別的時候，相信她睡一覺馬上就會好的。

第二天，早晨大家見面時，雖說她沒有恢復到他們希望的程度，但他們仍絲毫也不疑心這裏面會有什麼更深的禍根。一個十七歲的大姑娘，第一次出遠門回來，做父母的居然一次也沒想到她的心，眞是咄咄怪事！

剛吃完早飯，凱薩琳便坐下來實踐她對蒂爾尼小姐的諾言。蒂爾尼小姐相信，時間和距離會改變這位朋友的心情，現在她這信念還眞得到了應驗，因爲凱薩琳已經在責怪自己離別艾麗諾時表現得太冷淡。同時，她還責怪自己對艾麗諾的優點和情意一向重視不夠，昨天她剩下一個人時那麼痛苦，卻沒引起自己足夠的同情。

然而，感情的力量並沒幫助她下筆成文，她以前動筆從沒像給艾麗諾．蒂爾尼寫信來得這麼困難。這封信既要恰如其分地寫出她的感情，又要恰如其分地寫出她的處境，要能表達感激而不謙卑懊悔，要謹愼而不冷淡，誠摯而不怨恨；這封信，艾麗諾看了要不讓她感到痛苦，而尤其重要的是，假如讓亨利碰巧看到，她自己也不至於感到臉紅；這一切嚇得她實在不敢動筆。茫然不知所措地思忖了半天，最後終於決定，只有寫得十分簡短才能確保不出差失。於是，她把艾麗諾墊的錢裝進信封以後，只寫了幾句表示感謝和衷心祝願的話。

「這段交情眞奇怪，」等凱薩琳寫完信，莫蘭太太說道，「結交得快，了結得也快。出這樣的事眞叫人遺憾，因爲艾倫太太認爲他們都是很好的青年。眞不幸，你跟你的伊莎貝拉也不走運。唉！可憐的詹姆斯！也罷，人要經一事長一智，希望你以後交朋友可要交些更值得器重的。」

凱薩琳急紅了臉，激動地答道：「艾麗諾就是一個最值得器重的朋友。」

「要是這樣，好孩子，我相信你們遲早會再見面的，你不要擔心。十有八九，你們在幾年內還會碰到一起的。那時候該有多麼高興啊！」

莫蘭太太安慰得並不得法。她希望他們幾年內再見面，這只能使凱薩琳聯想到：這幾年內發生的變化，也許會使她害怕再見他們。她永遠也忘不了亨利．蒂爾尼，她將永遠和現在這樣溫柔多情地想念他，但是他會忘掉她的，在這種情況下再去見面！凱薩琳想像到要如此重新見面，眼眶裏不覺又充滿了淚水。做母親的意識到自己的婉言勸慰沒產生好效果，便又想出了一個恢復精神的權宜之計，提議她們一起去拜訪艾倫太太。

兩家相距只有四分之一英里。路上，莫蘭太太心急口快地說出了她對詹姆斯失戀的全部看法。「我們眞替他難過，」她說。「不過，除此之外，這門親事吹了也沒什麼不好的。一個素不相識的姑娘，一點嫁妝也沒有，和她訂婚不會是什麼稱心如意的事。再說她又做出這種事，我們壓根兒就看不上她。眼前可憐的詹姆斯是很難過，但是這不會長久的。我敢說，他頭一次傻呼呼地選錯了人，一輩子都會做個謹愼人。」

凱薩琳勉強聽完了母親對這件事的扼要看法，再多說一句話就可能惹她失去克制，作出不理智的回答，因爲她的整個思想馬上又回憶起：自從上次打這條熟悉的路上走過以來，自己在心情和精神上起了哪些變化。不到三個月以前，她還欣喜若狂地滿懷著希望，每天在這條路上來來去去地跑上十幾趟，心裏輕鬆愉快，無絆無羈。她一心期待著那些從未嘗試過的純眞無瑕的樂趣，一點也不害怕惡運，也不知道什麼叫惡運。她三個月前還是這個樣子，而現今呢，回來以後簡直判若兩人！

艾倫夫婦一向疼愛她，眼前突然見她不期而來，自然要親切備至地接待她。他們聽了凱薩琳的遭遇，不禁大吃一驚，氣憤之極，雖然莫蘭太太講述時並沒有添枝加葉，也沒故意引他們發怒。「昨天晚上，凱薩琳把我們嚇了一大跳，」莫蘭太太說道。「她一路上一個人坐著驛車回來，而且直到星期六晚上才知道要走。蒂爾尼將軍不知道是什麼思想在作怪，突然厭煩她待在那裏，險些把她趕出去，眞不夠朋友。他一定是個怪人。不過，我們很高興她又回到我們中間！看到她很有辦法，不是個窩窩囊囊的可憐蟲，眞是個莫大的安慰。」

這時候，艾倫先生作爲一個富有理智的朋友，很有分寸地表示了自己的憤慨。艾倫太太覺得丈夫的措詞十分得當，立即跟著重複了一遍。接著，她又把他的驚奇、推測和解釋都一一照說了一遍。每逢說話偶爾接不下去時，她只是加上自己這麼一句話：「我實在忍受不了這位將軍。」艾倫先生走出屋去以後，她把這話又說了兩遍，當時氣還沒消，話也沒太離題。等說第三遍，她的話題就扯得比較遠了。等說第四遍，便立即接著說道：「好孩子，你只要想一想，我離開巴斯以前，居然補好了我最喜歡的梅赫倫花邊❶上那一大塊開線的地方，補得好極了，簡直看不出補在什麼地方。哪天我一定拿給你瞧瞧。凱薩琳，巴斯畢竟是個好地方。說實在話，我眞不想回來。索普太太在那兒給了我們很大的方便，對不？要知

❶ 比利時梅赫倫（又稱馬林）生產的一種花邊。

道，我們兩個最初孤苦伶仃的十分可憐。」

「是啊，不過那沒持續多久。」凱薩琳說道，一想到她在巴斯的生活最初是如何煥發出生氣的，眼睛就又亮閃起來。

「的確，我們不久就遇見了索普太太，然後就什麼也不缺了。好孩子，你看這副絲手套有多結實？我們頭一次去下聚會廳時我是新戴上的，以後又戴了好多次。你記得那天晚上嗎？」

「我記得嗎？噢，一清二楚。」

「眞令人愉快，是吧？蒂爾尼先生跟我們一塊兒喝茶，我始終認為有他一起來參加眞有意思，他是那樣討人喜歡。我好像記得你跟他跳舞了，不過不太肯定。我記得我穿著我最喜愛的旗袍裙。」

凱薩琳無法回答。艾倫太太略轉了幾個話題以後，又回過頭來說道：「我實在忍受不了那位將軍！看樣子，他倒像是個討人喜歡、值得器重的人哪！莫蘭太太，我想你一輩子都沒見過像他那樣有教養的人。凱薩琳，他走了以後，那座房子就給人租去了。不過這也難怪。你知道吧，米爾薩姆街。」

回家的路上，莫蘭太太極力想讓女兒認識到：她能交上艾倫夫婦這樣好心可靠的朋友眞是幸運，既然她還能得到這些老朋友的器重和疼愛，像蒂爾尼那種交情很淺的人怠慢無禮，她就不該把它放在心上。這些話說得很有見識，但是人的思想在某些情況下是不受理智支配的。莫蘭太太幾乎每提出一個見解，凱薩琳都要產生幾分抵觸情緒。目前，她的全部幸福就取決於這些交情很淺的朋友對她採取什麼態度。就在莫蘭太太用公正的陳述成功地印證自己的見解時，凱薩琳卻在默默地思索著：亨利現在一定回到了諾桑覺寺；他現在一定聽說她走了；也許他們現在已經動身去赫里福德了。

第三十章

凱薩琳不是個生性好靜的人，可是她生性也不十分勤快。但是，她以往在這方面不管有些什麼缺點，她母親現在都能察覺這些缺點已大大地加重了。無論靜坐著也好，幹什麼活也好，她連十分鐘都持續不了，總是在花園果園裏閒逛，好像除了走動以外，什麼也不想做。看樣子，她寧願繞著房子到處徘徊，也不肯在客廳裏老老實實地待上一會兒。然而她意氣的消沉變化得更大。她的閒逛和懶散只是過去老毛病的進一步發展，但是她的沉默和憂鬱卻和以前的性情截然相反。

頭兩天，莫蘭太太聽之任之，連一句話也沒說。但是經過第三個晚上的休息之後，凱薩琳還沒恢復興致，仍舊不肯幹點正經事，也不想做點針線活，這時莫蘭太太再也忍不住了，於是便溫和地責備了女兒幾句：「我的好凱薩琳，恐怕你要變成嬌小姐了。要是可憐的理查德只有你一個親人的話，我真不知道他的圍巾什麼時候才能織好。你的腦子裡盡想著巴斯，但是幹什麼事都得有個時候——有時候可以跳跳舞，看看戲，有時候也該做點活。你逍遙的時間夠長了，現在應該做點正經事啦。」

凱薩琳立刻拿起針線，用頹喪的語氣說道：「我腦子裏並沒盡想著巴斯呀！」

「那你是在爲蒂爾尼將軍煩惱。你眞是太傻了，因爲你十有八九不會再見到他了。你決不應該爲這種小事自尋煩惱。」稍許沉默了一會之後：「凱薩琳，我希望你不要因爲家裏不如諾桑覺寺氣派，就嫌家裏不好。要是這樣，那豈不意味你這趟門出壞了。你無論在什麼地方，都應該隨時感到知足，特別是在自己家裏，因爲你必須在家裏度過你的大部分時間。吃早飯的時候，你大講特講諾桑覺寺的法國麵包，我就不大願意聽。」

「說眞的，我對那種麵包並不感興趣，我吃什麼都一樣。」

「樓上有本書，書裏有篇很好的文章，說到一些年輕姑娘因爲交了闊朋友，便嫌棄自己的家。我想是本《明鏡》雜誌。我哪天給你找出來，對你準有好處。」

凱薩琳沒再說什麼。她一心想往對的那一方面做，於是便埋頭做起活計。但是過了幾分鐘，不知不覺又變得無精打采了，因爲疲憊煩躁，身子不停地在椅子上轉動，轉得比動針的次數還多。莫蘭太太眼看著女兒的老毛病又犯了。她發現，凱薩琳那恍惚不滿的神色，完全證實了自己的看法，認爲她所以鬱鬱不樂正是因爲不能安貧樂道，於是她趕忙離開房間去取那本書，迫不及待地要把這個可怕的病症馬上治好。她費了半天工夫才把書找到，接著又讓家務事給絆住了，直過了一刻鐘才帶著她寄予無限希望的那本書走下樓來。

她在樓上忙時搞得聲音很響，樓下有什麼動靜全沒聽見，因而也不知道在最後幾分鐘裏來了一位客人。她剛走進屋，一眼便看見一個以前沒見過面的青年男子。這男子立刻恭恭敬敬地立起身，女兒扭扭捏捏地介紹說：「這是亨利．蒂爾尼先生。」接著，蒂爾尼先生帶著十分敏感和窘迫不安的神情，開始解釋自己的來意。他承認，由於發生了那樣的事情，他無權期待自己會在富勒頓受到歡迎，他之所以冒昧地趕來，是因爲他急於想知道莫蘭小姐是否已經平安到家。幸而聽他講話的不是個偏頗結怨的人。莫蘭太太沒有把亨利和他妹妹同他們父親的惡劣行徑混爲一談，始終對這兄妹倆懷著好感。她很喜歡亨利的儀表，立刻帶著純樸而眞摯的感情，好心好意地接待他。感謝他如此關心自己的女兒，讓他放心，只要是她孩子的朋友，來她家沒有不受歡迎的。她還請求客人，過去的事就隻字不提了。

亨利毫不勉強地依從了這一請求，因爲，莫蘭太太的意外寬大雖說使他心裏大爲釋然，但是在這時候，過去的事情他也的確說不出口。因此，他一聲不響地回到座位上，很有禮貌地回答著莫蘭太太關於天氣和道路的家常話語。這時候，凱薩琳只顧得焦灼，激動，快活，興奮，一句話也沒說。但是，一見到她那緋紅的面頰和晶亮的眼睛，做母親的便不由得相信，這次善意的訪問至少可以使女兒的心裏恢復平靜。因此，她高高興興地放下了那本《明鏡》雜誌，準備以後再看。

莫蘭太太看到客人因爲他父親的關係而感到窘迫，眞打心眼裏過意不去。她希望莫蘭先生能來幫忙，一方面跟客人說說話，另方面也好鼓勵鼓勵他，因此她老早就打發一個孩子去找丈夫。不巧莫蘭先生沒在家，莫蘭太太孤立無援的，過了一刻鐘就沒話可說了。連續沉默了兩分鐘之後，亨利把臉轉向凱薩琳（這是莫蘭太太進屋後他第一次轉向她），突然爽快地問她艾倫夫婦眼前在不在富勒頓？本來只需要一個字就能回答的問題，凱薩琳卻含含糊糊地說了好幾句，亨利揣摩出這番話的意思，當即表示想去拜訪一下艾倫夫婦，然後紅著臉問凱薩琳，是不是請她引引路。「先生，你從這個窗口就能看見他們的房子。」莎拉指點說。那位先生只是點了點頭表示感謝，不料那位做母親的也向莎拉點了點頭，讓她住口。

原來，莫蘭太太轉念一想，客人之所以想去拜訪她的高鄰，也許是要解釋一下他父親的行爲，覺得單獨跟凱薩琳談談比較方便，因此她無論如何也得讓凱薩琳陪他去。他們兩個出發了，莫蘭太太沒有完全誤會亨利的意圖。他是要解釋一下他父親的行爲，但是他的首要目的還是要剖白自己。還沒走到艾倫先生的庭園，他已經剖白得很圓滿了，凱薩琳覺得這樣的話眞叫人百聽不厭。亨利向她表白了自己的愛，而且也向她求了愛，其實他們兩個全都明白，那顆心早已屬於他的了。不過，雖然亨利現在對凱薩琳一片鍾情，雖然他認識到並且喜愛她性格上有許多優點，眞心實意地喜歡和她在一起，但是我必須坦白地說，他的愛只是出自一片感激之情。換句話說，他只是因爲知道對方喜愛自己，才對她認眞加以考慮的。我承認，這種情形在傳奇小說裏是見不到的，而且也實在有損女主角的尊嚴。但是，如果這種情形在日常生活中也是絕無僅有的話，我至少可以落得個想入非非的美名。

他們在艾倫太太家稍坐了一會，亨利胡亂說了些既無意義又不連貫的話，凱薩琳只顧得思量自己心裏說不出的快活，幾乎就沒開口。告別出來以後，他們又心醉神迷地親密交談起來。沒等談話結束，凱薩琳便可看出蒂爾尼將軍對兒子這次前來求婚所抱的態度。兩天前，亨利由伍德斯頓回來，在寺院附近遇見了他那焦躁不安的父親。父親急忙氣沖沖地把莫蘭小姐離去的消息告訴了他，並且責令他不准再去想她。

現在，亨利就是帶著這樣的禁令前來向她求婚的。凱薩琳戰戰兢兢地聽著這些話，可把她給嚇壞了。然而使她感到高興的是，多虧亨利想得周到，他是在求完婚以後才提起這件事，否則凱薩琳還得審慎地加以拒絕。當亨利進而說到詳細情況，解釋他父親這樣做的動機時，她頓時硬起了心腸，甚至感到一種勝利的喜悅。

原來，將軍沒有什麼好責備她的，也沒有什麼好指控她的，只是說她不由自主、不知不覺地做了別人誑騙的工具。將軍受到那樣的誑騙，這是他的自尊心所無法饒恕的，假若自尊心再強一些，他還會恥於承認自己受了騙。凱薩琳唯一的過錯，就是沒有將軍原先想像的那樣有錢。在巴斯的時候，將軍誤聽別人謊報了她的財產，便竭力巴結同她來往，請她到諾桑覺寺作客，還打算娶她作兒媳婦。待他發現自己的錯誤之後，爲了表示他對凱薩琳的憤懣，對她家人的鄙視，他覺得最好的辦法就是把她趕走，雖然他心裏感到這樣做還不夠解恨。

最先是約翰．索普騙了他。一天晚上，將軍在戲院裏發現他兒子在向莫蘭小姐獻殷勤，偶爾問起索普是否了解她的身世。索普一向最喜歡和蒂爾尼將軍這樣的顯赫人物攀談，於是便高高興興、得意揚揚地吹噓了起來。當時，莫蘭每天都有可能和伊莎貝拉訂婚，而他自己又打定主意娶凱薩琳為妻，因此他的虛榮心就誘使他把莫蘭家形容得極為有錢，真比他的虛榮心和貪婪心所想像的還要有錢。他無論和誰沾親帶故，或者可能和誰沾親帶故，為了抬高自己的身價，總要誇大對方的身分。他和哪個人交往得越深，那個人的財產也會不斷地增長。因此他對他的朋友莫蘭將要繼承的財產，雖說一開始就估價過高，然而自從莫蘭認識伊莎貝拉以後，他的財產一直在逐步增加。

當時，為了說著好聽，他僅僅把這家人的資產抬高了兩倍，把他所承想的莫蘭先生的進項增加了一倍，把他的私產增加了兩倍，又賜給一個有錢的姑母，還把孩子的數目削掉了一半，這樣一描繪，這家人在將軍看來就極為體面了。索普知道，凱薩琳是將軍詢問的目標，也是他自己追逐的對象，因此特別替她多說了一點：除了要繼承艾倫先生的家產以外，她父親還會給她一萬或一萬五千鎊，這也算是一筆可觀的額外收入。他是見凱薩琳與艾倫家關係密切，便一口斷定她要從那裏繼承一大筆財產，接著當然就把她說成是富勒頓呼聲最高的繼承人。將軍就根據這個消息行動起來，因為他從不懷疑這消息是否可信。

索普對這家人的興趣所在，一是他妹妹馬上就要和它的一個成員成親，二是他自己又看中了它的另一個成員（他同樣公開地誇耀這件事），這似乎可以充分保證他說的都是實話。

除此之外，艾倫夫婦有錢而無子女，莫蘭小姐又歸他們照管，等他跟他們一相識以後，他就覺得他們待她親如父母，這些都是鐵一般的事實。於是他很快下定了決心。他早已從兒子的臉上看出他喜歡莫蘭小姐。也算感謝索普先生通報消息吧，他幾乎當即打定主意，要不遺餘力地殺殺他所誇耀的興頭，打消他的痴心妄想。這一切發生的時候，凱薩琳和將軍的兩個孩子一樣，全都給蒙在鼓裏。亨利和艾麗諾看不出凱薩琳的境況有什麼值得他們父親特別青睞的地方，隨後見父親對她突然關心起來，而且一直都是那樣的無微不至，不禁感到十分驚訝。後來，將軍曾經向兒子暗示，同時有些近乎斷然命令式的，要他盡力去親近凱薩琳，亨利由此相信，他父親一定認為這門親事有利可圖。

直到最近在諾桑覺寺把事情解釋清楚以前，他們絲毫也沒有想到，父親是受了錯誤算計的驅使，才這麼急於求成的。將軍進城的時候，碰巧又遇見了當初向他通報情況的索普，索普親口告訴他那些情況都是假的。

當時，索普的心情和上次恰恰相反，他遭到凱薩琳的拒絕，感到十分惱火，特別是最近試圖讓莫蘭與伊莎貝拉言歸於好的努力又告失敗，看來他們是永遠分手了，於是他摒棄了那種無利可圖的友誼，連忙把以前吹捧莫蘭家的話全盤推翻。他承認，他對他們的家境和人品的看法完全是錯誤的，他誤信了他那位朋友的自吹自擂，以為他父親是個有錢有勢、德高望重的人，但是近兩、三個星期與他打交道的結果證明，他並非如此。第一次給兩家提親的時候，莫蘭先生急忙表示應承，還提出不少無比慷慨的建議，但當說話人機警地逼迫他談到實際問題時，他不得不承認，他甚至無法向這對年輕人提供一點過得去的生活費。實際上，他們是個窮人家，子女衆多，多得出奇。最近，索普從一個個異乎尋常的機會中發現，這家人一點也不受鄰居的敬重。他們大講生活排場，儘管經濟能力並不允許。他們還準備高攀幾門闊親，來改善自己的狀況。這家人眞不要臉，好說大話，愛耍詭計。

將軍一聽給嚇壞了，他帶著詫異的神情提出了艾倫的名字。索普說，他在這件事上也搞錯了。他相信艾倫夫婦和他們做了那麼多年鄰居，早就知道他們的底細了。再說，他還認識那個將來要繼承富勒頓產業的青年。將軍不必再聽了。除了自己以外，他幾乎對每個人都感到惱怒，第二天便動身回到諾桑覺寺，而他在那裏的所作所爲，諸位已經見識過了。

當時，亨利可能將這些事實經過敘說多少？這些事實中，亨利有多少是聽他父親說的？哪些問題是他自己推測的？哪一部分還需要等詹姆斯來信才能說明？我把這些問題統統留給聰明的讀者去做裁奪。爲了使讀者看起來方便，我把這些材料串到了一起，請讀者也給我個方便，自己再去把它們拆開吧。無論如何，凱薩琳聽到的情況夠多了，覺得自己先前猜疑將軍謀殺或是監禁他的妻子，實在並沒有侮辱他的人格，也沒有誇大他的殘暴。

亨利在講述他父親的這些事情時，幾乎就像當初他聽到這些事時一樣令人可憐。當他迫不得已暴露了他父親的那句器量狹窄的勸告時，他不由得羞紅了臉。他們父子倆在諾桑覺寺的談話不客氣極了。亨利聽說凱薩琳受到了虧待，領會了他父親的意圖，還被逼著表示認從，這時他公然大膽地表示了自己的憤慨。本來，家裏的一切平常事情，將軍向來是一個人說了就算。他只以爲他的話別人頂多心裏不同意，從沒想到有人敢把違抗的意願說出口。他兒子的反抗由於受到理智和良心的驅使，變得十分堅決，眞讓他無法容忍。

在這件事上，將軍的發怒雖說定會使亨利感到震驚，但卻嚇不倒他，而他之所以能這樣堅定不移，那是因爲他相信自己是正義的。他覺得無論在道義上還是在感情上，他都對莫蘭小姐負有義務。他還相信，他父親指示他贏取的那顆心現在已經屬於他的了，用拙劣的手段取消默許過的事，因爲無理的惱怒而撤回命令，這些都動搖不了他對凱薩琳的忠誠，也不會影響他由於忠誠而立定的決心。

亨利毅然拒絕陪他父親去赫里福德郡，因爲這個約會是爲了趕走凱薩琳而臨時訂下的。亨利還毅然宣布，他要向凱薩琳求婚。將軍氣得大發雷霆，兩人在駭人聽聞的爭執中分了手。亨利內心十分激動，本來是要幾個鐘頭才能鎭定下來，但他馬上回到伍德斯頓，第二天下午便動身往富勒頓來了。

第三十一章

當蒂爾尼先生請求莫蘭夫婦同意他和凱薩琳結婚時，夫婦倆起初感到萬分驚訝。他們從沒想到這兩個人會相愛，然而凱薩琳被人愛上畢竟是再自然不過的事情，因此他們很快便產生了一種得意的自豪感，只覺得心裏十分高興，十分激動。就他們自己來說，他們絲毫也不反對這門親事。亨利舉止可愛，富有見識，這是明擺著的優點。他們從沒聽見有人說過他的壞話，也不認爲有人會說他的壞話。他們與他從沒相處過，但是不需要什麼證明，只憑好感便相信了他的人格。「凱薩琳是個小馬虎，可不會理家呀！」做母親的事先警告說。可是馬上又安慰道：學一學就會啦。

簡而言之，只有一個障礙要提出來，這個障礙不除掉，莫蘭夫婦是不會答應他們訂婚的。他們在脾氣上是溫和的，但在原則上卻是堅定不移的。亨利的父親既然明確發話反對兩家結親，他們也就不能鼓勵這門親事。他們沒有那麼高雅，不會裝模作樣地規定：將軍非得親自出來求親，或者誠心誠意地表示贊成。但是，對方必須給個像樣的同意，他們相信將軍不會長期拒絕下去，一旦取得他的同意，他們馬上就會答應這門婚事。他們只要求將軍表示個同意。他們不希求、也沒有權利要他的錢。根據結婚分授財產的規定，他兒子終究會得到一筆十分可觀的財產。他目前的收入也足以自養，而且還能過得很舒適。無論從什麼經濟觀點來看，這都是他們女兒難得高攀的一門婚事。

兩個青年人對這樣一個決定並不感到驚奇。他們只是傷心、遺憾，但是並不怨恨。他們分手了，一心希望將軍能早日回心轉意，以使他們重結恩愛，但是兩人都認爲這簡直是不可能的。亨利回到他現在唯一的家，經營那片新創的種植園，爲凱薩琳做著種種改修，殷切地期望和她一同享用。而凱薩琳呢，她還待在富勒頓垂淚。秘密通信是否減輕了這種離別的痛苦，咱們就不必追問了。莫蘭夫婦就從不追問。他們心腸太軟，不會逼著女兒作出任何許諾。當時，他們明知凱薩琳常常有信，但是每次來信的時候，他們總要把臉扭開。

在如此恩愛彌篤的情況下，亨利和凱薩琳對他們的最終喜事一定心急如焚，凡是愛他們的人也一定十分著急。但是，這種焦慮恐怕不會傳染到讀者們的心裏，諸位一看故事給壓縮得只剩這麼幾頁了，就明白我們正在一起向著皆大歡喜的目標邁進。唯一的疑問就是：他們如何才能早日結婚？將軍那樣的脾氣，什麼情況才能讓他回心轉意？原來，促成兩個青年人結合的，主要是這樣一件事：那年夏天，將軍的女兒嫁給了一個有錢有勢的男人。將軍遇上這光耀門庭的喜事，頓時變得興高采烈起來，艾麗諾不等他恢復常態，乘機求他寬恕了亨利，批准他「愛做傻瓜就儘管去做吧」。

自從亨利被趕出去以後，諾桑覺寺這個家變得越發不幸，艾麗諾．蒂爾尼結了婚，離開了這個不幸的家庭，去到自己心愛的家和心愛的人兒那裏，我想這件事一定會使所有認識她的人都感到滿意。我自己也感到由衷的高興。艾麗諾樸實賢慧，理應得到幸福；而她長期忍受痛苦，一旦獲得幸福，自然會無比快樂。她對這位先生的鍾愛不是最近才開始的，那位先生僅僅因爲身世卑微，所以一直沒敢向她求婚。後來他意想不到地承襲了爵位和財產，一切困難便迎刃而解。將軍第一次尊稱女兒「子爵夫人」時，心裏對她眞是寵愛極了。艾麗諾長年陪伴父親，替他做這做那，耐心忍受著，還從來沒有叫他如此喜愛過。她丈夫的確値得她鍾愛，且不說他的爵位、財產和一片鍾情，他本人還是個天底下最最可愛的青年。他的優點長處就不必一一敘說了，一說他是個天底下最最可愛的青年，我們大家就能立即想像到他是個怎樣的人。關於這位先生，我只準備再說一件事（我知道，作文規則不准許我把一個與本書無關的人物牽扯進來），這位先生在諾桑覺寺住過很久，那一卷洗衣單就是他那個馬虎的僕人丟下的，結果害得我的女主角捲入了一場最可怕的冒險行動之中。

子爵和子爵夫人替亨利斡旋的時候，將軍對莫蘭先生家境的正確了解的確幫了很大的忙。原來，一俟將軍能聽得進話，他們立刻把莫蘭家的境況告訴了他。他這才明白自己兩次都受了索普的騙，那傢伙先是誇大了莫蘭家的財產後來又惡毒地把自己的話一齊推翻。其實，莫蘭家一點也不貧困，凱薩琳還有三千鎊的嫁奩。這件事大大改善了他近來的看法，使得他那受到傷害的自尊心得到莫大的寬慰。他私下好不容易才打聽到，富勒頓的產業全歸目前的業主自由支配，因而很容易勾起某些人的覬覦之心；這個消息對他也絕非沒有影響。

因此，就在艾麗諾結婚後不久，將軍把兒子叫到諾桑覺寺，讓他送給莫蘭先生一封許婚信，這封信措詞十分謙恭，但內容卻是些空空洞洞的表白。信中批准的那件事馬上就操辦了，亨利和凱薩琳結了婚，教堂裏響起了鐘聲，每個人都笑逐顏開。這兩個人從初次相會到現在結婚，整整經歷了十二個月，將軍的殘忍雖然引起了可怕的拖延，但他們似乎並沒因此而受到多大損害。男方二十六，女方十八，在這樣的年齡結成美滿家庭，眞是幸福無比。

另外，我還相信，將軍的無理阻撓決沒有眞正損害他們的幸福，或許還大大促成了他們的幸福，增進了他們的相互了解，增加了他們的恩愛。至於本書的意圖，究竟是贊成父母的專制，還是鼓勵子女忤逆，這個問題就留給那些感興趣的人去解決吧！

〈全書終〉

國家圖書館出版品預行編目資料

諾桑覺寺／珍・奧斯汀／著　孫致禮／譯
-- 修訂二版-- 新北市：新潮社，2018.10
面；　公分
譯自：Northanger Abbey
ISBN　978-986-316-715-0（平裝）

873.57　　107008356

諾桑覺寺

珍・奧斯汀／著
孫致禮／譯

【策　劃】林郁
【出版人】翁天培
【制　作】天蠍座文創
【出　版】新潮社文化事業有限公司
電話：(02) 8666-5711
傳真：(02) 8666-5833
E-mail：service@xcsbook.com.tw

【總經銷】創智文化有限公司
新北市土城區忠承路89號6F（永寧科技園區）
電話：(02) 2268-3489
傳真：(02) 2269-6560

印前作業　東豪印刷事業有限公司

修訂二版　2018年10月